S.A.S.

LE TUEUR DE MIAMI

DU MÊME AUTEUR

CHEZ LE MÊME ÉDITEUR

N° 1 S.A.S. À ISTANBUL
N° 2 S.A.S. CONTRE C.I.A.
N° 3 S.A.S. OPÉRATION APOCALYPSE
N° 4 SAMBA POUR S.A.S.
N° 5 S.A.S. RENDEZ-VOUS À SAN FRANCISCO
N° 6 S.A.S. DOSSIER KENNEDY
N° 7 S.A.S. BROIE DU NOIR
N° 8 S.A.S. AUX CARAÏBES
N° 9 S.A.S. À L'OUEST DE JÉRUSALEM
N° 10 S.A.S. L'OR DE LA RIVIÈRE KWAÏ
N° 11 S.A.S. MAGIE NOIRE À NEW YORK
N° 12 S.A.S. LES TROIS VEUVES DE HONG-KONG
N° 13 S.A.S. L'ABOMINABLE SIRÈNE
N° 14 S.A.S. LES PENDUS DE BAGDAD
N° 15 S.A.S. LA PANTHÈRE D'HOLLYWOOD
N° 16 S.A.S. ESCALE À PAGO-PAGO
N° 17 S.A.S. AMOK À BALI
N° 18 S.A.S. QUE VIVA GUEVARA
N° 19 S.A.S. CYCLONE À L'ONU
N° 20 S.A.S. MISSION À SAÏGON
N° 21 S.A.S. LE BAL DE LA COMTESSE ADLER
N° 22 S.A.S. LES PARIAS DE CEYLAN
N° 23 S.A.S. MASSACRE À AMMAN
N° 24 S.A.S. REQUIEM POUR TONTONS MACOUTES
N° 25 S.A.S. L'HOMME DE KABUL
N° 26 S.A.S. MORT À BEYROUTH
N° 27 S.A.S. SAFARI À LA PAZ
N° 28 S.A.S. L'HÉROÏNE DE VIENTIANE
N° 29 S.A.S. BERLIN CHECK POINT CHARLIE
N° 30 S.A.S. MOURIR POUR ZANZIBAR
N° 31 S.A.S. L'ANGE DE MONTEVIDEO
N° 32 S.A.S. MURDER INC. LAS VEGAS
N° 33 S.A.S. RENDEZ-VOUS À BORIS GLEB
N° 34 S.A.S. KILL HENRY KISSINGER!
N° 35 S.A.S. ROULETTE CAMBODGIENNE
N° 36 S.A.S. FURIE À BELFAST
N° 37 S.A.S. GUÊPIER EN ANGOLA
N° 38 S.A.S. LES OTAGES DE TOKYO
N° 39 S.A.S. L'ORDRE RÈGNE À SANTIAGO

N° 40 S.A.S. LES SORCIERS DU TAGE
N° 41 S.A.S. EMBARGO
N° 42 S.A.S. LE DISPARU DE SINGAPOUR
N° 43 S.A.S. COMPTE À REBOURS EN RHODÉSIE
N° 44 S.A.S. MEURTRE À ATHÈNES
N° 45 S.A.S. LE TRÉSOR DU NÉGUS
N° 46 S.A.S. PROTECTION POUR TEDDY BEAR
N° 47 S.A.S. MISSION IMPOSSIBLE EN SOMALIE
N° 48 S.A.S. MARATHON À SPANISH HARLEM
N° 49 S.A.S. NAUFRAGE AUX SEYCHELLES
N° 50 S.A.S. LE PRINTEMPS DE VARSOVIE
N° 51 S.A.S. LE GARDIEN D'ISRAËL
N° 52 S.A.S. PANIQUE AU ZAÏRE
N° 53 S.A.S. CROISADE À MANAGUA
N° 54 S.A.S. VOIR MALTE ET MOURIR
N° 55 S.A.S. SHANGHAÏ EXPRESS
N° 56 S.A.S. OPÉRATION MATADOR
N° 57 S.A.S. DUEL À BARRANQUILLA
N° 58 S.A.S. PIÈGE À BUDAPEST
N° 59 S.A.S. CARNAGE À ABU DHABI
N° 60 S.A.S. TERREUR À SAN SALVADOR
N° 61 S.A.S. LE COMPLOT DU CAIRE
N° 62 S.A.S. VENGEANCE ROMAINE
N° 63 S.A.S. DES ARMES POUR KHARTOUM
N° 64 S.A.S. TORNADE SUR MANILLE
N° 65 S.A.S. LE FUGITIF DE HAMBOURG
N° 66 S.A.S. OBJECTIF REAGAN
N° 67 S.A.S. ROUGE GRENADE
N° 68 S.A.S. COMMANDO SUR TUNIS

L'IRRÉSISTIBLE ASCENSION DE MOHAMMAD REZA, SHAH D'IRAN
LA CHINE S'ÉVEILLE
LA CUISINE APHRODISIAQUE DE SAS

AUX PRESSES DE LA CITÉ

LES SOUCIS DE SI-SIOU
PAPILLON ÉPINGLÉ
LES DOSSIERS SECRETS DE LA BRIGADE MONDAINE
LA MORT AUX CHATS
LES DOSSIERS ROSES DE LA BRIGADE MONDAINE

GÉRARD DE VILLIERS

S.A.S.

LE TUEUR DE MIAMI

PLON

Photo de couverture P. CHAUVEL/SYGMA

ISBN : 2 - 259 - 01004 - 0

CHAPITRE PREMIER

Johnny Trump huma d'un air dégoûté les relents de kérosène flottant dans l'atmosphère humide et chaude. Quelques taxis déglingués et cabossés attendaient encore à la sortie des bagages. Le vol 94 de la Prinair en provenance de Saint-Domingue était le dernier à arriver, avec deux heures de retard : 22 h 50 au lieu de 20 h 50. La plupart des passagers avaient retrouvé des amis ou s'étaient entassés dans un bus à destination de San Juan. Seul, Johnny, son attaché-case à la main, restait sur le trottoir devant l'aérogare délabrée. Il repoussa d'une injure bredouillée un chauffeur de taxi plus insistant que les autres, jeta un regard anxieux autour de lui. Ce n'était pas seulement la chaleur moite qui collait sa chemise à son torse adipeux. Il crevait de peur. Nerveusement, il frotta ses yeux éternellement rouges. L'excès de cocaïne. Johnny était de ce que les dealers appellent avec un mépris amusé un « cocaine glutton (1) »... Depuis longtemps, il avait plaqué son job de marchand de voitures pour plonger dans l'univers de la drogue.

Métis américano-colombien, il n'avait eu aucun mal à s'infiltrer dans les bons circuits, de client devenant fournisseur.

Il scruta l'obscurité, cherchant ceux qui devaient

(1) Un affamé de cocaïne.

l'attendre. Sans bagage, il était sorti parmi les premiers appitoyé par une marée d'étudiants des deux sexes, hurlants et vociférants, en panne de charter. Un taxi démarra avec un bruit de tracteur et le dernier bus pour San Juan s'ébranla dans un nuage bleu de diesel mal réglé.

Johnny Trump posa son attaché-case et le coinça solidement entre ses jambes, le temps de s'essuyer le front avec un grand mouchoir. Les Portoricains étaient capables de voler sa carapace à un crabe.

— *Hi, Johnny, you had a good trip ?* (1)

Le métis se retourna si brusquement qu'il faillit tomber. Un homme encore plus corpulent que lui, le ventre poussant en avant les boutons de sa chemise, le regardait en souriant, la main tendue. Ses yeux noirs très enfoncés étaient totalement inexpressifs. Johnny prit la main et la secoua.

— C'était OK, Faustino. Mais ce putain d'avion a eu deux heures de retard...

Son interlocuteur éclata d'un gros rire :

— Je sais ! J'ai eu le temps de boire trois « Bud »... *Vamos*.

Il se dirigea en se dandinant vers le parking. Un gros ours mal léché, Cubain arrivé aux USA, vers les années 60. Spécialiste de la « surveillance » des dealers de cocaïne. Au moment de monter dans une vieille américaine garée dans une zone sombre, il demanda sans élever la voix :

— *You get the dough ?* (2)

— Sûr, fit Johnny Trump.

Machinalement, il se frotta les yeux de nouveau. Réprimant difficilement une envie furieuse de se retourner, afin de vérifier si les autres étaient bien là.

(1) Salut, Johnny. Tu as fait un bon voyage ?

(2) Tu as le fric ?

Juste la chose à ne pas faire... Faustino ouvrit la portière qui grinça affreusement et Johnny Trump pénétra dans la voiture. Il distingua dans la pénombre un homme au volant. Faustino s'assit lourdement à côté de lui, et désigna d'un signe de tête le conducteur.

— C'est Nieves.

Nieves hocha la tête sans mot dire, mais ne démarra pas. Le Cubain pointa vers l'attaché-case un doigt boudiné où scintillait un gros diamant.

— Fais voir.

Normal. Cependant, Johnny dégoulinait tellement de sueur qu'il mit d'interminables secondes à trouver la combinaison, puis à rabattre le couvercle, découvrant un livre porno, un petit revolver noir calibre 38 et des liasses de billets de cent dollars attachées avec des élastiques. Il glissa aussitôt l'arme dans sa ceinture. Pour sortir de Saint-Domingue, il n'avait pas eu de problème : il connaissait les douaniers. Il revendrait le 38 à Porto Rico avant de repartir. Les armes y coûtaient une fortune.

— Sept cent mille dollars, annonça-t-il.

Sept liasses de cent mille dollars épaisses chacune de huit centimètres. Faustino eut un hochement de tête approbateur, et lança au chauffeur :

— *Vamos*.

De grosses gouttes de pluie commençaient à tambouriner sur la tôle. Un seul essuie-glace marchait, mais le moteur, après de multiples hoquets, consentit à démarrer. Quelques minutes plus tard, ils roulaient sur l'Expreso Baldorioty de Castro vers le centre de San Juan. De nouveau, Johnny Trump se frotta les yeux. Il avait l'impression que son cœur allait s'échapper de sa poitrine comme une bête indépendante. Au gré du ciment défoncé, la voiture tanguait à la façon d'un navire. Nieves ouvrit la radio et une voix tonitruante annonça :

— *Aquí Salsa sesenta y tres. El poder de la Salsa. El poder salsero !* (1)

La musique ininterrompue se déchaîna : le haut-parleur en tremblait, cela évitait la conversation. Faustino semblait dormir. Ils longeaient le quartier résidentiel de Condado. Nieves obliqua brusquement, sortant de l'Expreso émergeant dans une avenue calme. Il repassa aussitôt sur la voie rapide pour prendre une petite rue filant vers le sud, à travers le quartier populaire de Santurce. Finis les grands buildings modernes, il n'y avait plus que des rues sombres bordées de maisons de bois avec quelques vérandas éclairées où des vieux se balançaient dans des rocking-chairs derrière des grillages protecteurs. Avec trente-sept pour cent de chômeurs, Porto Rico galopait en tête des statistiques et l'honnêteté locale s'en ressentait fâcheusement.

Nieves ralentit, presque au pas, dans une rue sans trottoir, bordée d'infâmes cahutes. Un café, signalé de néon vert, apparut sur la gauche et Nieves s'arrêta devant. La pluie avait cessé aussi brusquement qu'elle avait commencé. Une douzaine de clients appuyés au mur buvaient de la bière à même les boîtes, au son de « Salsa 63 ». Nieves poussa un coup de sifflet strident. Aussitôt un jeune, frisé, maigre comme un barbelé surgit du café et courut jusqu'à une vieille américaine verte garée derrière eux.

— On est arrivés ? demanda Johnny.

— Non, répliqua Faustino sans bouger.

Johnny Trump se retourna. La voiture verte manœuvrait, se mettant en travers de l'étroite rue. Dès qu'elle eut totalement bouché le passage, Nieves démarra brutalement, écartant les rares piétons à grands coups de klaxon. Slalomant dans l'entrelacs de

(1) Ici Salsa 63, le pouvoir de la salsa !

rues désertes pour finalement émerger dans une voie mieux éclairée et plus large. Au passage, Johnny aperçut un panneau : Avenida Borinquen. Il tremblait intérieurement comme un paquet de gélatine.

— Hé, fit-il, qu'est-ce que ce cirque ?

Le Cubain sembla se réveiller et pointa son gros doigt sur lui avec un sourire onctueux.

— *Tu protección, amigo !* Tu as un sacré paquet d'argent là-dedans. On pourrait essayer de te le piquer. On a pu te suivre dans l'avion, non ? Il faut être prudent.

Ils débouchèrent dans une grande avenue filant vers le sud : Johnny Trump reconnut Ponce de Leon. On se serait cru à New York. Des gratte-ciel s'alignaient, côté gauche, comme à la parade. Seulement, à droite, c'était un grand trou noir... Johnny essaya de se remémorer la configuration de la ville. Ils se trouvaient à Hato Rey, en plein centre commercial.

Au carrefour suivant, Nieves tourna à droite, dans Franklin Delano Roosevelt, juste au coin del Banco de Ponce. Puis, cent mètres plus loin, encore à droite, passant devant les bâtiments violemment éclairés de la station de radio, W-KAQ. Ensuite, ils s'enfoncèrent dans un quartier bordé d'entrepôts. Un demi-mille plus loin, coup de frein et virage à gauche.

Johnny apercevait dans le lointain l'alignement des buildings, comme s'ils se trouvaient dans un autre monde.

— Où on va ? demanda-t-il.

— A Tokyo, dit Faustino. Le patron nous attend là-bas.

Johnny avala sa salive avec peine. Tokyo, c'était le pire bidonville de San Juan. Même la police ne s'y hasardait pas. Le repaire de tous les tueurs en cavale et des junkies... Le rendez-vous était bien choisi.

Les phares éclairèrent un grand parking désert,

bordé au fond de petites maisons de bois sur pilotis, puis une rangée d'épaves de vieilles américaines. Un passant qu'ils doublèrent leur adressa un geste obscène. Johnny en péta de trouille. Prêt à sauter de la voiture et à filer. Il n'en eut pas l'occasion. La voiture stoppa devant une baraque et fut aussitôt entourée de plusieurs silhouettes menaçantes. Nieves lâcha quelques mots à voix basse et ils s'écartèrent. La portière arrière fut ouverte par un barbu avec une machette. Johnny Trump sortit, huma l'air moite aux relents de pourriture. Tokyo était adossé à la rivière Caño de Martin Peña, quelques centaines de mètres plus loin, où marinaient généralement quelques cadavres perdus dans des monceaux d'immondices.

Faustino se dandina jusqu'à un escalier de bois menant à l'inévitable véranda, suivi de Johnny Trump. Nieves resta au pied de la maison et alluma une cigarette. Faustino grimpa de son pas lourd l'escalier, ouvrit la porte et poussa son invité à l'intérieur l'y suivant. Johnny retrouva la salsa, sentit une odeur de porc grillé et cligna des yeux sous la lumière.

— *Bienvenida, amigo !*

La voix de stentor lui envoya une décharge électrique dans la colonne vertébrale. Ses yeux rougis aperçurent un homme de haute taille installé dans un canapé, face à lui. Il arborait de beaux traits réguliers, une barbe bien taillée, une petite moustache, des cheveux très noirs. Une énorme chaîne pendait à son cou, relevée par la chemise largement ouverte sur le poitrail velu. Ses pieds chaussés de bottes de cow-boy en cuir gris reposaient sur une table basse, sa main droite entourait la cuisse d'une fille au visage sensuel et doux, au sourire résigné et à la poitrine aiguë sous un T-shirt rouge. Miguel Cuevas, le plus célèbre des « cocaine cowboys » et le plus dangereux aussi, un Cubain de trente-cinq ans, que la drogue avait rendu milliardaire et qui échappait depuis des années à tous les policiers lancés à ses trousses, de Miami à Bogota, en passant par la plupart des îles des Caraïbes.

L'homme qu'il avait demandé à rencontrer.

∴

Miguel Cuevas se leva et vint donner une accolade sonore à Johnny Trump. Il sentait bon l'eau de toilette et était particulièrement soigné de sa personne. On aurait pu le prendre pour un play-boy insouciant sans les yeux froids à l'expression insaisissable. Ses narines amincies par l'usage régulier de la cocaïne semblaient transparentes et il reniflait sans arrêt.

— Assieds-toi, dit-il à Johnny Trump. Prends un verre, tu dois être fatigué.

Sa sollicitude était touchante... Johnny accepta machinalement un verre de rhum blanc et le leva.

— Au succès de nos affaires, fit-il d'une voix presque ferme.

L'alcool lui fit du bien. Miguel Cuevas avait remis la main sur la cuisse de la fille qui souriait toujours, ailleurs. Johnny guetta les bruits de l'extérieur, se répétant que ceux qui le protégeaient n'étaient pas des enfants de chœur, qu'ils avaient dû prévoir la rupture de filature et agir en conséquence. Cette idée le réconforta et il examina la pièce. C'était un intérieur pauvre, probablement celui de Nieves. Les meubles étaient peints de couleurs criardes et l'élégant Miguel Cuevas détonait dans ce cadre miséreux. Le « cocaine cowboy » bâilla ostensiblement.

— Ça va être l'heure d'aller au casino, dit-il. On finit le business ?

Son regard s'était posé sur Johnny Trump. Lui aussi avait hâte d'avoir terminé. Beaucoup de gens auraient donné cher pour se trouver face à face avec Miguel Cuevas l'insaisissable, mais pas lui.

— OK ! Miguel, dit-il.

— Tu as l'argent ?

— Il est là, fit Johnny s'essuyant avec son mouchoir. Et toi, tu as la marchandise ?

La crosse du 38 glissé dans sa ceinture était bien en vue. Même entre amis, un peu de dissuasion ne fait jamais de mal.

Miguel Cuevas éclata d'un grand rire joyeux.

— Tu ne penses pas qu'on t'a fait faire tout ce chemin pour rien ! Faustino !

Le gros Cubain se leva et tira une valise bleue de sous le lit et l'ouvrit. Elle contenait des paquets enveloppés de plastique noir de la taille d'un kilo de sucre. Le Cubain en prit un et le jeta sur les genoux de Johnny Trump.

Celui-ci n'eut pas à se forcer pour ouvrir fébrilement le paquet. Une poudre blanche et brillante apparut. Jamais il n'avait vu autant de cocaïne d'un coup. Il en prit une pincée sur la langue et la goûta. Aucun doute. D'ailleurs, un homme de la réputation de Miguel Cuevas ne s'amusait pas à vendre de la saleté. Celui-ci commenta :

— Elle vient de Medellin. Quatre-vingt-quinze pour cent. Tu peux la couper dix fois.

Il y en avait quinze kilos. Revendue dans les rues de Miami, cela valait sept millions de dollars... Johnny referma le paquet et le remit dans la valise. Puis il ouvrit son attaché-case et déposa les sept paquets de cent mille dollars sur la table, avala sa salive et lança :

— Ceux qui m'ont envoyé voudraient te rencontrer, Miguel. Pour un deal plus important. Ils ont entendu dire que tu étais sur un coup énorme. Ils voudraient tout t'acheter...

Miguel Cuevas sourit, et sa main remonta, caressant la poitrine de la fille dont le visage ne bougea pas.

— Ils sont bien renseignés, fit-il. Mais cela coûtera cher...

Ses yeux brillaient d'un éclat particulier et Johnny se dit qu'il avait dû aspirer une « ligne » avant de le rencontrer. Lui n'en pouvait plus. Hélas ! il n'avait pas un gramme de coke sur lui. Furieusement, il frotta de nouveau ses yeux rougis. Miguel Cuevas l'observait avec bonté.

— Tu as mal aux yeux, hein ! remarqua-t-il. Je sais ce que c'est... Tiens, prends ça.

Il fouilla dans sa poche et en sortit de la Visine, un collyre très répandu. Tous les drogués avaient le même problème. Johnny prit le flacon de plastique, le déboucha, appliqua l'embout en forme de compte-gouttes dans le coin de son œil gauche et pressa la petite bouteille.

Plusieurs gouttes tombèrent aussitôt dans son œil. Mais au lieu du soulagement escompté, ce fut comme une coulée de feu ! Avec un hurlement dément, il lâcha le collyre, tournoya sur lui-même, ses doigts pressés sur son œil, l'autre inondé de larmes. La douleur atroce lui vidait le cerveau. Dans un brouillard de larmes, il entendit le rire dément de Miguel Cuevas et sa voix sarcastique :

— Il est bon mon collyre à l'acide sulfurique, Johnny ?

Deux bras ceinturèrent Johnny Trump et une main le soulagea de son revolver. Il tomba à genoux, aveuglé par les larmes. La pointe d'une botte le frappa au larynx, lui coupant le souffle. Il plongea à pic dans un trou noir d'où la voix du Cubain lui parvint faiblement :

— Johnny ? C'est seulement un début...

CHAPITRE II

Une poigne féroce tira en arrière la tête de Johnny Trump ravivant la souffrance atroce de son œil rongé par l'acide sulfurique. L'autre était tellement noyé de larmes qu'il n'y voyait pratiquement plus. Les rythmes de « Salsa 63 » frappaient douloureusement ses tympans. On ne l'avait même pas attaché, après sa syncope, simplement jeté dans un vieux fauteuil, comme un objet hors d'usage. Sans le voir, il reconnut à la fragrance de son eau de toilette, Miguel Cuevas.

— Regarde-moi ! ordonna celui-ci.

Au prix d'un effort inouï, Johnny Trump entrouvrit son œil valide et, à travers ses larmes, aperçut vaguement le Cubain debout en face de lui et la fille en rouge toujours sur le divan. Miguel Cuevas se pencha sur lui et susurra d'une voix dangereusement douce :

— Petit *maricón* ! Tu croyais que tu pouvais baiser Miguel le Cowboy ! Qui t'a donné cet argent ?

Johnny renifla, avala ses larmes, pris d'un tremblement convulsif. La peur et le manque de cocaïne. Est-ce qu'il allait perdre l'œil ? La douleur le suffoquait. S'il flanchait, il savait ce qui l'attendait. Bon Dieu, qu'est-ce que foutaient ses alliés ? Ces types du SWAT (1) tellement impressionnants avec leurs bérets noirs et leurs gros revolvers.

(1) Unité anti-terroriste.

— Miguel ! gémit-il. Tu es fou ! Qu'est-ce que tu crois ?

— Ce que je crois ? rugit le Cubain. Que tu es en train de me vendre, petite ordure. Si Faustino n'avait pas été prudent, les flics seraient déjà ici. Tu sais combien ils ont promis pour ma peau ces ordures de la DEA (1) ? Cent mille dollars. D'ailleurs tu le sais, hein ?

Johnny Trump trembla encore plus violemment. Comment ce salaud avait-il deviné ? S'il s'était mouillé dans cette combine, c'était afin d'éviter une peine de huit ans de pénitencier pour trafic de drogue. Mais les agents de la DEA avaient promis qu'ils le protégeraient, que rien ne lui arriverait.

Une main comprimant son œil brûlé, il bredouilla :

— Miguel, tu connais ceux pour qui je travaille, ce sont des mecs de New York, des gros, avec beaucoup de blé.

— Salope !

Le coup de pied dans la cheville lui fit oublier son œil une fraction de seconde. Miguel Cuevas hurla dans son oreille :

— Tu mens ! J'ai vérifié. Personne ne les connaît, tes mecs, c'est les flics qui t'ont donné tous ces dollars... avoue !

Ses vociférations couvraient les salsas de la radio. Johnny avalait péniblement sa salive. Liquéfié. Soudain, le volume sonore de « Salsa 63 » monta de plusieurs crans, à crever les tympans. Avant qu'il ait le temps de se demander pourquoi, un pouce s'enfonça brutalement dans l'œil droit de Johnny Trump et repoussa la paupière, maintenant l'œil ouvert de force. Aussitôt un jet de feu lui perfora la cornée.

(1) Drug Enforcement Administration.

Johnny Trump eut l'impression de cracher ses cordes vocales. Il sauta du fauteuil, se roulant par terre sous la brûlure abominable, toujours au son d'une salsa endiablée. Il se griffait le visage, à genoux, la cornée attaquée sur toute sa surface, ne voyant plus qu'un énorme nuage glauque. Miguel Cuevas le releva et le rejeta dans le vieux fauteuil. Quelque chose de dur heurta ses incisives, déclenchant une nouvelle vague de douleur.

— Ferme ta gueule, fit la voix froide de Miguel Cuevas, sinon je te fais sauter la tête.

L'acier du canon de l'arme, collé à ses dents, lui causa une sensation terrifiante. L'instinct de conservation fut le plus fort et il réussit à maîtriser sa douleur, n'émettant plus que de faibles couinements. La musique baissa un peu et la voix douce de Miguel Cuevas annonça :

— Tu es un brave garçon, Johnny, mais si tu ne me dis pas la vérité, je vais verser tout l'acide, jusqu'à ce que tu n'aies plus que deux trous à la place des yeux et que ça te bouffe le cerveau.

Une piqûre cuisante attaqua le dos de la main de Johnny Trump. Une goutte d'acide. Son cri s'étouffa vite. Ses yeux le brûlaient atrocement. Il y colla ses deux mains, cherchant à reprendre son souffle. La voix de Miguel précisa :

— Je te laisse réfléchir, Johnny, mais pas trop longtemps. Tu sais que j'ai envie d'aller au casino jouer les dollars de tes amis de la DEA et n'essaie pas de me mentir, car je le saurai. Regarde !

Johnny Trump réussit à distinguer dans un brouillard rougeâtre une sorte de bâton enveloppé d'un brillant papier multicolore, brandi sous son nez par le Cubain.

— Avec mon palo, je peux parler aux morts, annonça fièrement Miguel Cuevas, et confondre mes ennemis. Je suis un « babalawo ». Shango, le dieu de la Guerre, me protège.

Johnny écoutait vaguement. Il savait que Miguel Cuevas était un ardent croyant dans la senteria, un culte mi-païen mi-chrétien ressemblant beaucoup au vaudou fortement imprégné de magie noire, mais il était stupéfait de voir le Cubain y attacher cette importance. Et davantage encore de savoir qu'il était un grand prêtre, un babalawo. Ce dernier alla se rasseoir et cria joyeusement :

— *Don't bullshit me !* (1) Johnny. Réfléchis pendant que je m'amuse un peu.

Inquiet, Johnny Trump entrouvrit de nouveau son œil le moins touché. Miguel Cuevas était à demi allongé sur le divan, son pantalon de toile largement ouvert. Il en sortait un sexe mou aux dimensions monstrueuses qui lui arrivait presque à mi-cuisses. La fille l'avait pris à deux mains et s'efforçait de le rendre plus présentable. La radio continuait à vomir ses lancinantes salsas à jet continu. Des coups sourds ébranlèrent la tôle ondulée du toit. Un orage, fréquent en cette saison des pluies. Bientôt ce fut un martèlement infernal qui retentissait douloureusement dans le crâne de Johnny. Ce dernier profitait de ce court répit pour faire le point. Il avait un choix très simple. Continuer à se taire et le Cubain le torturerait à mort. Ou parler et il le tuerait.

***

Miguel Cuevas contemplait avec dégoût son interminable membre prendre lentement consistance entre les doigts experts de sa partenaire. La cocaïne lui jouait de mauvais tours, alors qu'il était jadis un

(1) Ne me prends pas pour un con !

véritable étalon. Pourtant la fille s'était extasiée poliment devant l'importance de son membre, ce qui l'avait flatté comme toujours.

Tirant de sa poche une petite boîte en argent, il la lui mit sous le nez et la fille aspira voluptueusement une pincée de cocaïne avant de se remettre au travail avec encore plus d'enthousiasme. Les yeux mi-clos, Miguel lui maltraitait distraitement les seins à travers son T-shirt.

En face, dans le fauteuil, Johnny Trump semblait mort, tassé sur lui-même. Miguel Cuevas déplorait qu'il ne puisse pas profiter du spectacle. Brusquement agacé par le peu de résultat obtenu par sa partenaire, il la saisit par la nuque, la courbant vers son ventre. Docilement sa bouche vint à la rescousse de ses doigts. Sa main nouée autour de la hampe semblait minuscule. La cocaïne commençait à l'exciter et sa tête se mit à aller de plus en plus vite.

Le membre de Miguel Cuevas prenait des proportions impressionnantes. La fille le léchait, le caressait, le faisait rouler contre sa joue.

— *Esta bien, esta bien*, murmura le Cubain.

Enfin, il se sentait prêt. Le sang aux tempes, il l'écarta de lui, la saisit aux hanches, l'agenouilla sur le divan, le dos tourné vers lui, et lui arracha son slip. Puis il s'enfonça en elle d'un brutal coup de reins, tandis que ses mains remontaient, emprisonnant les seins. La fille qui avait l'impression d'avoir une épée dans le ventre poussa un cri rauque qui fit sursauter Johnny Trump. Sans ménagement, Miguel Cuevas la besognait, excité par cette gaine étroite. Son membre maintenant totalement rigide violait avec délectation la petite putain sous le regard aveugle de Johnny Trump qui continuait à couiner lamentablement. Miguel se retira, remit la fille sur le dos, lui replia les jambes comme une grenouille et s'enfonça de nouveau dans son ventre. Elle hurla, les muqueuses distendues par cette énorme bielle brûlante. Miguel Cuevas, sentant venir son plaisir donna des coups de boutoir encore plus furieux, puis se déversa en elle. Il retira lentement son sexe amolli, mais encore de proportions étonnantes. Toutes ses terminaisons nerveuses étaient à vif.

— *Chupas !* (1) ordonna-t-il.

S'agenouillant, la fille passa aussitôt une langue aiguë tout le long du membre, soulagée de ne plus être transpercée.

— OK, OK ! murmura le « cocaine cowboy », la tête rejetée en arrière.

Le contact de la langue lui envoyait d'exquises sensations dans le cortex, multipliées par la cocaïne. Il poussa si fort sur la tête de sa partenaire qu'elle s'en étrangla. Cependant, en dépit de ses efforts, Miguel Cuevas sentait le plaisir se retirer de lui, comme la mer d'une plage à marée basse. La récréation était finie. Sans interrompre la fille, il se pencha en avant, comme pour remonter sa botte. Ses doigts glissèrent à l'intérieur et en ressortirent, serrant la crosse d'un petit Beretta 9 mm au mufle court. D'un geste parfaitement naturel il se redressa, l'arme à la main, enfonça l'extrémité du canon dans l'oreille de la fille et appuya sur la détente.

La détonation claqua comme un coup de tonnerre dans la petite pièce. Sa victime n'eut même pas le temps d'avoir peur, sa bouche s'arracha du sexe de son assassin et elle tomba sur le côté, projetée par l'onde de choc. Elle eut quelques spasmes, se recroquevilla, poussa un râle bref et mourut. Johnny Trump s'était levé en hâte, essayant d'ouvrir ses yeux brûlés par l'acide.

(1) Suce !

— Hé ! Miguel, cria-t-il. Qu'est-ce qui se passe ? Fais pas le con !

— Johnny, il est temps de se remettre au travail, fit le Cubain d'une voix calme.

Il regardait pensivement le corps à ses pieds. Elle était morte, mais ses genoux bougeaient encore faiblement, par un mouvement réflexe. C'était la première fois qu'il voyait un mort dont les genoux bougeaient. Johnny parvint à entrouvrir ses yeux torturés et distingua vaguement le cadavre.

— Pourquoi tu l'as flinguée ? demanda-t-il d'une voix altérée.

Miguel lissa sa courte barbe :

— Elle avait entendu tout ce que je t'ai dit et aurait pu parler. Cela fait seulement une pute de moins, qui serait devenue grosse et moche.

Il parlait de la fille comme s'il avait écrasé un insecte. Johnny Trump n'avait jamais rencontré quelqu'un comme Miguel Cuevas, un tueur aussi détaché, d'une aussi monstrueuse cruauté. Ce dernier, à l'aide d'un petit poignard tiré aussi de sa botte, était en train de tailler une encoche dans la crosse du Beretta qui s'ajoutait à cinq autres. Et « Salsa 63 » continuait à moudre ses délices tropicales. Personne ne semblait avoir été dérangé par le coup de feu. Miguel Cuevas acheva son entaille, remit son pistolet dans sa botte et demanda calmement :

— Alors, Johnny, tu es décidé ? Il faut que j'aille au casino.

Johnny Trump avait des élancements atroces dans les yeux. L'acide sulfurique continuait à ronger ses cornées, les rendant complètement opaques. Il ne se sentait pas le courage d'affronter une nouvelle séance de torture. Les mains tremblantes, il mendia :

— OK, OK ! Miguel, je vais tout te dire. Mais filemoi un peu de coke, je n'en peux plus.

Sans un mot, Miguel Cuevas approcha, sa petite boîte à la main. Il versa une pincée de cocaïne dans la paume de Johnny Trump qui se hâta de l'aspirer. Il resta la tête en arrière, les yeux fermés, laissant à la drogue le temps d'agir. Il lui semblait que son sang circulait plus vite, que sa douleur s'estompait. Son cerveau s'éclaircissait, il reprenait confiance en lui. Sur un ultime reniflement, il commença à se confesser, d'un ton geignard :

— Ce n'est pas de ma faute, Miguel ! Ils m'ont piqué avec cinq livres de poudre. Je risquais huit ans, avec mon pedigree. Ces salauds m'ont mis en cellule, sans rien, j'ai cru crever. Puis un jour, un type de la DEA est venu.

— Qui ?

— Il se faisait appeler Burt, mais c'était un faux nom. Un gars roux, petit, costaud, qui connaissait vachement bien le milieu. Pas possible de le baiser.

— Qu'est-ce qu'il voulait ?

Distraitement, tandis que l'autre parlait, Miguel Cuevas prit une des mains de la morte et la posa sur la table basse. Puis, avec application, il entreprit de cisailler le petit doigt à l'aide de son poignard. Le sang commença à suinter. Il pesa pour entamer l'os.

— Me parler de toi, avoua Johnny Trump dans un souffle ; heureusement, il ne distinguait pas le macabre jeu de son vis-à-vis. C'est lui qui m'a appris que tu étais sur un coup énorme. Six mois de toute la production de la Bolivie. Ils voulaient en savoir plus là-dessus.

— Et, bien entendu, tu t'es allongé ? commenta Miguel de sa voix douce.

Il avait achevé de découper le doigt de la morte et jouait avec. Un peu de sang en coulait encore. Johnny Trump sentit la menace dans la voix et se hâta de dire :

— Non, non, je ne suis pas comme ça. Je l'ai viré ce mec, je te jure, je lui ai dit que je préférais passer dix ans au trou plutôt que de te balancer.

— Et pourtant, tu es là...

— Il est revenu. Avec un autre mec. Très haut placé. Il m'a dit qu'il travaillait dans une autre agence fédérale, la CIA. Qu'il était intéressé par toi aussi. Que tu traficotais avec les gens de Castro. Avec des armes. Lui a été précis. Si je collaborais, j'étais libre, on laissait tomber les charges contre moi, et même, j'aurais du blé. Cinquante mille dollars... Il avait signé un papier avec mon avocat qui me l'a montré... Miguel, je n'en pouvais plus... Ils m'ont juré qu'ils me mettraient en *protective custody* (1), que je ne risquerais rien.

Il se tut. Miguel Cuevas secoua la tête. Il mit le doigt de la morte dans sa poche, et s'approcha de Johnny Trump, après avoir raflé une partie d'une des liasses de dollars posées sur la table.

— Pauvre con, dit-il, tu m'as balancé pour cinquante grands (2). Regarde !

Johnny Trump aperçut dans son brouillard rouge la flamme d'un briquet qui entamait une liasse de billets de cent dollars. Il y en avait au moins pour vingt mille dollars. Ce n'était pas du bluff. Miguel Cuevas les garda dans ses doigts aussi longtemps qu'il le put, puis lâcha les morceaux brûlants sur Johnny Trump qui poussa un cri horrifié.

— Tu vois ce que j'en fais de l'argent ! fit le Cubain, plein de mépris.

Il reprit une autre liasse et se mit à l'enflammer, pris d'une sorte de folie. Les yeux purulents de Johnny enregistraient la scène incroyable. Jamais il n'avait vu détruire de l'argent ! Miguel Cuevas était

(1) Garde protégée.
(2) Cinquante mille dollars.

fou. Celui-ci se calma d'un coup. Une odeur de brûlé flottait dans la pièce, effaçant celle, fade, du sang.

— OK ! fit-il. C'est bien de me dire la vérité.

La peur effaça la souffrance des yeux brûlés.

— Miguel, qu'est-ce que tu vas ?...

Le Cubain posa une main ferme sur l'épaule de l'homme qu'il avait torturé.

— Tu es un pauvre type, Johnny. Pour cette fois, je te pardonne. Peut-être bien que tu resteras aveugle, ça sera ta punition... Mais ne me croise plus jamais.

Une vague de bonheur envahit Johnny Trump. Il s'en sortait. A moitié aveugle, ayant perdu sept cent mille dollars qui ne lui appartenaient pas, avec des années de prison devant lui, mais vivant. La cocaïne qu'il avait absorbée quelques instants plus tôt faisait son effet euphorisant.

— Je te jure, fit-il, plus jamais...

— OK ! fit Miguel Cuevas. Nieves va te larguer quelque part, loin d'ici, que tu n'aies pas de mauvaises tentations.

Il le prit par le bras, lui fit traverser la pièce et le mena jusqu'à la porte. Dès que Johnny bougeait, la douleur de ses yeux attaqués par l'acide devenait insupportable. Une bouffée de chaleur moite lui frappa le visage quand le Cubain ouvrit et il descendit maladroitement l'escalier de bois. Il y voyait à peine. Il devina plus qu'il ne vit une voiture, coffre ouvert, Nieves debout à côté.

— Monte là-dedans ! ordonna le Portoricain.

Johnny hésita, mais Faustino, surgi de l'obscurité, le poussa vers le coffre ouvert. La ruelle était déserte. Pas de trace du SWAT. Ivre de rage, Johnny se dit qu'il s'était fait doubler par tout le monde. De lui-même, il monta dans le coffre. Nieves le poussa, referma, et démarra brutalement et les cahots commencèrent. Johnny Trump posa les mains sur ses paupières, essayant de ne pas penser à la douleur. L'acide le rongeait, comme un insecte malfaisant. Les virages le faisaient se cogner aux parois du coffre. Puis, la voiture glissa plus harmonieusement et plus vite. Ils avaient gagné un freeway. San Juan était très étendu et il ne s'en étonna pas.

***

Nieves conduisait rapidement, malgré les innombrables feux rouges qui jalonnaient l'Avenida Regimiento 65 de Infanteria, en direction de l'est. Une immense banlieue bordée de marchands de voitures et de quelques usines. Le dimanche, des paysans faisaient rôtir des cochons de lait au bord de la route pour les vendre aux touristes.

Enfin, la route se transforma en Freeway 26 et il put accélérer. Il mit plus fort la radio, dodelinant de la tête aux rythmes de « Salsa 63 ». Nieves était un petit voyou grandi dans Tokyo, drogué, prêt à tout pour quelques dollars. A Porto Rico, pour un garçon illettré légèrement psychotique et paresseux, les débouchés étaient limités. Les armes à feu étant rares à San Juan, Nieves était devenu un spécialiste du couteau. Il n'avait pas son pareil pour ouvrir un ventre d'un revers de poignet. Un pic à glace faisait aussi très bien l'affaire. Il n'avait été que deux fois en prison mais y avait appris pas mal de choses.

Perdu dans la musique, il faillit manquer l'embranchement de la route 189 pour Rio Grande.

Le Freeway 26 était bordé d'un patchwork de forêt tropicale et de marécages. Nieves connaissait le coin à merveille, y étant né. Il sinua dans de petits chemins, après la 189, pour arriver au bord du Rio Grande, la seule rivière navigable de Porto Rico. L'endroit était totalement désert. Il gara la voiture sous un bouquet de bambous géants et descendit.

Seuls, les sifflements stridents des grenouilles grimpeuses d'arbres troublaient le silence de la nuit. Nieves attendit quelques instants, puis ouvrit le coffre. Aussitôt, Johnny Trump se dressa comme un diable qui sort d'une boîte, palpant ses yeux rongés par l'acide. La douleur s'amplifiait maintenant que l'effet de la cocaïne diminuait. A tâtons, il sortit du coffre ; Nieves l'observait en silence.

— Où sommes-nous ? demanda Johnny.

Nieves ne répondit pas. Lentement, il fit le tour du traître, comme pour l'observer. L'angoisse serrait la gorge de Johnny Trump. A l'absence de lumière, il se rendait compte qu'il n'était plus à San Juan. Il se raccrocha à un dernier espoir.

— J'y vois rien ! gémit-il. Putain ce que j'ai mal. Me laisse pas là, je vais jamais retrouver mon chemin...

Sans répondre, Nieves s'approcha, avança le pied et d'une bourrade projeta Trump à terre. Ce dernier se reçut à quatre pattes avec un cri de douleur.

— Me fais pas mal, petit, supplia-t-il. Me fais pas mal.

Ce n'était plus qu'une loque, percluse d'élancements atroces. Un coup de pied précis de Nieves lui faucha le bras droit et il s'effondra le visage dans l'humus. Aussitôt le pied du Portoricain pesa sur son dos, le maintenant à terre.

Nieves passa la main droite dans son dos, soulevant son T-shirt et saisit la crosse d'un colt Trooper 357 Magnum. Un cadeau récent de Miguel Cuevas. Bleuté, lourd, froid, avec une crosse de caoutchouc noir pour mieux assurer la prise. Son pouce releva le chien. A bras tendu, il visa la nuque de Johnny Trump, puis appuya sur la détente.

La force de l'explosion le surprit. Johnny Trump parut cloué au sol par un épieu invisible. Il ne cria même pas, les vertèbres cervicales écrabouillées par le projectile qui lui arracha une bonne partie du larynx en ressortant. Il mourut en quelques secondes. Nieves ne put résister à l'envie de tirer une fois de plus. Sa seconde balle acheva pratiquement de décapiter sa victime. L'odeur âcre de la cordite piqua agréablement les narines du jeune tueur. C'était la première fois qu'il tuait quelqu'un avec une arme à feu. Il en ressentait une expression de puissance inouïe...

Courant jusqu'à la voiture, il redémarra et regagna le freeway en direction de San Juan, distant d'une quinzaine de milles environ.

Roulant lentement, il entendait encore dans ses oreilles le vacarme des détonations. Quelle arme ! Tout en conduisant, il tâtait la crosse du « Trooper » de temps à autre avec amour. Miguel Cuevas était vraiment un patron. Il allait lui demander de l'emmener avec lui aux Etats-Unis. Comme il entrait dans la ville, une voiture de police bleue portant sur le toit le « K » du SWAT le doubla, tous feux allumés.

Quand même, il en éprouva un petit pincement de cœur. Le canon du Magnum était encore chaud contre la peau de son dos.

CHAPITRE III

Le gros sergent du SWAT, appuyé à la portière de la voiture de police, cachait en partie l'écusson annonçant : *Protección y Integridad. Policia de San Juan*. En dépit de son teint basané, il avait des yeux très clairs et son torse était tellement enveloppé de graisse qu'il marchait les bras écartés du corps. Pour l'instant, il observait la rangée de petites maisons vertes et bleues, aux toits de tôle, qui s'alignaient au fond du terrain vague où était stoppée la voiture du SWAT.

Il se retourna vers Malko en train de contempler la haute tour de la Banco Popular, cinq cents mètres derrière eux, sur Ponce de Leon, dans un autre monde. La chaleur dissolvante, coupée de brusques averses vous tombait dessus comme une chape de plomb.

— *Señor,* je crois que nous pouvons y aller.

Décrochant son Motorola (1) de sa ceinture, il avertit sa centrale. Un second policier, après avoir sorti un M 16 du coffre, en vérifiait ostensiblement les deux chargeurs réunis par du chatterton noir. Comme si on les avait observés à la jumelle des premières maisons de Tokyo. Le dernier occupant de la voiture en sortit. Un énorme civil barbu boudiné dans une chemise bleue pas très nette portée sur un pantalon tire-

(1) Walkie-talkie.

bouchonné cachant mal des chaussures éculées. De grosses lunettes noires carrées lui mangeaient le visage, protégé du soleil par un grand chapeau de paille effrangé avec un ruban rouge.

Le lieutenant Eduardo Gomez, du SWAT.

Les quatre hommes se mirent lentement en route vers les petites maisons. Discrètement, le sergent fit sauter la pression de son étui à revolver.

Malko clignait des yeux sous le soleil torride, un peu amusé par cette mise en scène. On aurait dit le début d'un western. Le Motorola crachouillait à la ceinture du sergent. Ils atteignirent enfin les premières maisons. Une vieille se balançait dans un rocking-chair, sur une véranda fermée comme une cage par des arabesques de métal. Accoudée à une balustrade, une jeune métisse, en short collant taillé dans un vieux jean, nu-pieds, les seins pointus sous un T-shirt sale, les observait de ses yeux globuleux, une banane dans une main et une boîte de bière dans l'autre. Inconsciemment provocante. Derrière elle, une radio mise à fond déversait les éternelles salsas.

Eduardo Gomez s'immobilisa devant la maison suivante, mêmes pilotis et même toit de tôle.

— C'est ici.

Dc l'autre côté de la rue, les épaves de voitures formaient un véritable rempart. Un peu plus loin, un vieux canapé dérivait sur l'eau sale d'une petite rivière. Des fils électriques pendaient un peu partout. Décor riant.

Malko et le lieutenant montèrent l'escalier de bois extérieur menant à la véranda cadenassée. Une grosse matrone noire était étalée dans un fauteuil, sirotant l'inévitable Budweiser. Elle jeta un regard dépourvu d'aménité aux deux hommes. Eduardo Gomez brandit son badge à travers les barreaux.

— *Señora Malpica ?*

— *Si*.

— Je cherche Nieves, votre fils.

La Portoricaine cracha par terre.

— Pas là. N'habite pas ici.

— Où est-il ?

— Sais pas.

— Quand revient-il ?

— Sais pas.

Elle fit craquer la boîte de bière dans ses grosses mains, la jeta, se leva et rentra à l'intérieur. Malko essuya son front couvert de sueur. Il faisait une température de sauna et d'énormes nuages noirs traînaient au-dessus de San Juan, prêts à crever. Le voyage avait été long, depuis l'Europe et il tombait de sommeil. Cet îlot insalubre en plein San Juan était sinistre, malgré ses bananiers sauvages et ses banians. Soudain, une pierre s'écrasa sur le capot d'une des épaves, à côté d'eux. Le sergent aux yeux clairs sursauta et l'autre policier braqua son M 16 sur un groupe de gosses. Eduardo Gomez plongea nerveusement la main sous sa chemise ramenant un court revolver.

— Enculés ! fit-il. Elle ne nous dira rien. Faudrait passer tout ça au lance-flammes...

C'était une forme inattendue d'aide sociale.

— Inutile d'insister, reconnut Malko.

Ce n'est pas là qu'ils allaient trouver Nieves Malpica. Ils redescendirent l'escalier et regagnèrent la voiture de police. Eduardo Gomez montra du doigt un monceau de débris de voitures rouillées.

— Estrella, la fille avec une balle dans la tête, on l'a retrouvée là-dedans.

Le policier-chauffeur rentra son M 16 et démarra sur les chapeaux de roue. Cinq cents mètres plus loin, ils retrouvaient l'animation de Ponce de Leon. Ils remontèrent jusqu'à l'Avenida Franklin Delano Roosevelt. En face du stade se dressait l'imposant building regroupant la Guardia Nacional, le SWAT et la police municipale. Un bloc gris pyramidal de onze étages, impressionnant avec ses fenêtres étroites comme de gigantesques meurtrières, au toit plat hérissé d'une forêt d'antennes. Cerné par de grosses grilles noires, ce QG était flanqué à gauche d'un superbe bidonville et, à droite de l'armurerie de la Guardia Nacional.

Ils gagnèrent un petit bureau au onzième étage qui sentait le piment et l'humidité.

Eduardo Gomez jeta son vieux chapeau sur une chaise, ouvrit une boîte de Budweiser et s'effondra dans son fauteuil de bois en piteux état. Assez répugnant. Il poussa vers Malko un dossier rouge.

— Tenez, voilà les traces du passage de Miguel Cuevas... On ne le voit pas sur ces photos, mais Johnny Trump a eu les yeux brûlés à l'acide. Avant sa mort.

Malko regarda d'abord les photos. Un gros homme couché sur le ventre avec, comme linceul, une couche épaisse de mouches. Celles-ci formaient une sorte d'auréole à la hauteur de la nuque.

La seconde photo représentait le corps disloqué d'une fille brune, la bouche ouverte, la jupe relevée sur les cuisses. Sa tête n'était qu'une masse sanglante.

— Quelqu'un a coupé un doigt à la fille, souligna Eduardo Gomez.

— Pourquoi ?

Le lieutenant haussa les épaules.

— J'en sais rien. C'était une gentille petite pute, Estrella, on la connaissait bien.

— Pourquoi l'a-t-on tuée ? Qui l'a tuée ?

— D'après ce qu'on sait, Miguel Cuevas. Sans raison. Ce type est dingue.

Malko examina la photo de Miguel Cuevas jointe au

dossier. Un beau visage de maquereau sud-américain avec des yeux durs, un collier de barbe et une petite moustache. Il restait séduisant malgré l'écriteau de l'identité judiciaire pendu sur sa poitrine. Quatre ans plus tôt, il avait été arrêté pour une peccadille sous un faux nom et relâché aussitôt...

Eduardo Gomez écrasa sa boîte de bière entre ses gros doigts et la jeta dans une corbeille. La pluie maintenant martelait les vitres et dehors on n'y voyait pas à trois mètres. Pourtant la température n'avait pas baissé d'un degré. Le policier portoricain adressa à Malko un sourire ironique.

— Cuevas s'est tiré, Johnny Trump est mort, Nieves est en cavale... Me demande foutrement ce que vous êtes venu faire ici...

Malko aussi commençait à se le demander. La CIA l'avait arraché brutalement à la saison de chasse en Autriche, pour le jeter dans le premier Concorde Paris-New York. A Washington, il avait retrouvé ses vieux amis de la division des opérations. C'est là qu'on lui avait tendu avec des pincettes ce qui restait de l'opération Swordfish. Au départ, une affaire apparemment simple. Deux stations de la CIA avaient eu vent par des informateurs qu'un certain Miguel Cuevas, trafiquant de drogue notoire, était en train de mettre au point avec la DGI (1) cubaine une énorme opération combinée « cocaïne-armes » qui allait permettre aux Services cubains de gagner plusieurs millions de dollars et surtout de faire parvenir des dizaines de tonnes d'armes au Salvador et en Colombie.

Le vice-président des Etats-Unis lui-même avait demandé une action immédiate de tous les moyens réunis de la CIA et de la DEA. Cela avait bien com-

(1) Services spéciaux cubains.

mencé grâce à la DEA et à ses contacts. Miguel Cuevas paraissait à portée de la main. Et puis, le plan semblait avoir capoté, terminant prématurément l'existence de Johnny Trump... En plus, la CIA et même la DEA semblaient impuissantes à localiser Miguel Cuevas. Sa piste se perdait à Porto Rico. Alors, la division des Opérations avait décidé d'injecter du sang neuf dans l'opération Swordfish : Malko.

— Que s'est-il passé exactement ? demanda ce dernier.

Eduardo Gomez se gratta énergiquement sous les bras et ouvrit une seconde boîte de bière.

— Il y a huit jours, j'ai reçu un télex de la DEA de Miami, expliqua-t-il. Un mandat d'arrêt au nom de Miguel Cuevas pour meurtre, trafic de drogue, association de malfaiteurs, extorsion, et j'en passe. Ensuite des instructions pour mon équipe. On a diffusé comme d'habitude. Un certain Johnny Trump allait arriver de Saint-Domingue, à un jour et une heure qu'on me fixait et on m'a envoyé une photo en prime. Il fallait veiller sur lui comme sur la prunelle de nos yeux, car il se trimballait avec sept cent mille dollars empruntés à la Federal Bank pour un coup tordu de la DEA. Trump se faisait passer pour acheteur de drogue. Le gars qu'il devait rencontrer, c'était ce Miguel Cuevas. L'idée était que Trump nous mène à Cuevas et de les piquer tous les deux.

— Alors ?

— Alors, cela a foiré, dit sobrement Eduardo Gomez. Théoriquement, la DEA aurait dû suivre Johnny Trump avec une équipe et travailler en collaboration avec nous. Seulement, mon patron a préféré faire cavalier seul, pour tirer toute la gloire de l'arrestation de Miguel Cuevas. En plus, le jour même de l'arrivée de Trump, j'ai dû envoyer ma meilleure équipe à l'autre bout de l'île, pour une histoire de terrorisme. Je me suis retrouvé avec des ringards. A l'aéroport, ils ont repéré Johnny Trump. Il est parti avec un inconnu venu le chercher, comme prévu. Nous les avons suivis. Avec une bagnole, au lieu de deux ou trois. Résultat, les autres qui se méfiaient, nous ont fait une rupture de filature et on les a perdus. On a revu Johnny Trump trois jours plus tard, à côté du Rio Grande. Très mort. (Il ricana.) Quelqu'un lui avait tiré un couple de *warning shots* (1) dans la tête. Bien entendu, les sept cent mille dollars s'étaient envolés.

« Le lendemain de sa disparition, on avait retrouvé la fille. Grâce à nos « indics » dans Tokyo, on a à peu près reconstitué ce qui s'est passé. Trop tard. Par recoupements, j'ai d'abord appris que Miguel Cuevas était arrivé avant Johnny Trump à Porto Rico. Qu'il était allé directement à Tokyo, dans la baraque verte de Nieves et que Johnny Trump l'y avait rejoint. Ensuite...

— Et Miguel Cuevas ?

— Il est reparti à l'aube.

— On ne l'a pas arrêté ?

Eduardo Gomez se leva pour allumer.

— Un Learjet en provenance de Haïti s'est posé à seize heures quarante-cinq le soir de l'arrivée de Johnny. Deux passagers sont descendus. Le pilote est resté à bord. Les deux types avaient bien entendu de faux passeports américains aux noms de Michael Velasquez et Wilfredo Dax. D'après le signalement, Velasquez devait être Cuevas. Il avait une valise, mais personne ne l'a ouverte. Le Learjet est reparti à cinq heures cinquante le lendemain matin. Son plan de vol indiquait Port-au-Prince. Il s'y est arrê-

(1) Coups de semonce.

té, puis est reparti aussitôt, direction Fort Lauderdale.

— Vous avez son immatriculation ?

— Oui. Il appartient à une compagnie de charters de Fort Lauderdale en Floride. Il était loué pour deux jours par un client qui a payé en liquide. Le fameux Velasquez.

— Et le pilote ?

— John Rabelais, il vit à Key Largo, en Floride. Il a déclaré qu'il avait débarqué ses clients à Haiti et ne savait rien de plus. Nous avons enquêté. Les deux passagers du Learjet sont peut-être repartis sur le vol Air France 345 Pointe-à-Pitre Port-au-Prince-Miami, sous un autre nom, mais nous n'avons aucune certitude.

— Que fait cette fille mutilée dans l'histoire ?

Le lieutenant eut un geste d'impuissance.

— D'après ce que je sais, on la lui avait amené pour qu'il se distraie un peu. Elle est entrée vivante dans cette baraque et on l'a retrouvée morte.

Craquement de la boîte de bière. Le gros Portoricain regardait Malko en dessous. Il soupira :

— Je vous connais pas, mais vous êtes sympa. Faites gaffe. Ce Miguel est *loco*, fou et super bien rencardé. Je sais que vous ne travaillez pas pour la DEA mais s'ils s'y sont cassés les dents, il y a des raisons...

Effectivement, le sort de Johnny Trump n'était pas enviable. Voilà une histoire qui commençait sous des auspices encourageants... Le gros policier rota et lança joyeusement :

— Cette ordure est gonflée ! Après son rendez-vous avec Johnny Trump, il est allé au casino flamber une partie de la nuit.

— Quel casino ?

— Au *Caribe Hilton*. On l'a vu flamber à coups de mille dollars. Avec l'argent de la DEA, ajouta-t-il amèrement. Seulement, je l'ai su le lendemain matin. Quand il était reparti, par recoupement.

C'était là où Malko était descendu, au bout de la presqu'île du vieux San Juan. Il referma le dossier.

— Il faudrait retrouver ce Nieves Malpica.

— Sûr, fit Eduardo. Mais il ne parlera pas.

— Qui est votre contact au *Hilton* ?

— Demandez Francesco à la réception, de ma part. On le laisse s'occuper des putes du *Caribar* et il nous rencarde. Tout ce qu'il pourra vous dire, c'est combien l'autre a perdu.

— On ne sait jamais.

Le policier eut un regard préoccupé.

— J'espère que vous allez retrouver ces foutus dollars. Sinon, je ne passerai jamais capitaine avec une histoire pareille. Si les différentes polices cessaient de se tirer dans les pattes, cela irait mieux.

La pluie avait cessé. Malko se leva.

— Contactez-moi si vous avez du nouveau sur Nieves.

— Pensez aux sept cent mille dollars, fit Eduardo Gomez.

*
* *

Malko, accoudé à la réception du *Caribe Hilton* se retourna pour suivre des yeux la créature qui venait de passer dans un nuage de parfum. A vous dessécher la gorge. Une croupe absolument fabuleuse, moulée dans des paillettes argentées qui en rehaussaient encore l'aspect provocant. Sa propriétaire se retourna et lui lança une œillade assassine avant de monter dans l'ascenseur. Une brune épanouie à la poitrine somptueuse émergeant d'un fourreau pailleté qui semblait avoir été peint sur elle. Si étroit qu'on se demandait comment elle pouvait marcher. Elle était presque caricaturale, mais ne pouvait laisser aucun homme de bien indifférent.

— *The biggest singing ass of San Juan* (1), fit avec un sourire salace Francesco, l'informateur du SWAT.

— Qui est-ce ?

— Iris Cruz, la chanteuse qui passe en ce moment. La terreur des femmes honnêtes. Je crois bien que votre Miguel Cuevas se l'est faite, l'autre nuit...

Malko dressa l'oreille. Francesco était blond, avec une petite moustache et l'air servile à souhait. Le véritable indic.

— Comment le savez-vous ? demanda Malko.

— Cette salope ne passe pas inaperçue, ricana le Portoricain. Il l'a draguée au casino. A coups de billets de mille dollars. On les a vus partir ensemble, vers sa chambre.

« Ensuite, on l'a entendu gueuler quand elle s'envoyait en l'air. Elle fait presque autant de bruit que sur scène...

Un vent frais balayait le hall du *Hilton* qui n'était séparé de la mer et du jardin que par quelques piliers. Le bar donnait directement sur la plage. Des flamants roses s'ébattaient dans un jardin japonais.

— Vous en avez parlé au lieutenant Gomez ?

— Non, je n'y ai pas pensé. Pourquoi ? Il l'a juste draguée comme ça...

Décidément, même chez les indics, la conscience professionnelle se perdait.

— Vous pouvez m'avoir une place pour le show d'Iris Cruz ? demanda Malko.

Francesco le couva d'un sourire égrillard.

— OK ! je la mettrai dans votre casier.

Malko remonta dans sa chambre, donnant sur la pointe du quartier de Condado, qui ressemblait à

(1) Le plus gros cul chantant de San Juan.

Miami avec ses hautes tours. San Juan était construit d'une façon anarchique, avec ses autoroutes urbaines défoncées, dissimulées dans des tranchées aussi laides qu'à Tokyo, ses masures en tôle ondulée et ses buildings hypermodernes. L'Atlantique se brisait sous ses fenêtres sur les ruines du fort San Gerónimo en gros moutons blancs. Il ouvrit une bouteille de Moët et Chandon et but un peu de champagne tout en contemplant une photo prise d'hélicoptère de son château de Liezen. Il fallait bien se remonter le moral. Une fois de plus, la CIA l'avait collé sur un coup pourri. Il avait bien fait de ne pas emmener Alexandra, pourtant retombée amoureuse de lui, grâce à un mystérieux caprice de ses muqueuses. On ne savait jamais avec le cœur féminin. En l'attendant, elle avait entrepris la toilette d'automne du château avec l'aide du fidèle Krisantem.

Il feuilleta le dossier de l'opération Swordfish. Le milieu des trafiquants de drogue était d'une férocité inouïe. Pauvre Johnny Trump, envoyé au massacre.

Comme lui, après tout... Il se déshabilla pour prendre une douche, puis enfila un costume de lin blanc. Il avait hâte de voir Iris Cruz de plus près. C'était peut-être sa seule chance de faire progresser son enquête.

∴

Le bassin en avant, la bouche pulpeuse enveloppant son micro, comme si c'était le sexe d'un homme, les yeux chavirés, la poitrine palpitante, Iris Cruz parlait de *corazón* et d'*eternidad*, ses yeux dans ceux de Malko, assis au premier rang des spectateurs. La robe fendue jusqu'à la hanche révélait une cuisse ferme et galbée, les seins offerts sur le balconnet auraient converti l'homosexuel le plus endurci. La chanteuse ondulait, tournoyait, frôlant les spectateurs, les aguichant de son extraordinaire chute de reins dont elle jouait habilement. Des mains se tendaient et elle esquivait avec un rire de gorge. Une superbe allumeuse. On ne venait pas la voir chanter, mais pour fantasmer. La lumière s'éteignit sur un ultime *mi amor* et la salle commença à se vider. Malko se glissa vers le petit casino.

***

Quelques femmes superbes, insolites avec leurs robes de mousseline et leurs bas noirs, s'appuyaient au bras de gentlemen tropicaux impeccablement cravatés. Ce n'était pas le laisser-aller de Las Vegas.

Quelques joueurs buvaient du rhum blanc dans des verres énormes. Avec le choc de leurs glaçons, le bruissement des jetons était le seul bruit qui troublait la petite salle du casino, au premier étage du *Hilton*. Malko s'arrêta derrière Iris Cruz, debout à une table de roulette. La chanteuse avait troqué ses paillettes pour un tailleur de soir grège qui aurait été strict sans la veste décolletée jusqu'au nombril. Sentant une présence, elle finit par se retourner, avec un regard curieux. Malko lui sourit aussitôt. Les pointes de ses seins déformaient le tissu de sa veste portée à même la peau et ses yeux d'un noir liquide semblaient contenir toute la sensualité du monde.

— Vous êtes encore plus éblouissante que sur scène.

Elle lui rendit son sourire mécaniquement.

— *Gracias, muchas gracias*.

Elle se remit à jouer et, peut-être involontairement, sa croupe effleura Malko.

Celui-ci observait son jeu. Elle ne misait que des numéros pleins. Des piles de jetons qu'elle posait à la dernière seconde, à toute vitesse. Elle gagnait peu. Un numéro de temps en temps et, à cette allure, elle ne tiendrait pas longtemps. Malko avait prévu le cas : ses poches étaient pleines de jetons de cent dollars.

D'un geste fataliste Iris Cruz poussa ses trois derniers jetons sur le double zéro. Malko mit les siens à côté.

— Le trente-quatre, annonça le croupier.

Iris Cruz se retourna si brusquement que ses seins heurtèrent Malko, mais elle ne le voyait pas. Levant les yeux sur lui, elle rencontra son sourire en même temps qu'il poussait une pile de jetons vers elle.

— Vous m'avez fait gagner plusieurs fois, dit-il, continuez.

— Mais je ne peux pas, *señor*.

Malko la prit par le bras, la faisant pivoter, face à la table.

— Dépêchez-vous, dit-il.

Le croupier venait de lancer la petite boule qui tournait à toute allure. Iris ne put résister, mit dix jetons sur le zéro. Le six sortit quelques secondes plus tard... Reprise par le jeu, elle repiqua dans le tas posé devant elle par Malko. Le poisson était ferré. Enfin, le sept qu'elle avait joué sortit et elle poussa un cri de joie.

— Je vais vous rembourser.

— Ce n'est pas pressé, fit Malko.

Leurs regards se croisèrent et elle soutint le sien.

*
* *

Il n'y avait presque plus personne dans le petit casino. Iris Cruz avança ses dix derniers jetons sur le double zéro. Elle avait les yeux rouges d'avoir fumé et bu et Malko était moins riche de deux mille quatre cents dollars. Au point où la CIA en était... C'était moins que les sept cent mille dollars de Johnny Trump.

Le trente-cinq !

Iris Cruz eut du mal à quitter la boule des yeux. Déjà Malko l'entraînait.

— Ce n'est rien, dit-il, nous allons oublier cela avec un peu de champagne.

Elle le suivit jusqu'au *Caribar*, plongé dans une obscurité presque totale. Un orchestre égrenait de lentes et sensuelles salsas pour quelques touristes énamourés. Malko leva sa coupe de Dom Pérignon, dès que le garçon les eut servis.

— A notre chance la prochaine fois !

Iris Cruz vida son Dom Perignon d'un coup et remarqua avec un rire de gorge :

— Je ne vous connais même pas et je vous ai déjà coûté très cher !

— Je m'appelle Malko Linge, répondit-il. Je vous ai trouvée absolument fabuleuse dans votre numéro. Et tellement sexy !

Elle gloussa, bombant sa fantastique poitrine. Ils burent encore un peu et Malko l'entraîna sur la petite piste de danse. Dès qu'il l'enlaça, il se rendit compte qu'elle avait l'intention de payer sa dette sans tarder. Ses seins étaient durs comme du ciment et elle savait à merveille se servir de son ventre. Lorsque la main de Malko glissa comme par mégarde sur la croupe callipyge, elle leva la tête vers lui et l'embrassa doucement, jouant avec la pointe de sa langue. Ils continuèrent à danser enlacés comme de vieux amoureux, les bras d'Iris noués sur la nuque de Malko. Il murmura à son oreille :

— Vous n'avez pas peur de choquer les gens ?

Elle se serra encore plus et dit d'une voix amusée :

— Quelquefois, pendant mon tour de chant, je vois

des types qui se masturbent dans le noir. Ça m'excite prodigieusement.

C'était encore trop tôt pour aborder le problème Miguel Cuevas. Iris, le Dom Pérignon aidant, ronronnait comme une chatte en chaleur. Malko paya et la prit par la main.

Ils traversèrent l'hôtel, s'embrassant tous les deux mètres. Si elle n'avait pas envie de lui, elle jouait la comédie à la perfection. Ils s'arrêtèrent pour contempler les flamants roses endormis sur une patte. La galerie extérieure desservant les chambres était déserte. Iris Cruz enfonça dans la serrure le rectangle de carton magnétique qui servait de clef. Sa fenêtre était entrouverte et il faisait chaud dans sa chambre. A peine la porte refermée, elle défit la ceinture de sa veste et se colla contre Malko. La peau de ses seins était douce, mais leur consistance était celle du ciment. Ce qui n'empêchait pas Malko de s'échauffer de plus en plus. Lorsqu'il voulut défaire sa jupe, elle l'arrêta.

— Attendez !

Elle alla vers la télé, appuya sur une touche du magnétoscope Akaï qui y était couplé et revint s'installer sur le lit, après avoir ôté la veste de son tailleur.

L'écran s'anima. C'était le show d'Iris Cruz ! Celle-ci prit une bouteille Gaston de Lagrange dans le bar, s'en versa, et en but lentement une gorgée.

A genoux sur le lit, la chanteuse se pencha sur Malko et entreprit de lui démontrer qu'elle ne se servait pas de sa bouche que pour chanter... C'était une curieuse impression de la voir se déhancher sur l'écran et de sentir en même temps sa bouche habile autour de lui.

Un brusque coup de vent fit soudain bouger les rideaux de la porte-fenêtre entrouverte. Une fraction de seconde Malko aperçut une tache plus sombre dans l'ombre du balcon. Le rideau retomba mais Malko, soudain en alerte demeura le regard fixé sur l'extérieur : la tache se déplaça légèrement.

Il ne put pas en voir plus. Iris Cruz, abandonnant sa fellation, l'embrassait à pleine bouche, l'entraînant contre elle avec des grognements sensuels.

— *Fuck me*, fit-elle, *fuck me. Fuck my ass*. (1)

Il en avait vraiment pour ses deux mille quatre cents dollars... Au moment où il allait se laisser aller, il regarda de nouveau le balcon et sa gorge se noua. La tache noire avançait le long de la porte-fenêtre vers l'espace entrouvert. C'était un homme.

(1) Baise-moi, baise-moi. Baise mes fesses.

CHAPITRE IV

Subitement, Malko ne sentit plus les ongles qui s'enfonçaient dans son dos. La silhouette sur le balcon glissait doucement vers l'ouverture, éclairée en contre-jour par la lune qui venait de se découvrir. Ce n'était sûrement pas un admirateur. Un simple cambrioleur se serait enfui, entendant du bruit. Donc, c'était autre chose... Son pistolet extra-plat reposait au fond de son attaché-case, dans sa chambre, à l'autre bout de l'hôtel.

Il ne fallait surtout pas qu'Iris Cruz aperçoive l'intrus. Sa réaction risquait d'être catastrophique.

La solution lui apparut soudain, lumineuse. Il banda ses muscles et, d'un seul élan, s'arracha à l'étreinte de la chanteuse. Puis, bondissant vers la porte-fenêtre, il la poussa brutalement, la verrouillant. L'inconnu s'était rué avec une seconde de retard. Malko vit son geste de fureur et se jeta à terre. Il était temps. Il y eut une détonation assourdie et la glace épaisse de la porte-fenêtre s'étoila à un mètre du sol. Iris Cruz se dressa sur le lit, affolée. Malko plongea sur elle et la fit rouler de l'autre côté, sur la moquette.

— Il y a quelqu'un sur le balcon ! cria-t-il.

Une seconde détonation claqua et le projectile pulvérisa l'écran de la télévision. Puis un coup violent ébranla la porte-fenêtre. Le tueur enfermé à l'extérieur essayait de la briser avec la crosse de son arme. Iris Cruz avait saisi le téléphone, composé le zéro et hurlait dans l'appareil. Malko avança un œil. Un morceau de verre venait de se détacher.

La sécurité de l'hôtel arriverait trop tard. Il y avait un risque à prendre.

— Il faut sortir, dit-il.

Saisissant Iris par le poignet, il la tira. Courbés en deux, à l'abri du lit, ils foncèrent vers la porte. Il y avait quelques secondes difficiles à passer. Malko se redressa au dernier moment, ouvrit la porte, poussa Iris, uniquement vêtue de sa jupe, à l'extérieur, fonça à son tour et referma. Une balle traversa le battant, les ratant de quelques centimètres. Ils détalèrent dans la galerie extérieure dominant le parking.

Iris Cruz se pencha vers la guérite abritant le péage du parking. Miracle ! Une voiture de police était arrêtée juste à côté, et ses deux occupants bavardaient avec le préposé. La chanteuse déversa sur eux un torrent d'espagnol. Aussitôt, les deux policiers se ruèrent vers l'escalier. Malko et Iris Cruz allèrent à leur rencontre. Une minute plus tard, un grand flic, un énorme revolver au poing se trouvait nez à nez avec les seins nus d'Iris Cruz, et s'arrêtait, interloqué. Hystérique, la chanteuse expliqua ce qui s'était passé... Le second policier alla prendre position à l'autre extrémité de la galerie. Le tueur ne donnait plus signe de vie. Un homme en uniforme de la sécurité arriva enfin, essoufflé, se fit expliquer la situation et, aussitôt, installa Malko et Iris Cruz dans une chambre vide. Leur idylle risquait de ne pas demeurer vraiment secrète... Une seconde voiture de police arriva dans un hurlement de sirène, arborant la lettre « K » du SWAT sur le toit. Juste au moment où Malko ressortait, après avoir calmé la chanteuse. Il dévala l'escalier, se présenta aux policiers du SWAT et demanda qu'on appelle immédiatement le lieutenant Eduardo Gomez.

A la quatrième sonnerie, le policier répondit.

— Venez vite au *Hilton*, dit Malko. On a essayé de me tuer. Le tireur est encore là. C'est peut-être lié à notre affaire.

Il avait à peine raccroché qu'un coup de feu claqua, suivi d'une véritable fusillade. Un des policiers, qui avait pénétré dans la chambre d'Iris Cruz, tirait au M 16 sur la façade intérieure, hurlant qu'il avait vu le tueur se faufiler de balcon en balcon. Deux autres voitures de police venaient d'arriver. Tout le *Hilton* était sur le pied de guerre. Les policiers se bousculaient sur la galerie, ouvrant une à une les chambres vides. Un projecteur portatif fut installé sur un des balcons, balayant le jardin intérieur.

— Il descend ! Il descend ! cria un des policiers.

Nouvelle gerbe de détonations. Malko revint dans la chambre où il avait laissé Iris Cruz. Enroulée dans un drap, la chanteuse semblait terrifiée.

— Vous l'avez attrapé ? demanda-t-elle.

— Pas encore, dit Malko. Vous ne risquez rien, il y a des policiers partout.

Il s'éclipsa pour se heurter à Eduardo Gomez émergeant d'une voiture du SWAT, avec son éternel chapeau de paille, mais toujours aussi négligé.

— Le petit salopard n'a aucune chance, annonça le lieutenant. Nous cernons l'hôtel. Vous l'avez vu ?

— Pas très bien, dit Malko. C'est bizarre, cette agression. A moins que ce ne soit un monte-en-l'air audacieux.

— Je ne crois pas, dit le Portoricain. Il a une arme de gros calibre, c'est très rare ici. Les cambrioleurs n'en sont qu'au couteau. Il était sûrement là pour tuer Iris Cruz, pas vous. Il ne pouvait pas savoir qu'elle allait vous ramener avec elle. De toute façon, on va l'identifier très vite.

— Donnez-moi une arme, demanda Malko et mettez quelqu'un en faction devant la chambre 1552. Iris Cruz s'y est réfugiée.

Le brouhaha s'amplifiait. Quatre voitures du SWAT se trouvaient maintenant autour de l'hôtel, avec des policiers en bleu, armés de M 16, de projecteurs, de mégaphones. Malko récupéra un 38 automatique. Un policier en bleu surgit soudain d'une des chambres et cria :

— Attention ! Ce salaud est en train de descendre par les balcons.

*
* *

Nieves atterrit souplement sur la terre meuble du jardin japonais, à côté d'un flamant rose qui s'enfuit maladroitement. Le jeune Portoricain, en sueur, regarda autour de lui : des policiers couraient déjà dans la galerie longeant le jardin où se trouvait l'entrée principale du *Hilton* qui était sûrement bloquée.

Il entendit les sirènes de police hurler à l'entrée du parking. Un projecteur fouillait la végétation et allait finir par le débusquer. Pour la première fois, malgré son gros 357 Magnum, il se sentait terrifié, éprouvant un besoin irrépressible de soulager ses intestins. Certes, ce n'était pas le moment, mais il ne pouvait pas attendre. S'accroupissant dans l'ombre d'un bambou géant, il fit descendre son jean et posa son Magnum. Au moment où il se relevait, après s'être essuyé sommairement avec des feuilles de bambou, il aperçut une silhouette penchée à la terrasse d'une chambre du rez-de-chaussée, en train de l'observer. Une femme de chambre qui poussa un cri aigu :

— Il est là, il est là !

Ivre de rage, Nieves empoigna son Magnum, visa au jugé, et tira. La femme sembla repoussée en arrière par une main géante et s'effondra. Déjà le jeune voyou bondissait hors de sa cachette, salué par une volée de balles et des appels frénétiques. Il ne pouvait plus espérer se cacher. Il escalada la terrasse. Une balle dans la poitrine, la femme de chambre agonisait. Méchamment, il lui décocha un coup de pied au passage.

Nieves ouvrit la porte de la chambre, inspecta la galerie du rez-de-chaussée rapidement. Personne. Par contre, plusieurs gyrophares bleus bloquaient l'entrée du parking. Il allait battre en retraite, affolé, quand il aperçut une voiture en train de manœuvrer au fond du parking avec deux femmes à l'avant et une flopée d'enfants à l'arrière.

D'un bond, il franchit la balustrade, retomba dans le parking et se rua sur la voiture dont il ouvrit brutalement la portière. Les femmes hurlèrent en le voyant. Nieves se jeta à l'intérieur, enfonça son 357 Magnum dans le cou de la passagère, la repoussant vers la conductrice.

— File vers la sortie, cria-t-il. Vite ou je tue ta copine !

Terrorisée, la femme cala, remit en route et se dirigea lentement vers le péage.

Aussitôt, des projecteurs la prirent dans leurs faisceaux et une voix, déformée par un mégaphone, avertit :

— *Stop or get shot !* (1)

Par la glace ouverte, Nieves hurla :

— Laissez-nous passer ou je flingue les gosses.

Ce n'était pas vraiment une belle nature. La passagère se mit à pousser des hurlements hystériques.

(1) Arrêtez ou on tire !

Furieux, d'un revers, Nieves lui fendit le cuir chevelu avec son cran de mire.

— Avance ! ordonna-t-il à celle qui conduisait. Ou je te flingue.

Affolée, la femme avança vers les voitures du SWAT.

— Ils vont nous tuer ! gémit-elle.

Aplati sur la banquette, Nieves rechargeait son arme. Il fit claquer le barillet. Son cœur battait la chamade, il était trempé de sueur et sentait mauvais. La barrière du parking était toujours baissée.

— Les cons ! gronda-t-il.

Sans hésiter, il approcha son arme de la tête de la passagère et appuya sur la détente. A l'intérieur de la voiture, l'explosion fut assourdissante. La moitié de la calotte crânienne de sa victime se volatilisa dans un flot de sang et de matière cervicale. La conductrice se mit à hurler comme une sirène, le corps de son amie affalé contre elle. Nieves allongea le bras et enfonça le canon du Magnum dans son cou.

— Tu fermes ta gueule !

Malgré sa panique, elle parvint à ravaler ses cris. Il en profita pour brailler de nouveau, à tue-tête vers les projecteurs :

— J'ai flingué une des salopes ! Les prochains ce sont les gosses !

Passant par-dessus le corps de la morte, il la poussa à coups de pied vers l'extérieur, après avoir ouvert la portière. Le cadavre roula sur le ciment. Haletant, il attendit, le souffle court. Il voyait des silhouettes courir dans tous les sens, mais on ne tirait pas sur la voiture. La femme au volant pleurait silencieusement.

Enfin, la barrière du parking se souleva lentement.

— Vas-y, et ne cale pas, fit-il à l'adresse de la conductrice.

Il se pencha vers l'arrière, saisit un garçonnet par le

col de sa chemise et le fit passer par-dessus le dossier. Ensuite, il installa le gosse terrifié sur le siège avant et s'accroupit sur le plancher, invisible de l'extérieur, son arme braquée sur l'enfant. La femme poussa un gémissement horrifié et cria par sa glace ouverte :

— Ne tirez pas ! Ne tirez pas !

Lentement, le capot se rapprochait de la barrière. Une vingtaine d'hommes du SWAT faisaient cercle, armes braquées, dans un concert de sirènes et de gyrophares.

***

— *Maricón de mierda !* murmura le lieutenant Eduardo Gomez. C'est Nieves !

Malko et lui observaient la voiture du tueur se faufiler lentement entre celles de la police, vers l'Avenida Luis Muñoz Rivera. Dès qu'elle fut passée, un véhicule du SWAT lui emboîta le pas. Eduardo Gomez courut vers la suivante.

— Venez vite. Je suis sûr que ce salaud va à Tokyo !

Ils rejoignirent le fuyard, suivi par une meute de véhicules du SWAT. Après le parc, la voiture tourna à gauche, dans la Calle San Agustin, puis reprit l'Avenida Ponce de Leon et franchit le pont séparant le vieux San Juan du reste de la ville.

Le petit convoi s'engouffra dans Luis Muñoz Rivera Expreso, une autoroute urbaine s'enfonçant vers le sud, dans une tranchée de ciment décorée de fresques naïves. Deux motards se joignirent à eux, forçant à s'écarter les rares voitures et quelques vieux bus essoufflés et bruyants.

— Ce type doit être bourré de coke pour agir comme ça, soupira Eduardo Gomez. J'espère qu'on l'aura vivant.

Leur voiture tanguait sur le ciment défoncé. Devant eux, celle de Nieves accéléra, descendant toujours vers le sud, puis, juste en face de la Chase Manhattan Bank, elle vira brutalement à droite dans une voie sans éclairage, perpendiculaire à l'Expreso, devenue simple avenue à deux voies.

— Ça y est, il va à Tokyo, dit Gomez.

Sans arrêt, il donnait des ordres dans son micro. Cinq minutes plus tard, ils débouchaient sur le terrain vague bordant Tokyo au sud. La voiture des otages s'arrêta, aussitôt rejointe par une du SWAT.

— Lieutenant, il exige que les voitures attendent de ce côté-ci du terrain, sinon il tue un gosse, annonça la radio.

— Acceptez, dit Eduardo Gomez. Même s'il faut brûler les baraques une par une, on le retrouvera...

Le véhicule des otages s'éloigna à toute vitesse vers la rangée de cahutes sur pilotis. Celles du SWAT attendirent quelques instants, puis se ruèrent à leur tour à sa poursuite. Quand Malko et le policier portoricain la rejoignirent, la voiture des otages était stoppée, portières ouvertes, avec la conductrice et les enfants, sanglotants et hystériques. Nieves Malpica avait disparu.

Malko regarda la rue étroite, sans trottoir, bordée d'épaves de voitures, qui s'ouvrait devant lui. Nieves était chez lui ici.

Un énorme camion de pompiers traversa alors le terrain vague, tous ses feux clignotant et stoppa non loin d'eux. Les hommes du SWAT se déployaient, M 16 au poing, tout autour de Tokyo, rejoints par des policiers en civil. Les pompiers sautèrent à terre. Eduardo Gomez se retourna vers Malko.

— Sa *muchacha* vit dans cette rue, dit-il.

Pistolet au poing, les deux hommes s'avancèrent dans la ruelle au sol en terre battue parsemée de plaques de goudron. Pas un chat dehors, mais on les observait des vérandas, toutes protégées de grilles en fer forgé, ce qui faisait ressembler la rue à un immense zoo. Malko se retourna : le gros camion Ford suivait au pas, précédé de plusieurs pompiers, portant un long tuyau, encadrés de tireurs d'élite du SWAT. D'autres attaquaient la rue de l'autre côté. Un mégaphone annonça en espagnol :

— Nous recherchons un dangereux criminel, ne sortez pas de vos maisons.

L'annonce fut ensuite répétée en anglais. Malko et son compagnon arrivèrent à la hauteur d'un bistrot d'où s'échappaient les éternelles salsas... Plusieurs jeunes buvaient de la bière à même la boîte, une grosse Noire trônait derrière un comptoir, surveillant quatre joueurs de cartes aux faciès peu rassurants. Ils jetèrent un regard haineux aux policiers et continuèrent à jouer. Un policier en civil arriva en courant de l'autre côté de la rue et murmura quelque chose à l'oreille d'Eduardo Gomez. Celui-ci annonça à Malko :

— Il s'est réfugié dans la maison verte, là où il y a les filles au balcon. Ça ne va pas être facile.

Une demi-douzaine de filles les observaient d'un balcon de bois, en short et soutien-gorge, certaines en bigoudis.

Soudain, l'une d'elles prit un pot de chambre et en jeta le contenu sur le béret noir d'un des hommes du SWAT ! Fou de rage, celui-ci lâcha une rafale de M 16 dans la façade.

Le fracas des détonations était à peine éteint que les filles disparaissaient avec des piaillements aigus et que la rue s'emplissait d'une foule vociférante, sortie des cafés et des maisons. Surtout des jeunes, l'injure à la bouche. Malko reçut une pierre à l'épaule. Une autre fracassa le pare-brise d'une épave de voiture, à côté de lui. Un énergumène, torse nu, s'avança, brandissant une machette et vomissant des horreurs, les yeux hors de la tête :

— *Pigs ! Murderers ! Get out !* (1)

La tension montait. Les manifestants devenaient de plus en plus menaçants. Les boîtes de bière vides commencèrent à voler dans tous les coins. Lentement, mais inexorablement, les hommes en bleu du SWAT encerclaient la maison verte au balcon de bois.

— C'est comme ça, chaque fois qu'on arrête un type dans ce coin, soupira Eduardo Gomez, se baissant pour éviter une noix de coco pourrie.

Il se retourna et leva le bras en direction des pompiers. Aussitôt, le tuyau déversa un torrent d'eau sur les manifestants qui reculèrent en désordre. L'énorme camion tenait toute la rue. Un hurlement jaillit soudain derrière Malko :

— *Duck !* (2)

Il eut le temps de voir une silhouette surgir au balcon de bois.

Puis, les détonations claquèrent, assourdissantes. A côté de lui, un des policiers s'effondra. Les autres tiraient comme des fous sur la silhouette aperçue au balcon : Nieves, torse nu, les yeux hors de la tête, brandissait son Magnum à deux mains. Une balle fracassa le pare-brise du camion de pompiers, pulvérisant en même temps le crâne du chauffeur. Malko tira, visant la tête. Les M 16 crépitaient. Un énorme policier du SWAT s'approcha un *shot-gun* (3) à répétition à la hanche, et prit le balcon en enfilade. Huit explosions puissantes se succédèrent. L'effet fut terrifiant. Le bois vermoulu du balcon vola en

(1) Cochons ! Assassins ! Foutez le camp !

(2) Planquez-vous !

(3) Fusil de chasse.

éclats et le tout s'effondra comme dans un film au ralenti. Personne ne sut à quel moment ni par qui Nieves avait été touché, mais quand les policiers se précipitèrent pour le récupérer dans les débris, il n'était plus qu'une bouillie sanglante, serrant encore son Trooper, au barillet vide dans sa main droite.

La foule se déchaîna à nouveau. Les filles surgirent de la maison, entourant le cadavre. Les hommes du SWAT s'en donnaient à cœur joie, tapant à coups de crosse, tirant des rafales en l'air. Un fou bondit sur Malko, un couteau à la main, et il le désarma de justesse. Le canon à eau continuait à repousser le gros des manifestants. Eduardo Gomez s'égosillait, brandissant son pistolet, les jambes écartées au-dessus du cadavre. Enfin, une dizaine de policiers supplémentaires arrivèrent et ils purent établir un cordon pour contenir la foule. Il était temps. Une boîte de bière décrivit une arabesque gracieuse, et vint exploser à un mètre de Malko : cocktail Molotov...

Ils étaient tous trempés comme des soupes. Deux policiers tirèrent Nieves par les pieds. Il avait reçu tellement de projectiles qu'il était méconnaissable, la tête en sang, des trous dans la poitrine, dans le ventre. Sa cavale avait été de courte durée.

Une fille s'agenouilla en pleurnichant, contemplant ses blessures. Eduardo Gomez fouilla les poches de Nieves Malpica. Il en sortit trois billets de cent dollars, une petite boîte à pilules, maculée de sang, pleine de cocaïne, des pièces de monnaie, un portefeuille crasseux. Certificat de travail, permis de conduire, photos de lui avec une fille, et un bout de papier plié en quatre. Un numéro de téléphone.

Malko le lut par-dessus l'épaule du policier : 656.74.93. Enfin, Gomez sortit une « clef magnétique » pour une chambre du *Hilton*. Elles n'étaient délivrées qu'aux clients de l'hôtel. Comment Nieves en possédait-il une ?

Encadrés de quelques hommes du SWAT, ils se frayèrent un chemin jusqu'au terrain vague occupé par une véritable armée.

Eduardo Gomez se laissa tomber dans la voiture de police et lança :

— Ce con s'est suicidé ! Il devait être bourré de coke !

Malko prit le rectangle de carton magnétique et l'examina. Bizarre, bizarre...

— Vous me ramenez au *Hilton* ? demanda-t-il. Je crois que j'ai quelques questions à poser à Iris Cruz.

Il avait laissé dans le parking sa Ford louée chez Budget, en arrivant à l'aéroport.

CHAPITRE V

Le *Hilton* n'avait pas retrouvé son calme. Des policiers grouillaient encore dans le hall et le parking. Malko gagna la galerie desservant l'étage d'Iris Cruz. Son beau costume de lin n'avait plus de blanc que le nom... La chambre où la chanteuse s'était réfugiée était ouverte et vide. Il continua vers celle qu'elle occupait normalement. Deux hommes du SWAT, le béret noir enfoncé jusqu'aux yeux, M 16 au poing, veillaient devant.

Voyant Malko, ils s'interposèrent.

— Où allez-vous ?

C'était le moment de vérifier son intuition.

— Rejoindre Miss Cruz, dit-il.

Il prit le rectangle de carton magnétique, récupéré sur le cadavre de Nieves et l'enfonça dans la fente-serrure. Au risque de passer pour un imbécile. Il y eut un ronronnement léger, puis un « clac » sonore, et le pêne joua. Malko poussa le battant et pénétra à l'intérieur.

Accueilli par un hurlement sauvage. Iris Cruz, dressée sur son lit, le contemplait, les yeux hors de la tête. Les deux bérets noirs surgirent aussitôt. Reconnaissant Malko, la chanteuse se calma.

— Oh ! excusez-moi ! dit-elle. Je suis folle de terreur depuis cette histoire. J'ai demandé à être gardée...

Les deux policiers se retirèrent, déçus. Malko l'observa : elle avait passé un kimono très court et fumait, adossée à deux oreillers. On avait nettoyé, remplacé la télé et mis du contre-plaqué sur la baie vitrée. La bouteille de Gaston de Lagrange avait sérieusement baissé. Apparemment le cognac faisait un excellent tranquillisant. Malko s'assit près d'elle, lui prit la main et la lui baisa.

— Votre agresseur a été abattu, annonça-t-il.

— Qui était-ce ?

— Un voyou du quartier de Tokyo.

Elle tourna la tête, l'air égaré.

— Je ne comprends pas.

Il la prit dans ses bras et l'étreignit doucement, parcourant son cou et son visage de baisers.

Au bout d'un moment, il la sentit se détendre.

— Je crois que nous avions commencé quelque chose tout à l'heure, murmura-t-il à son oreille.

Elle gloussa, sans le repousser :

— Vous ne manquez pas de suite dans les idées.

Elle lui rendit son baiser, d'abord timidement, puis sa fougue précédente revint peu à peu. Quand il commença à lui agacer la pointe des seins, elle se laissa aller en arrière avec un petit soupir heureux.

Un peu plus tard, ce fut elle qui lui arracha pratiquement ce qu'il avait sur lui, pour reprendre sa démonstration de virtuose là où elle l'avait laissée.

Malko chassa de ses pensées ses soucis professionnels, se disant qu'il eût été dommage de ne pas savourer cette superbe chute de reins.

Iris Cruz devait lire dans ses pensées, car, lorsqu'elle le jugea dans un état convenable, d'elle-même, elle roula sur le ventre et attendit, la croupe haute, les bras étendus, le visage dans les draps. Elle feula quand il la prit, venant à sa rencontre à grands coups de reins. Quand il lui prit les seins à pleines mains, elle cria, au risque de déchaîner les mauvais instincts des deux hommes du SWAT. Il allait et venait lentement, savourant sa possession, puis, au bord du plaisir, se retira, pour revenir aussitôt, d'une façon légèrement différente. Iris Cruz émit une sorte de roucoulement et il sembla à Malko qu'elle se cambrait encore plus.

— Doucement, dit-elle avec un gémissement hypocrite. Je ne le fais pas souvent...

Malko se laissa aller à ses pulsions, s'enfonçant dans les reins offerts avec une aisance qui démentait la crainte de la chanteuse. D'ailleurs, dès qu'il la prit aux hanches et commença à labourer profondément cette fabuleuse croupe, Iris Cruz se mit à hurler ! Pas de douleur. A chaque détente qui projetait Malko contre sa croupe ferme, répondait un cri rauque. Les doigts crispés sur les draps, la bouche ouverte, elle poussait ses hanches toujours plus haut, comme une chatte couverte par le matou de son choix.

Malko prolongea longtemps ce viol exquis jusqu'à ce qu'il explose dans un éblouissement de plaisir.

Un peu plus tard, Iris Cruz lui dit en souriant :

— Vous voulez tous la même chose...

— Quand Dieu t'a donné cette chute de reins, dit Malko, il savait ce qu'il faisait. Il ne faut pas aller contre sa volonté.

Iris ne trouva rien à répliquer. Comme toutes les Latines, elle avait de la religion.

Soudain, son œil noir se posa sur lui, plein de surprise.

— Qui t'a donné la clef de ma chambre ?

Juste la question que Malko attendait.

— Elle se trouvait sur le cadavre de celui qui a voulu te tuer, dit-il. Il l'a sûrement utilisée pour entrer dans cette chambre et se cacher ensuite sur le balcon pour t'attendre.

Elle lui jeta un regard étonné.

— Il a dû la voler à la réception !

— Peut-être, dit Malko. Mais c'est peu probable. Ils sont très prudents et ces « clefs » ne portent pas de numéros... Il doit y avoir une autre explication.

Il l'observait. Soudain il vit une lueur passer dans son regard.

— C'est peut-être un de tes amis qui l'a donnée à ce garçon ?

Elle secoua la tête.

— Mais, pourquoi voulait-il me tuer ?

— Pas la moindre idée. Les policiers ne comprennent pas non plus.

Elle alluma une cigarette et souffla la fumée, le visage plissé d'inquiétude. Malko se dit que c'était le moment de porter l'estocade.

— Tu te souviens d'un garçon qui s'appelle Miguel ?

Malko fut surpris de sa réaction. Le sang se retira du visage d'Iris Cruz. Elle croassa :

— Miguel... Non, je...

— Il y a une semaine, dit-il, un Cubain, très beau, avec une barbe, qui t'a raccompagnée jusque dans ta chambre.

Elle le fixa, stupéfaite.

— Mais, comment sais-tu que...

— Parce que je m'intéresse à ce Miguel, dit-il. Celui qui a voulu te tuer est un de ses amis. Tu sais qui est Miguel ?

— Non, répondit-elle trop vite pour que ce soit sincère.

— Je vais te le dire...

Iris Cruz écoutait, impassible, le pedigree du « cocaine cowboy », mais Malko pouvait voir ses prunelles s'élargir de terreur. Elle écrasa finalement sa cigarette dans le cendrier, et se versa une rasade de Gaston de Lagrange.

— Alors, tu es un flic ?

— Pas tout à fait, dit Malko, mais je cherche Miguel Cuevas. Tu veux m'aider ?

Elle secoua la tête.

— Non.

— Pourquoi ?

Sans un mot, toujours nue, elle se leva et s'approcha du mini-bar dont elle ouvrit le réfrigérateur. Elle y farfouilla et en sortit un petit étui de plastique qu'elle montra à Malko. A l'intérieur, il y avait un objet blanchâtre, long de quelques centimètres. Horrifié, il reconnut un doigt humain !

— Tout ce que tu m'as dit, je le savais. Après avoir fait l'amour, il s'est mis à me parler de lui. Je ne pouvais plus l'arrêter... J'étais terrifiée. Puis, avant de partir, expliqua Iriz Cruz, d'une voix blanche, il a pris ça dans sa poche, l'a jeté sur le lit et m'a dit : « J'ai tué une fille aujourd'hui. Voilà son doigt. Parce qu'elle risquait de me dénoncer. Si jamais tu parles de moi à qui que ce soit, je te tuerai aussi. »

— Pourquoi as-tu gardé ce doigt ? demanda Malko, stupéfait.

Iris Cruz alluma nerveusement une quatrième cigarette.

— Je ne sais pas. Je n'osais pas le jeter. Je ne savais pas où le mettre. Alors, je l'ai caché là. Je pensais aller l'enterrer dans la jungle. Cette pauvre fille...

— Miguel Cuevas a quand même voulu te tuer, remarqua-t-il. Pourtant, tu n'avais rien fait contre lui...

— Je sais pourquoi, dit-elle à voix basse. Hier, il

m'a téléphoné. Il m'a demandé ce que j'avais fait du doigt. Je lui ai dit que je l'avais toujours... Il a raccroché aussitôt.

— Tu savais qu'il avait ta « clef » ?

— Non, j'ai cru que je l'avais égarée. Ils m'en ont refait une autre.

— C'est seulement à cause du doigt, qu'il a voulu te tuer ?

Iris Cruz baissa la tête.

— Je ne sais pas. Il a beaucoup parlé. Il n'arrivait pas à me prendre. Je l'ai caressé pendant des heures et j'ai enfin réussi à l'exciter. C'est un phénomène, il est énorme, tu sais. Il m'a fait jouir comme une folle. Après, il voulait m'emmener partout : à Saint-Domingue, aux Bahamas, à Miami, à Vegas.

— Où vit-il ?

— Je ne sais pas. Je te le jure.

Elle s'était refermée. Malko n'insista pas. La terreur la rendait muette. Brusquement, elle se jeta à son cou.

— Reste avec moi, je ne veux pas être seule.

En même temps, son ventre pressait activement le sien. Insatiable. Malko avait la tête ailleurs.

— Où est-il parti ? demanda-t-il. Tant qu'il sera vivant, tu seras en danger. Tu n'avais pas parlé, et regarde, pourtant, ce qui est arrivé ce soir...

Iris Cruz hésita, puis dit d'une voix imperceptible :

— A Miami...

— Merci, dit Malko.

Elle le raccompagna, drapée dans son kimono ultra-court et, la porte ouverte, l'embrassa longuement, perchée sur la pointe des pieds. Les deux policiers en faction devant sa porte avaient les yeux hors de la tête. Elle leur adressa un sourire dévastateur comme Malko s'éloignait.

Celui-ci, parvenu au bout de la galerie, se retourna.

Juste à temps pour voir une silhouette en bleu disparaître par la porte de la chambre. Iris Cruz avait opté pour une protection *vraiment* rapprochée. A moins qu'elle ne l'ait tenté avec le cognac.

*
* *

Le lieutenant Eduardo Gomez regarda tristement ses chaussures éculées et gratta les bourrelets de sa taille. En examinant attentivement sa barbe, on pouvait reconstituer ses précédents repas. Il tendit à Malko les photos du cadavre de Nieves. Pas beau...

— On a vérifié le numéro de téléphone, dit-il tourné vers lui. Cela ne correspond à rien d'ici. Il y a plus de six cents indicatifs aux USA, sans compter les autres pays. Cela va être difficile d'en tirer quelque chose...

— Pouvez-vous essayer celui de Miami, *Sir* ? demanda Malko.

— Pourquoi Miami ?

— Une intuition, dit Malko.

— Je vais demander à ma secrétaire d'appeler la Bell Company. Ils ont tout ça sur le computer. Prenez une bière en attendant. Il faut que je fasse un rapport. Le 357 Magnum Trooper n'a pas été vendu ici. C'est sûrement Miguel Cuevas qui l'a apporté. Un minable comme Nieves n'avait pas les moyens de se le payer.

Ils burent leur bière en silence. Malko aurait préféré une vodka, mais il ne voulait pas vexer le policier.

Une secrétaire noiraude passa par la porte deux yeux brûlants et annonça :

— *Señor* lieutenant, le numéro correspond à un restaurant de South Miami. *La Carretera*, 3410, 8th Street South West.

Elle posa le papier sur la table. Eduardo Gomez hocha la tête avec un sourire en coin.

— Tiens, tiens, c'est en plein Little Havana...

Malko regardait les gros nuages qui annonçaient une nouvelle rafale de pluie. Il en avait ras le bol de Porto Rico. Pas assez de charme et trop de sang. Dans le Concorde d'Air France, il avait lu une publicité annonçant l'ouverture d'une ligne Paris-Recife. Brusquement, il avait envie d'aller se détendre au Brésil. En attendant, il ne regoûterait pas à la croupe fabuleuse d'Iris Cruz.

— Je vais aller à Miami, dit-il.

Eduardo Gomez le fixa longuement et mit ses pieds sur la table, en caressant sa barbe crasseuse.

— Foutue bonne idée, fit-il. J'espère que vous courez plus vite qu'une balle de 357 Magnum.

CHAPITRE VI

— Alors, vous pensez que Miguel Cuevas est à Miami ? demanda Eddie Garcia, et qu'on va le trouver à *La Carretera* ?

— J'ai des raisons de croire qu'il est à Miami, confirma Malko, et ce restaurant est le seul point de chute que je possède. Cela semble vous amuser. Pourquoi ?

Le détective ne répondit pas, se contentant de sourire, ce qui découvrit quatre énormes incisives qui semblaient dévorer son menton.

— Je ne ris pas, fit-il, je *meurs* de rire...

Ses dents de lapin, sa diction saccadée, ses gestes brusques, sa nervosité permanente et son obsession sexuelle avaient fait surnommer Eddie Garcia « Ricochet Rabbit » (1). C'était cependant un des meilleurs enquêteurs de la Drug Enforcement Administration. Coquet, ce qui le menait à porter des costumes très ajustés et son arme de service dans un holster accroché à la cheville. Son regard froid ne devenait humain qu'en se posant sur la croupe de toute femme passant dans son rayon visuel.

Malko avait fait sa connaissance le matin même, à peine descendu de l'avion de Porto Rico, au cours d'un meeting de la DEA dans un étrange building sans aucune marque distinctive, perdu au milieu de ter-

(1) Lapin survolté.

rains vagues, derrière l'aéroport. Le centre nerveux de la lutte anti-drogue pour toute la Floride du Sud. Malko y avait été accueilli par Brent Hammock, responsable de la DEA, qui venait de recevoir un télex de Langley lui ordonnant de donner toute l'aide possible à Malko, dans l'opération Swordfish.

Eddie Garcia s'était déjà occupé de Cuevas. Brent Hammock devant partir pour Atlanta ; Eddie Garcia avait donné rendez-vous à Malko au salon VIP du *Holiday Inn* de la 11th Street North West, près du Civic Center, en fin de journée. Le temps de faire le tour de la situation.

Endroit étonnant...

Bien en vue au-dessus du bar, une pancarte annonçait en lettres rouges : *A partir de huit heures, les dames non accompagnées ont droit à deux consommations pour le prix d'une*. Dans un coin, une télé grand écran au son coupé, que personne ne regardait. Au fond, une piste de danse vide scintillait de lumières clignotantes incrustées dans le plancher. Presque toutes les tables étaient occupées. Des hommes avec d'énormes bagues, ventripotents, des filles assez élégantes, maquillées, buvant comme des trous. Un pachyderme, qui tenait difficilement sur son tabouret de bar, des bagues à tous les doigts, avec des lunettes noires de mafioso, était en train d'admirer avec componction le nouveau diamant du pianiste. Contrairement aux apparences, ce n'était pas un maquereau tropical, mais un *probation officer* (1), chargé de contrôler quatre-vingt-deux libérés sur parole...

Le voyou mal informé qui aurait tenté un hold-up dans cette taverne peu familiale serait tombé en poussière à peine la porte franchie. Il y avait plus de policiers au mètre carré ici que n'importe où à

(1) Délégué à la liberté surveillée.

Miami. Dans un rayon de cent mètres se trouvaient le County Justice Building (1), le Dade County Police Department (2), le Civic Center et les bureaux du District Attorney (3).

Malko n'eut pas le temps de demander à Ricochet Rabbit pourquoi il mourait de rire. Deux filles venaient de s'approcher de leur table. Une brune minuscule avec des yeux de braise et un sourire éblouissant, accompagnée d'une Noire sculpturale qui la dominait d'une bonne tête, sanglée dans l'uniforme marron de la police municipale, une longue natte dans le dos, le Motorola accroché à la ceinture, à côté d'un respectable Colt Python.

Eddie Garcia sauta sur ses pieds et fit les présentations, commençant par la petite brune :

— Ingrid, ma fiancée. Gail Hunter qui travaille avec nous. Elle a suivi les cours de la DEA.

La poignée de main de Gail était aussi douce que son apparence était redoutable... Quand elle parlait, il suffisait de fermer les yeux pour entendre Donna Summer. Une serveuse en mini couvrit aussitôt la table de daïquiris d'un demi-litre chacun. On était aux USA, mais on se serait cru dans une île des Caraïbes. Malko était fasciné par la beauté de la policière noire.

Celle-ci se leva pour aller parler à un des consommateurs du bar. Elle devait mesurer un mètre quatre-vingts, avec une chute de reins à damner un pape, et de longues jambes de gazelle.

— Elle est belle, hein ? souffla Eddie Garcia, avec un chuintement admiratif.

— Vous êtes policier aussi ? demanda Malko à Ingrid.

(1) Palais de justice du comté.
(2) Police du comté du Dade, englobant Miami.
(3) Procureur. Souvent appelé simplement DA.

— Non, je travaille au bureau du DA, fit-elle.

Ricochet Rabbit pouffa :

— Elle est colombienne, alors elle n'a pas vraiment besoin de travailler. Tous ses cousins sont dans la coke. D'ailleurs, elle ne pense qu'à se faire sauter.

La petite Colombienne lui jeta un regard furibond.

— Tais-toi, je n'ai pas de cousins et ce n'est pas de ma faute si tu es à moitié impuissant. Je suis sûre que tu te fais des putes toute la journée dans tes planques de merde...

— Si on parlait de Miguel Cuevas ?... demanda Malko qui sentait poindre *Règlement de comptes à OK Corral*... Gail Hunter vint se rasseoir. Le Motorola grésillait à sa ceinture. Les clients du bar la dévoraient des yeux...

— Miguel Cuevas, commença le détective, c'est le produit typique de Miami. Ici, c'est Casablanca, avant la guerre. Avec le fric en plus. Les trafiquants d'Amérique latine débarquent avec des passeports bidons et des valises pleines de cocaïne. On en pique un sur vingt. Ils investissent mille dollars à Bogota et en retrouvent cent mille ici. Quand ils ne se font pas flinguer. Les Cubains ont commencé. Maintenant, les Colombiens ont pris l'importation et laissent la vente au détail aux Cubains. Chaque année, il entre en Floride cinquante tonnes de coke. Tellement de fric, que tout le monde est acheté : les juges, les flics, les douaniers, les banques. Ici, on ne paie les voitures qu'en espèces... Toute la journée, on ramasse des cadavres. Fausse identité, on ne sait pas qui les a tués, ni pourquoi.

Gail Hunter l'interrompit :

— Oh, si ! Des dealers qui n'ont pas payé...

La serveuse ramena un nouveau plateau croulant de daïquiris. La musique douce et l'alcool entretenaient une atmosphère détendue.

Gail Hunter croisa ses longues jambes, le regard de ses grands yeux bruns posés sur Malko, et demanda avec curiosité :

— Vous êtes à la recherche de Miguel Cuevas ?

— Pas vous ?

La Noire sourit gentiment.

— Si, bien sûr, mais c'est grand, Miami. Même s'il est ici, comme vous le dites. Ou il est peut-être reparti en Colombie, ou à Las Vegas... Il y était il y a huit mois. On a vu sa photo dans le *Nevada News*, avec Frank Sinatra...

— Et vous ne l'avez pas arrêté ? fit Malko, estomaqué.

Eddie Garcia interrompit son travelling sur la cuisse d'Ingrid d'un ricanement amer :

— On est des fonctionnaires... Le temps qu'on transmette nos papiers à Vegas, il était parti. Quand il va là-bas, il a un Learjet à sa disposition, qui l'attend jour et nuit. Cela lui coûte dix mille dollars par jour. Nous, on voyage en éco. A Vegas, tout le monde se fout que Miguel Cuevas vende de la cocaïne à la pelle, du moment qu'il claque son fric. On s'est renseignés : il a une ligne de crédit d'un million de dollars au *Grand*, le MGM Casino.

— Toi, on ne te filerait pas cent dollars, pouffa acidement Ingrid.

Le menton d'Eddie Garcia sembla encore se rétracter. Il lui pinça la cuisse et lança :

— Ouais, mais moi, je mourrai peut-être dans mon lit...

— Mais enfin, ce Miguel Cuevas, insista Malko, c'est un des patrons de la drogue. Personne ne le recherche, ici, à Miami ?

Ricochet Rabbit se pencha sur lui, le visage secoué de tics nerveux.

— Bien sûr ! fit-il. Seulement, il flingue systématiquement ceux ou celles qui pourraient le trahir. Comme il a fait à San Juan. C'est un vrai scorpion. Alors, on n'a pas d'informations, les gens ont peur. L'année dernière, on avait un « informant » qui savait où il se planquait. Nous le tenions en *witness custody* (1) entre deux matelas de flics. Eh bien ! Miguel Cuevas lui a fait dire que s'il parlait, il faisait tuer sa femme, ses enfants, son père et sa mère... L'autre a perdu la mémoire... Pour cinq mille dollars, Miguel peut se payer n'importe quel *hit-man* (2) colombien. Des types qui tueraient des infirmes juste pour s'entraîner... Cuevas dispose d'une douzaine de faux passeports. Il loue ou il achète une maison à travers une société écran. Vous voulez que je vous dise mieux ? Le 2 mai 1980, il a été arrêté ici, à Dade County par un flic de patrouille qui avait remarqué à un feu rouge un revolver sur le siège avant. On a trouvé trois pistolets-mitrailleurs dans son coffre et un autre sur lui. En plus, il n'avait pas de permis. Il s'est retrouvé dans le Dade County Jail.

— Il s'est évadé ?

— Même pas ! Il est resté exactement soixante-dix-huit minutes au trou. Il a donné une caution de mille cinq cent soixante-quinze dollars et a filé dans sa belle Cadillac. Nous avons été prévenus deux mois plus tard. Ils ne savaient pas que nous le recherchions. Faut dire qu'ici, à Miami, arrêter un Cubain qui bredouille l'anglais, enfouraillé jusqu'aux yeux, c'est courant.

Gail Hunter eut un sourire mélancolique et le policier vida son verre de daïquiri. Malko commençait à comprendre beaucoup de choses... D'abord, pourquoi la CIA avait fait appel à lui.

(1) Protection des témoins.

(2) Tueur.

— Et le FBI ? demanda-t-il.

Eddie Garcia faillit recracher son daïquiri, tant il s'étrangla de rire. Ingrid dut lui taper dans le dos.

— A Miami, expliqua-t-il, ils sont trente. Avec comme boulot, les Cubains anticastristes et leurs conneries, les infiltrés procastristes et tous les agents des pays d'Amérique latine. Or, pour vraiment surveiller un type à plein temps, il faut huit détectives. Ils peuvent en surveiller en tout trois pendant que les autres tapent leurs rapports. Alors, tant que Cuevas ne viendra pas vendre sa camelote sous leurs fenêtres... D'ailleurs, ils détestent la DEA. Ils prétendent qu'on est des bons à rien...

— Vous avez entendu parler du trafic d'armes avec Cuba ?

Garcia fit la moue.

— *Yeah*. Seulement, ça ne se passe pas chez nous. On a eu plusieurs tuyaux, mais jamais rien de concret. Jusqu'à l'histoire de San Juan, qui nous a coûté sept cent mille dollars pour rien. Et maintenant, l'autre se méfie.

Malko sentait le découragement le gagner en dépit de son quatrième daïquiri. Le détective se pencha sur lui et murmura à son oreille :

— Si vous arrivez à vous payer Miguel Cuevas, la DEA vous offrira le plus beau gueuleton de votre vie, mais vous mettrez le Homicide Squad (1) au chômage...

Malko se raccrocha à un dernier espoir :

— Et *La Carretera* ? C'est quand même un point de départ.

Ricochet Rabbit et Gail Hunter échangèrent un regard d'intelligence, et le détective se pencha sur Malko :

(1) Brigade des homicides.

— OK ! dit-il. On va y aller dîner. Vous verrez vous-même.

***

Le porcelet grillé accompagné de riz noir et de patates douces et la soupe de lentilles étaient les plats les plus légers du menu. Ricochet Rabbit se pourléchait déjà les babines. Il n'y avait pratiquement que des Cubains à *La Carretera*, personnel ou clients. Deux policiers en uniforme dînaient, leur Motorola posé sur la table. Dehors, il tombait des trombes et ils avaient dû franchir un véritable lac pour accéder au restaurant.

Eddie Garcia appela la serveuse rebondie qui s'approcha languissamment. Il lui demanda, en espagnol :

— Tu connais un type qui s'appelle Miguel ? Miguel Cuevas. Il a une grande Cadillac gris clair Fleetwood...

Le visage de la fille se ferma. Elle secoua lentement la tête.

— Non, je ne connais pas. Il y a beaucoup de clients...

Eddie Garcia n'insista pas, prit le menu et le montra à Malko, soulignant la liste des vins : avec stupéfaction, ce dernier vit un Laffitte-Rothschild 1959 à sept cent cinquante dollars la bouteille ! Inouï, en plein cœur de Little Havana. Le détective leva les yeux sur la serveuse.

— On voudrait une bouteille de ce vin-là, comme apéritif.

Elle jeta un coup d'œil au menu et fit « OK » avant de s'éloigner. Malko se demandait si Eddie Garcia n'avait pas envie de s'éclater aux frais de la CIA.

La serveuse revint pour annoncer : « Il n'y en a

plus »... Eddie Garcia se tourna vers Malko, et dit d'un ton enjoué :

— Venez.

Il se leva et Malko le suivit, intrigué. Ils contournèrent le comptoir pour arriver aux cuisines. Comme un employé faisait mine de les arrêter, le policier montra son badge et ils parvinrent à une porte marquée *Cellar* (1). Eddie Garcia l'ouvrit. C'était une pièce réfrigérée faisant office de cave. Eddie Garcia alla droit vers une étagère au fond, montra à Malko une rangée de bouteilles et en sortit une.

— Regardez !

Il y avait deux étagères pleines de Laffitte-Rothschild 1959. Le détective remit la bouteille en place.

— C'est le vin favori de Miguelito Cuevas. Il ne boit que ça, quand il vient ici. Si jamais ils en manquaient, il serait foutu de rafaler tout le personnel. Voilà pourquoi on nous l'a refusé. Mais personne ne dira un mot, même si je les embarque. On ne trahit pas Miguel Cuevas. En plus de la frousse bleue qu'il leur inspire, ils savent que c'est un *sentero* et croient qu'il peut leur jeter des sorts. Ça compte ici...

Ils revinrent à la table et Eddie Garcia se rabattit sur une sangria...

Il fallut arriver au café — délicieux — pour que Malko se sente moins découragé.

— Miguel Cuevas est chez lui, ici, expliqua Ricochet Rabbit. Quand il est à Miami, il y vient parfois. Nous le savons. Il faudrait venir y déjeuner et dîner tous les jours... Quant au personnel, il préférera se faire couper la main plutôt que de parler. Il leur file des pourboires de cent dollars...

— Il y a quand même le pilote du Learjet qui l'a amené de San Juan, remarqua Malko.

(1) Cave.

Eddie Garcia pointa son pouce vers Gail Hunter.

— Elle peut vous aider. Avant, elle travaillait sur les « mules » (1). Je sais qu'on a interrogé ce pilote et qu'il a prétendu ne rien savoir. Mais il n'est peut-être pas « blanc-bleu »... La petite famille bien propre qui va passer le week-end à Eleuthera ramène aussi ses dix kilos de coke.

Malko se tourna vers la Noire.

— Il faut que je me renseigne, dit Gail.

Eddie Garcia achevait d'extraire, des interstices de ses dents de lapin, les derniers restes de porc grillé. Il jeta un œil humide à Ingrid, et dit à Malko :

— Vous ne m'en voulez pas si je vous quitte ? Je sens que cette petite meurt d'envie de se faire sauter.

Ingrid, furibonde, lui envoya un violent coup de coude. Malko prit l'addition. Au-dessus de la caisse, un écriteau annonçait : *Si vous présentez une fausse carte de crédit, on appelle la police immédiatement.* Eddie Garcia se pencha sur la caissière et susurra en désignant l'inscription :

— Sauf si c'est Miguelito Cuevas.

La grosse Cubaine lui jeta un regard noir. Dehors, Gail Hunter se tourna vers Malko :

— J'ai laissé ma voiture au *Holiday Inn*, vous pouvez me déposer ?

La Toyota bleue qu'il avait louée chez Budget était quasiment neuve. Malko avait refusé une Mercedes, par respect pour les comptables de la CIA.

— Quatre cent mille Cubains dans Little Havana, soupira la Noire. La drogue en touche vingt pour cent. Même les gosses. Les dealers donnent dix mille dollars à des étudiants pour qu'ils leur ouvrent des comptes en banque. Ils en gardent mille. Ça leur permet d'acheter leur première « ligne » de coke...

(1) Passeurs de drogue.

Ensuite, ils sont accrochés et deviennent dealers à leur tour.

— Il faudrait en savoir plus sur ce pilote, dit Malko.

— J'ai un copain qui peut m'aider, fit-elle, mais il ne travaille qu'à minuit, au Homicide Squad...

Il était dix heures.

— Vous voulez boire un verre au *Fontainebleau* ? proposa-t-il.

Elle sourit.

— Oh ! je n'y suis jamais allée ! C'est l'endroit le plus cher de Miami Beach.

— Ensuite, nous retournerons voir votre ami... assura Malko.

Il leur fallut vingt minutes pour traverser Biscayne Bay séparant Miami de Miami Beach. En cette saison, Miami Beach ressemblait à un cimetière avec ses centaines d'hôtels vides. Le *Fontainebleau* dressait sa masse blanche comme un paquebot sur Collins Avenue, face à l'Atlantique... Intimidée, Gail Hunter suivit Malko au *Poodle Room*, un bar disco décoré en noir. L'arrivée de Gail détourna tous les mâles présents de leurs devoirs conjugaux. Son port altier et cette longue natte noire qui coulait jusqu'à sa chute de reins callipyge avaient quelque chose d'électrisant. Et en avant pour les daïquiris...

Ils dansèrent. Elle se déhanchait imperceptiblement, sensuellement, aussi grande que Malko. Leurs visages se frôlèrent et leurs lèvres aussi. L'étui à revolver pendait toujours à sa ceinture. Personne ne semblait le remarquer...

Au troisième daïquiri, Gail Hunter avoua en riant :

— Quand j'étais gosse, je faisais partie d'un gang qui volait les chaises longues du *Fontainebleau* pour les vendre aux autres hôtels. Cela nous payait nos ice-creams...

Bien que troublé par son magnétisme, Malko n'oubliait pas son souci numéro un. A onze heures et demie, il proposa :

— Nous pourrions y aller.

*
* *

Le Homicide Squad se trouvait dans un bâtiment vert de quatre étages, en face de la prison, sur la 14th Street NW. Ils montèrent au premier. Des bureaux et des machines à écrire. Quelques détectives tapaient ou téléphonaient. Gail Hunter entra dans la pièce de droite, occupée par un civil corpulent, visiblement cubain. Il se précipita sur elle et l'étreignit...

— Gail ! *Holy shit !*

— C'est le capitaine Raúl Diaz, présenta la Noire.

Elle introduisit Malko, expliqua sa mission. Le policier eut un large sourire.

— Si vous nous débarrassez de ce type, je vous embrasse sur la bouche...

— Donne-nous déjà une information, dit Gail.

Elle dévida tout ce qu'elle savait du pilote du Learjet. Le capitaine Diaz écoutait attentivement. Il commença à fouiller dans ses dossiers, ouvrit des classeurs. Puis s'assit devant un petit terminal d'ordinateur. Enfin, il sortit et réapparut avec une photo qu'il posa sur le bureau : celle d'un homme très grand, totalement chauve, un peu voûté, âgé d'une soixantaine d'années.

— John Rabelais, annonça-t-il. Pilote free-lance. Mais c'est surtout une « mule ». Trois fois par an, il va chercher vingt tonnes de marijuana en Colombie et se pose quelque part en Floride, sur une piste désaffectée. Il gare son DC7 en Jamaïque, entre deux voyages. On n'a jamais pu le piquer sur le fait. On ne savait pas qu'il connaissait Miguel Cuevas.

— Où vit-il ?

— Key Largo. 6547 Blue Ridge Lane. A la hauteur du *Miles marker 105* (1). Marié, deux enfants. Mercedes bleue décapotable 450. Un bateau. Prenez la photo.

« Revenez nous voir, j'ai de bons tuyaux parfois. Surtout si vous venez avec une fille aussi ravissante que Gail...

Dehors, la pluie avait cessé, mais l'humidité était terrifiante. En été, Miami était un vrai bain de vapeur.

— Merci, dit Malko, je vous tiens au courant.

— C'est moi qui vous remercie, fit-elle chaleureusement.

Ils demeurèrent face à face quelques secondes, puis Malko l'embrassa. Elle lui rendit son baiser naturellement, sensuellement, tout son corps soudé au sien, puis se dégagea sans affectation.

— *Good night... See you soon.* (2)

Malko la regarda monter dans sa voiture. Avec les Américaines, on ne savait jamais. Il espérait pourtant ne pas quitter Miami sans avoir exploré ce corps superbe. Iris Cruz perdait de son intérêt à côté de cette splendide femelle... Les daïquiris faisaient monter sa pression sanguine. Il reprit le chemin du *Fontainebleau*. De nuit, la Miami River semblait encore plus sinistre... Le sigle du *Miami Herald* flamboyait dans la nuit, se reflétant dans Biscayne Bay.

Il restait à faire parler la « mule » : John Rabelais. Malko réussirait peut-être à l'intimider, maintenant qu'il connaissait son pedigree. De toute façon, c'était sa seule piste.

(1) Borne de 105 miles.
(2) Bonne nuit... A bientôt.

CHAPITRE VII

La route filait, rectiligne, entre les marécages des Everglades. Pied au plancher, Malko essayait de ne pas s'endormir sous la chaleur torride. Il avait raté le Florida Parkway et s'était traîné tout le long de la US 1 longeant la carcasse de ciment du futur métro aérien, à raison d'un feu tous les demi-milles. Maintenant, il apercevait la mer au-delà des marécages. De temps en temps, une petite route transversale s'enfonçait dans ce cloaque bourré d'alligators et de serpents. Un parc naturel. Key Largo se trouvait au sud de Miami, au début de l'étroite langue de terre prolongeant la Floride comme une virgule jusqu'à Key West. Tout était plat, à perte de vue, la terre ferme et la mer séparées par des palétuviers, avec quelques baraques en bois, des petits bateaux, des *trailers parks* (1)... Rien de bien gai. Key Largo ne valait pas mieux. Il ralentit.

Un écriteau annonçait : *C'est ici qu'a été tourné le célèbre film avec Humphrey Bogart...* (2) Un garagiste indiqua à Malko l'adresse de John Rabelais. Un cottage au bord d'une lagune saumâtre, envahie par les palétuviers. Une haute antenne s'élevait de la maison.

(1) Parcs pour caravanes.
(2) *Key Largo.*

La Mercedes bleue était dans le garage ouvert. Un cabin-cruiser était amarré à un appontement. Malko descendit, fut assommé de chaleur. Il traversa le petit jardin, sonna. Une blonde vint ouvrir, en maillot avec un jean coupé en short, mignonne, de gros seins, un nez retroussé.

— John Rabelais ?

— Qui le demande ?

— On me l'a recommandé, dit Malko, je cherche un pilote...

Elle sourit.

— OK ! entrez. Il est en train de travailler sur son bateau.

Il la suivit et vit un homme de grande taille, avec un jean et un chapeau de paille, en train de gratter la coque.

— John !

Il se retourna et vint vers Malko d'une démarche lente, ôta son chapeau. Avec son crâne déplumé et son cou ridé, il ressemblait à un oiseau de proie. Les yeux bleus étaient très enfoncés et il était encore bâti en athlète. Il avait des gestes lents et des mains énormes.

— Qui êtes-vous ?

— Malko Linge. Je cherche un pilote.

— Qui vous a donné mon nom ?

— Miguel Cuevas.

Le regard se posa sur lui un peu trop longtemps, puis il dit d'une voix égale :

— Connais pas. Ça doit être une erreur. Mais puisque vous êtes venu ici, vous prendrez bien une bière.

Ils se retrouvèrent dans un petit patio, à l'ombre relative. Pour une fois, Malko apprécia la bière. Le pilote l'observait. Il remarqua soudain :

— Vous auriez pu téléphoner. Je suis dans les pages jaunes. D'où venez-vous ?

— Miami.

— Alors vous cherchez un pilote ? Ce n'est pas ce qui manque. Moi, je suis trop vieux, je ne travaille qu'avec mes clients... Mais je peux vous trouver un jeune. Vous voulez aller où ?

— Porto Rico.

John Rabelais écrasa sa boîte de bière entre ses gros doigts.

— Foutrement loin, ça va vous coûter une fortune... Vous feriez mieux de prendre BWIA ou Air France...

— Pourtant, vous étiez à Porto Rico il y a quinze jours. Vous pilotiez un Learjet immatriculé N 6548. Votre appareil était loué par un certain Michael Velasquez. En réalité Miguel Cuevas.

La boîte de bière alla s'écraser contre le mur blanc. John Rabelais était debout, le sommet de son crâne rouge comme une crête.

— Qu'est-ce que c'est que ces foutus mensonges ! gronda-t-il. Vous allez me ficher le camp d'ici. Je suis chez moi et j'aime pas les emmerdeurs.

Malko se leva à son tour. Sur le conseil de Gail Hunter, il avait pris son pistolet qui pesait à sa ceinture. Le pilote ne lui faisait pas peur, et il était content de la réaction.

— Je m'en vais, dit-il. Mais je reviendrai. Avec des gens de la DEA. Il faudra bien que vous répondiez... L'homme que vous transportiez a commis deux meurtres à San Juan. Je ne parle pas du trafic de drogue...

John Rabelais se rassit d'un coup, fixant Malko de ses petits yeux enfoncés.

— Pour qui travaillez-vous ? Vous avez un mandat ?

— Je n'ai pas de mandat, dit Malko et je travaille pour une agence fédérale qui n'est pas la DEA... Vous ne m'intéressez pas, mais je veux celui que vous transportiez, Miguel Cuevas. Et pas seulement pour une histoire de drogue. Il travaille avec les castristes sur les armes...

— Je n'ai jamais touché à ça, fit le pilote sincèrement indigné, je suis un bon Américain.

Un ange passa, ahuri d'un tel cynisme.

— Et les tonnes de marijuana que vous transportez ?

— *Bullshit !* Ça ne tue personne. Et je ne transporte rien.

— Je peux prouver que vous étiez à San Juan, pilotant un assassin. On vous fera sauter votre licence. Sauf si vous m'aidez...

Il avait parlé sans hausser le ton. John Rabelais ne répondit pas immédiatement. Puis il eut un drôle de soupir et pointa un doigt vers Malko :

— OK ! Mr... Linge. Je connais le gars que vous cherchez. Ce n'est pas un ami, mais un client. Vous pouvez me causer des emmerdements. Seulement, lui, il va me flinguer si je vous dis un mot. Et quand je serai mort, je n'aurai plus de licence non plus, *right* ?

Raisonnement impeccable...

— *So, go fuck yourself,* fit-il en se levant. Envoyez-moi tous les flics de Dade County. J'ai un bon avocat.

Il suivit Malko jusqu'à la porte. Le pilote le regarda monter dans sa voiture et referma. Rien à tirer de lui. Le mur de la peur. Il n'avait plus qu'à rendre compte à la CIA.

***

— Il faut absolument que vous débouchiez sur quelque chose, annonça la voix tendue de William Carry, le nouveau directeur des opérations. Nous avons eu des confirmations de l'extérieur que les rebelles du Salvador et le Nicaragua attendent bien une importante cargaison d'armes dans les semaines qui viennent, amenée de Cuba par des trafiquants...

— C'est tout ?

— Non, notre station de Bolivie a signalé le départ par avion d'une énorme quantité de cocaïne. Plusieurs tonnes réparties dans plusieurs avions. Tout semble se mettre en place pour l'opération Swordfish. Il faut absolument retrouver Miguel Cuevas.

— Il n'y a qu'à vider Miami et trier ses habitants, dit Malko.

— La DEA nous réclame ses sept cent mille dollars, ajouta le chef des opérations. Cela va faire un foin du tonnerre si vous ne réussissez pas.

— Vous croyez que je le fais exprès ? demanda Malko. J'ai interrogé, en vain, le pilote du Learjet de San Juan. Si vous me donnez l'autorisation écrite de le torturer...

— Ne dites pas de stupidités. Il y a d'autres moyens. Faites-lui peur.

— Miguel Cuevas lui fait beaucoup plus peur...

— Trouvez quelqu'un d'autre. (Il baissa la voix.) Je peux vous dire que le vice-président George Bush suit personnellement cette affaire... Ce serait important pour vous de la réussir...

— Pourquoi ? J'aurai une concession plus grande à Arlington (1) ?

— On ne peut pas discuter avec vous, fit le chef des opérations.

Il raccrocha. Un soleil radieux éclairait la plage ratissée comme un gazon anglais et totalement déserte. Il avait dîné seul la veille, et n'avait pas le moral... Le téléphone sonna de nouveau.

— Mr Lirge ?

(1) Cimetière militaire de Washington.

— Linge, corrigea Malko.
— *OK, OK ! Linge. John Rabelais speaking...*
Silence. Un ange passa, vêtu d'un gilet pare-balles. Pour une bonne surprise, c'était une bonne surprise...
— *Yes, Mr Rabelais ?*
— J'ai réfléchi. Je pourrais vous aider si vous me promettez de me foutre la paix et de me protéger...
— Vous savez où se trouve Miguel Cuevas ?
— Retrouvez-moi ce soir à Miami, fit le pilote. Nous en parlerons. Un restaurant de la 8th Street, *La Esquina de Teja*, vers sept heures.

***

— Il ne viendra pas...
Eddie Garcia faisait les cent pas dans le petit bureau du Homicide Squad, au premier étage du building vert sur la 18th Street, nerveux à son habitude. Observé par le regard amusé du capitaine Raúl Diaz.
— Il va venir, mais pas tout seul, commenta ce dernier. Feriez mieux de vous offrir un gilet pare-balles. Il y en a de superbes en bas de la rue pour trois cent cinquante dollars. En plus de ça, je vais vous donner une protection.
La DEA avait demandé à Diaz son aide pour « protéger » le rendez-vous de Malko et de John Rabelais.
— Il ne faut pas que ce soit trop voyant, remarqua Malko.
Le capitaine Diaz eut un sourire entendu.
— J'ai ce qu'il vous faut, dit-il en appuyant sur la touche de l'interphone. June !
La jeune femme qui entra dans le bureau quelques instants plus tard avait de longs cheveux auburn, des jambes minces, de beaux yeux gris et l'allure élégante.
— Détective June Richmond, présenta le capitaine

Diaz. Elle va dîner avec vous ce soir. Elle aime la cuisine cubaine et tire pas mal. En plus, on va mettre un dispositif extérieur en place. A mon avis, votre « mule » va vous annoncer que le beau Miguelito est au Brésil pour que vous lui foutiez la paix. Ces types-là n'aiment pas se mêler de ce genre de salades.

— Où se trouve ce restaurant ? demanda Malko.

Le capitaine Diaz montra un point sur la 8th Street South West, non loin du Freeway 95.

— Ici. En plein Little Havana. Dans la zone entre la Miami River au nord, la 8th Street South West au sud, la 27th Avenue South West à l'ouest et la 5th Avenue South West à l'ouest, vivent quelques centaines de milliers de Cubains. Ce ne sont pas tous de charmants garçons. Je ne parle pas des Colombiens et des autres *latinos*... *Good luck !*

***

Le porcelet rôti, « must » de tout repas cubain, était encore plus croustillant qu'à *La Carretera* et le rosé portugais valait la sangria. Le restaurant était bondé, quatre-vingt-quinze pour cent de Cubains. Au coin, un petit comptoir débitait des cigares.

Malko se sentait un peu engoncé dans sa veste à carreaux pare-balles, prêtée par un des détectives du Homicide Squad. June Richmond avait dans son sac posé par terre un Motorola et un colt automatique à quatorze coups.

Il était sept heures et demie et John Rabelais n'avait pas montré son nez...

Malko inspecta la salle.

— Où est la protection ? demanda-t-il.

June sourit.

— Vous avez vu la Buick rouge garée en face ? C'est Garcia. Pour les opérations de ce genre, nous louons des voitures chez Budget pour qu'on ne reconnaisse pas les nôtres. Evidemment, on les ramène parfois avec des trous... Dans le parking, il y a un minibus avec deux détectives, reliés par radio. Plus une voiture au coin de la 9th Avenue. Les patrouilles du Dade County sheriff ont été averties aussi.

La jeune femme replongea dans son porcelet. Ravissante, à part le menton un peu carré. Soudain, la porte s'ouvrit avec fracas. Des cris fusèrent. June Richmond posa brusquement sa fourchette et sa main disparut dans son sac.

— *Oh ! my God !* fit-elle.

Malko tourna la tête. Un homme venait de pénétrer dans le restaurant. Il se tenait près de la porte, braquant un fusil d'assaut en direction de leur table. A la contraction de tout son corps, Malko sentit qu'il allait tirer. June Richmond était en train d'arracher le colt de son sac. Il saisit son pistolet dans sa ceinture, sachant qu'il n'avait pas le temps d'empêcher l'autre de faire feu.

Quatre coups de feu claquèrent, très rapprochés.

Le tueur sembla projeté en avant. Ses traits se déformèrent. Avec une lenteur insupportable, le canon du fusil d'assaut remonta, puis s'inclina à gauche. Au moment où il tombait à genoux, l'homme parvint à presser la détente.

— *Police ! Policia !* hurla June.

Tenant son colt à deux mains, elle ouvrit le feu sur le tueur. Malko en fit autant. Les détonations de leurs pistolets furent couvertes par le claquement assourdissant de l'AR 15. La rafale balaya le restaurant. Une serveuse prit une balle en pleine poitrine. Un client affolé, cherchant à fuir, ramassa une balle dans la tête. Toute une famille à une grande table ronde fut rafalée.

Un des projectiles tirés par Malko frappa le tueur

au front et son crâne explosa dans une gerbe de sang. June Richmond eut le temps d'achever son chargeur pendant qu'il s'effondrait. Ricochet Rabbit surgit derrière lui, écartant le fusil d'un coup de pied, son petit Cobra au poing. La lueur d'un gyrophare bleu apparut à l'extérieur, puis des policiers en civil et en uniforme inondèrent le restaurant.

Une femme, serrant son fils touché au visage, hurlait comme une bête. On étendit les blessés graves sur les tables. Des policiers bloquaient les issues. Une ambulance stoppa en face du restaurant dans un hurlement de sirène. June Richmond était blanche. Malko arriva près du tueur en même temps que le capitaine Diaz. Celui-ci se pencha sur le visage ensanglanté et annonça :

— Pablo Meyer. Un *hit-man* colombien. On savait qu'il était arrivé à Miami Beach avec un « contrat ». On ne savait pas que c'était vous. Dix-sept homicides déjà à son actif. Ce fumier-là ne tuera plus personne...

Le patron du Homicide Squad jeta un regard sombre sur la salle. On avait aligné quatre morts par terre, le visage couvert par une serviette. Les infirmiers s'affairaient autour de sept blessés plus ou moins graves. Le policier secoua la tête :

— Il va y avoir un *Oh shit meeting* (1), fit-il. L'addition est lourde. Vous avez compris ? Ce sont des animaux. Ils n'hésitent pas à tirer dans le tas pour avoir leur cible.

Peu à peu, le tumulte se calmait. Une seconde ambulance, puis une troisième arrivèrent.

— Comment avez-vous fait pour intervenir si vite ? demanda Malko.

(1) Réunion — oh — merde.

Ricochet Rabbit montra le stand de vente de cigares.

— J'étais là. J'ai vu ce type qui s'attardait en regardant la salle. Il devait avoir votre signalement... C'était facile, il n'y avait pas tellement de blonds. Puis, il est parti dans sa voiture et a pris son arme. Je suis arrivé derrière lui, et je lui ai vidé mon barillet dans le dos. C'était pas le moment de faire des sommations...

Un photographe commençait à prendre des clichés des morts. Un des flics s'approcha du capitaine Diaz, l'air écœuré :

— Ces salauds de la morgue ne veulent pas des corps, annonça-t-il. Pas de place. Faut se démerder avec un hôpital.

— Les civils iront dans le camion, même si je dois les y enfourner moi-même...

Il se tourna vers Malko :

— La morgue est pleine. Dade County a loué un camion frigorifique qu'il a garé en face. Normalement, il transporte des hamburgers. Maintenant ce sont des hamburgers colombiens ou cubains. Hélas ! on les vend pas...

Il ramassa l'arme du tueur et la montra à Malko.

— Vous voyez, un AR 15 semi-automatique. C'est en vente libre avec un permis de conduire... Il suffit d'enlever une goupille et on en fait une arme automatique... Allez, June, faut se mettre à écrire...

Les clients s'étaient peu à peu remis à manger. La 8th Street avait retrouvé une partie de son calme. Il en fallait plus à Little Havana pour vraiment semer la panique. Malko pensa à John Rabelais. Le capitaine Diaz devait penser la même chose, car il dit :

— On va avoir une petite visite intéressante demain. Le temps d'obtenir un mandat du DA. Normalement, June et vous, ce soir, vous devriez être dans le camion aux hamburgers. Si ce salaud de Rabelais ne s'est pas envolé, on va lui faire bouffer son caleçon.

Eddie Garcia approuva d'un tic. Plus nerveux que jamais. Les paroles se bousculaient dans sa bouche comme de la bouillie.

— Cet enculé, bredouilla-t-il, on va lui foutre la chiasse.

Une ambulance démarra, emmenant les cadavres. Enveloppé dans une toile cirée noire, Pablo Meyer attendait qu'on lui trouve une place.

Une soirée comme les autres à Little Havana. June Richmond semblait bouleversée. Malko s'approcha d'elle.

— Je suis désolé de vous avoir exposée ainsi.

Elle haussa les épaules.

— C'est le business. Maintenant, je me taperais bien un grand J and B.

— Vous êtes mon invitée, dit Malko. Vous ferez votre rapport après.

***

— C'est chouette, la vue.

June Richmond regardait l'océan Atlantique à travers la baie scellée de la chambre de Malko. Le suicide était interdit au *Fontainebleau*. Le J and B s'était multiplié par quatre et la détective ne parlait plus d'aller écrire son rapport. Elle jeta son sac alourdi du gros colt automatique sur un fauteuil et s'assit sur le lit, rejetant ses longs cheveux en arrière.

— Vous travaillez pour une agence fédérale qui a du fric, remarqua-t-elle. Je ne suis jamais allée dans un hôtel comme ça. Donnez-moi encore un verre.

Elle but son scotch d'un trait, lentement, posa son verre et planta ses yeux gris un peu vitreux dans les yeux dorés de Malko :

— *You wanna fuck ?* (1)

Demandé aussi gentiment, c'était difficile de refuser. D'ailleurs sans attendre la réponse de Malko, elle commença à se déshabiller. En un clin d'œil, elle fut nue. Un tanagra avec ses longs cheveux cascadants jusqu'aux reins.

Malko commença à la caresser doucement. Elle avait de brusques sursauts comme s'il touchait un nerf à vif.

— Attention, souffla-t-elle, je suis très sensible...

Dès qu'il effleurait la pointe d'un sein, elle se tendait comme un arc. Puis sa bouche glissa jusqu'à lui et l'emprisonna dans un fourreau brûlant. Interminablement. Chaque fois qu'elle le sentait prêt à jouir, elle stoppait, se contentant de l'agacer du bout de la langue... Enfin, elle enroula ses longs cheveux autour de sa verge et continua de cette façon.

Jusqu'à ce qu'il la renverse sous lui et la prenne.

Ils firent l'amour très lentement, elle haletait avec un sifflement bizarre, effectuant des mouvements circulaires de son bassin. Soudain, elle crocha ses jambes dans celles de Malko et se mit à secouer son bassin frénétiquement, la bouche ouverte, les yeux révulsés. Malko explosa au bout de quelques secondes de cette chevauchée infernale. Les jambes de June se dénouèrent aussitôt. Calmement, elle dit :

— A moi maintenant.

Elle se leva, gagna la salle de bains, ouvrit la douche et s'installa dans la baignoire, le flexible en main, le jet dirigé sur son ventre.

Les yeux clos, la tête rejetée en arrière, elle jouait avec le jet, à petits coups de poignet. Puis ses jambes se détendirent brusquement, elle poussa un cri aigu et

(1) Si on baisait ?

demeura immobile. Trente secondes plus tard, elle rouvrit les yeux.

— Excusez-moi, dit-elle, je ne peux jouir que comme ça.

***

Les trois voitures s'arrêtèrent à la queue leu leu en face du cottage de John Rabelais. Celle, bleue du sheriff du Dade County, la Buick rouge Budget conduite par Ricochet Rabbit et la Toyota de Malko.

La Mercedes bleue était dans le garage.

— L'enculé ! commenta Ricochet Rabbit. Il est gonflé.

Il s'avança le premier, tandis que les hommes du sheriff se déployaient ostensiblement. Ils n'eurent pas à sonner. John Rabelais sortait de la maison, une petite valise à la main, en chemisette. Il s'arrêta net. Ricochet Rabbit s'avança vers lui son Cobra au poing et cria :

— Mr Rabelais, ne bougez pas ! Homicide Squad du Dade County.

Le pilote posa sa petite valise. Aussitôt Ricochet Rabbit le fouilla. John Rabelais était blême. Il essuya son crâne chauve qui s'était couvert de sueur.

— Qu'est-ce que vous me voulez ? bredouilla-t-il.

Le capitaine Diaz eut un bon sourire :

— On voulait prendre des nouvelles de votre santé. Vous aviez un rendez-vous hier soir dans un restaurant de Little Havana.

— Non, pourquoi ?

— Si, intervint Malko. Avec moi, j'ai reconnu votre voix au téléphone. Pour me parler de Miguel Cuevas...

— Fatalité ! fit Diaz. Un type a rafalé la salle juste à l'heure où vous aviez rendez-vous...

Le sang se retira du visage de John Rabelais.

— Je n'y suis pour rien, bredouilla-t-il. Ce genre de truc cela arrive tous les jours...

— Bien sûr, concéda le capitaine Diaz, seulement ce mec a essayé de flinguer Mr Linge. Bizarre, non ? Mr Linge est prêt à témoigner à ce sujet... Devant un grand jury, cela peut vous faire de dix à douze ans.

— Quinze, susurra Ricochet Rabbit. Ou même vingt. Complicité d'homicide, faux témoignage, association de malfaiteurs...

Il sautillait autour du pilote comme s'il voulait l'exaspérer. June Richmond ne disait rien, mais le fixait d'un regard glacial. Avec une lenteur calculée, le capitaine Diaz sortit un papier de sa poche et le tendit au pilote.

— Le DA m'a signé ça, dit-il. Je crois que vous avez bien fait de préparer une petite valise.

John Rabelais lut le mandat d'amener. Complicité d'homicide :

— Ça fera une caution de cent mille dollars au moins, s'il y en a une, commenta le policier.

Ricochet Rabbit prit à sa ceinture une paire de menottes et tenta de saisir le poignet de John Rabelais. Le pilote se dégagea violemment. Tournant sur lui-même comme un fauve pris au piège. Malko l'observait, il le sentait craquer. Il prit Diaz à part.

— Laissez-moi lui parler.

Les policiers reculèrent. Malko s'approcha du vieil homme, cherchant son regard affolé.

— Mr Rabelais, demanda-t-il. Quel âge avez-vous ?

— Cinquante-six ans. Pourquoi ?

— Vous croyez que cela vaut la peine de passer dix ou douze ans en prison à votre âge ? Je sais que vous avez eu un contact avec Miguel Cuevas depuis que je vous ai parlé. Dites-moi où il se trouve et je peux vous aider. Il y a eu quatre morts hier soir.

— Je vous jure que je ne savais rien, fit le pilote d'une voix altérée.

Il s'essuya le front. Pitoyable. Le regard terrifié. Puis il dit soudain à voix basse :

— Je devais venir. Au dernier moment, j'ai changé d'avis.

Malko l'observait attentivement.

— Vous voulez dire que vous auriez été abattu avec moi ?

Silence. Un chris-craft ronfla sur la lagune, derrière eux. Malko comprenait l'émotion du pilote. Miguel Cuevas avait failli faire d'une pierre deux coups. Il comprenait la petite valise, maintenant. Le pilote avait dû écouter les informations...

— Vous étiez en train de vous enfuir, n'est-ce pas ? dit-il. Pour que Miguel Cuevas ne vous retrouve pas.

John Rabelais inclina la tête.

— Il vous retrouvera, dit Malko, et vous tuera comme il voulait le faire hier soir. Il vous avait dit d'aller au rendez-vous et de me raconter n'importe quoi, n'est-ce pas ? Comment l'avez-vous joint ?

John Rabelais n'ouvrit pas la bouche, mais son regard était éloquent. Il semblait avoir vieilli de dix ans. Soudain, il lâcha d'une voix étranglée, méconnaissable :

— Ecoutez, je veux bien vous aider. Mais à une condition.

— Laquelle ?

— Ils me bouclent. Tant que ce salaud n'est pas mort. *My God*, faites qu'on réussisse à l'abattre.

Ses épaules s'étaient voûtées, un peu plus il semblait brisé.

— Je crois que c'est faisable, dit Malko. On s'arrangera. Je vais en parler au capitaine Diaz.

— Il y a une fille qui en sait long sur Miguel Cuevas, dit rapidement le pilote. Et le hait. Moi, elle m'aime bien parce que je la balade parfois en avion. Jackie la Bahamienne.

— Où peut-on la trouver ?

— Elle habite avec un mec dans Palm Island. Palm Avenue 68. Je n'ai pas son téléphone, mais elle sort tous les jours vers midi.

— Que fait-elle ?

John Rabelais lui jeta un regard las.

— Pute, évidemment. Mais superbe. Si quelqu'un peut vous amener à Miguel Cuevas, c'est elle.

CHAPITRE VIII

Un petit hydravion était garé dans le jardin en face d'un plan incliné plongeant dans Biscayne Bay, réduit à un canal entre Palm Island et le General Douglas MacArthur Causeway. Derrière un rideau de végétation tropicale, on devinait la calandre d'une Rolls blanche et les baies vitrées d'une longue villa plate. Apparemment, Jackie la Bahamienne vivait bien. A côté de la rampe de l'hydravion se trouvait un ponton où était amarré un gros cabin-cruiser de soixante pieds. Le numéro 68 était cloué au ponton. Palm Island était minuscule, abritant une trentaine de villas cossues, relié au Causeway par un petit pont de dessin animé. Biscayne Bay comptait une douzaine de ces îlots transformés en ghettos de luxe.

Malko s'engagea sur le petit pont. Palm Island n'avait qu'une seule avenue qui la traversait dans toute sa longueur : Palm Avenue. Il stoppa en face du numéro 68. Une haie d'hibiscus et de bambous dissimulait le jardin, mais une Seville blanche décapotable était garée dans l'allée d'accès. Il n'y avait pas à se tromper sur sa propriétaire : la plaque d'immatriculation s'épelait JACKIE. Il se gara un peu plus loin. Sa Seiko-quartz indiquait onze heures et demie.

Cinq minutes plus tard, la porte de la villa s'ouvrit sur une robe orange. Malko sortit de sa voiture, aperçut une jeune femme à la démarche ondulante avec une frange de cheveux noirs, des escarpins en plastique blanc et de longues jambes café au lait. D'immenses lunettes noires empiétaient sur la frange et on ne voyait du visage que la bouche, du même orange que la robe, énorme malgré la distance.

Malko surgit au moment où elle ouvrait la portière de la Seville. Elle se retourna, poussa un petit cri :

— *Hey you*, qu'est-ce que ?...

Elle avait déjà la main dans son sac. A Miami, on était prudent... Malko la rassura d'un sourire et d'une phrase :

— C'est John Rabelais qui m'envoie. *I wanna talk to you...*

Jackie se détendit. Il émanait d'elle une sorte de langueur sensuelle due sûrement à son métissage. Son index arborait un énorme diamant rose et sa poitrine pointait orgueilleusement. Comme avait dit John Rabelais, c'était une superbe pute. Elle se retourna vers la maison, l'air craintif.

— OK ! mais pas ici. Si ma malédiction me voit avec vous, il va s'imaginer des trucs...

— Où ?

Elle chercha rapidement, puis sa bouche s'ouvrit sur un sourire.

— Vous connaissez Key Biscayne ? On se retrouve au fond de Bill Baggs State Park. Dans une heure.

La Seville démarra sur les chapeaux de roue. Comment Jackie allait-elle réagir en sachant ce que Malko attendait d'elle ?

⁂

Malko avait rarement vu une aussi belle végétation. Key Biscayne était l'île la plus au sud de la baie, partagée également entre un quartier résidentiel et un parc national superbe. Il roulait doucement dans l'allée centrale entre deux haies d'arbres magnifiques. Arrivé au fond du parc, il tourna à droite et aperçut la Seville blanche décapotée stoppée sur le bas-côté de l'allée. Jackie la Bahamienne alanguie sur son siège, fumait, en regardant les ratons laveurs se poursuivre dans les poubelles du parc. Elle se retourna en entendant la voiture de Malko... Il stoppa derrière la Seville et elle lui adressa un sourire à troubler un archevêque.

— Venez dans ma voiture ! C'est plus chouette.

Il s'installa dans la Seville. La jeune femme croisa les jambes très haut, exhibant une longue cuisse café au lait et demanda d'une voix chaude :

— Qu'est-ce qu'un homme comme vous fricote avec un vieux salaud comme John Rabelais ?

— Je croyais que vous l'aimiez bien ? Il vous balade en avion...

Jackie montra ses incisives en un sourire féroce.

— *Motherfucker !* (1) Quand il m'emmène, je paie mon voyage. Avec mon cul. De temps en temps, je vais voir ma mère à Nassau. Ce vieux salaud en profite pour se faire sucer pendant tout le trajet... C'est ça qu'il appelle m'offrir une balade.

Un ange passa, horrifié de tant d'hypocrisie. Décidément, John Rabelais n'était pas un gentleman. Jackie la Bahamienne accentua son sourire.

— Vous voulez *aussi* m'offrir une balade en avion ?

— J'ai vu que vous disposiez de votre hydravion, remarqua-t-il.

— *Yeah !* C'est Ronald qui le pilote. Pendant la guerre il était sur un porte-avions, il m'a dit. Mais c'est plus de son âge... Un jour, il va se planter. J'espère que je ne serai pas avec lui... A soixante-

(1) L'enculé !

douze ans, il pourrait s'arrêter. Bon ! qu'est-ce que vous voulez ?

Malko lui ôta gentiment ses lunettes noires. Ses yeux marron étaient doux et pleins de vie.

— Je cherche Miguel Cuevas, dit-il.

Le regard de Jackie se durcit et les coins de sa bouche s'abaissèrent :

— Pour lui foutre un pic à glace dans le ventre, j'espère.

— Vous n'êtes pas trop éloignée de la vérité, fit Malko. John Rabelais m'a dit que vous pourriez m'aider.

— Je lui couperais bien les couilles à ce salaud ! fit-elle rêveusement. Mais il y a un hic. Je ne sais pas où il est.

— Pourquoi lui voulez-vous du mal ?

Sans mot dire, elle se tourna et releva la robe orange sur sa cuisse droite, montrant le slip en dentelle blanche. Il y avait un creux dans la cuisse, comme si on lui avait enlevé un grand morceau de chair. Elle prit la main de Malko et la promena sur le creux.

— Ça, fit-elle, c'est Miguelito. Il y a trois ans. Je n'étais pas encore avec Ronald Keller et je tirais le diable par la queue. Sa party était très chouette. Du Dom Pérignon et assez de coke pour planer pendant un siècle. Il avait un chouette appartement avec plein de statues de saints...

— De saints !

On imaginait mal Miguel Cuevas en prédicateur.

— Pas des vrais, précisa Jackie la Bahamienne. Ses conneries de *senteria*. Il égorge des poulets et boit leur sang. Un dingue. Bref, ce soir-là, je me suis retrouvée sur un grand lit avec Miguel et sa copine. C'est elle qui m'avait draguée, en me promettant cinq cents dollars. Il fallait que je paie mon loyer. Seulement, il y a eu un problème. Miguel avait un truc énorme, fabuleux, mais il arrivait pas à bander. Au bout d'une heure, j'avais les amygdales à vif et il était dans le même état. Alors, je lui ai dit gentiment que ce serait pour une autre fois, qu'il avait un crédit. Je ne pouvais pas continuer à me décrocher la mâchoire toute la nuit. Même si sa copine s'occupait gentiment de moi...

« Il est devenu fou ! Il a pris un flingue et m'a dit que j'allais retrouver ma cervelle au plafond si je continuais pas.

Un raton laveur traversa la route et sauta sur le capot. Il n'y avait pas une voiture dans le parc, sauf une conduite intérieure sombre arrêtée un peu plus loin.

— Sa copine lui a ôté son flingue, continua Jackie. Alors, sans même me laisser le temps de prendre mes fringues, il m'a jetée dehors à coups de pied. Ce que vous voyez là, c'est la pointe de sa botte, qui m'a cassé le fémur. Deux mois à l'hôpital. Il ne m'a même pas envoyé de fleurs. Depuis, j'ai rencontré mon « minet » et je suis sur un petit nuage rose. J'ai même plus besoin de ce vieux cochon de John Rabelais pour aller voir ma mère. Ce putain de Miguel est un mec super-dangereux. Un tueur.

— Je sais, il a déjà voulu me tuer. Cet appartement, où était-il ?

— Il y a longtemps qu'il a déménagé, fit Jackie avec un sourire.

— Vous êtes dans son business ? demanda-t-elle intéressée. Je sais qu'il vend des valises pleines de cocaïne.

— Pas vraiment, dit Malko sans se compromettre. Alors vous ne voyez rien pour m'aider ?

Elle tira longuement sur sa cigarette, le guignant du coin de l'œil.

— Le malheur, fit-elle, c'est que je ne vous connais pas. Je ne sais pas si je peux avoir confiance...

— Vous pouvez, dit Malko.

Elle croisa les jambes, découvrant généreusement une partie de son ventre. Le raton laveur sauta du capot et s'éloigna. Jackie la Bahamienne se décida d'un coup.

— Et puis merde ! On ne trouve pas tous les jours un mec qui veut se faire Miguel Cuevas ! La fille qui était sur le lit avec moi, ce soir-là, est avec Miguel depuis longtemps. Elle bosse comme hôtesse quand elle ne fait pas des défilés de mode. Elle lui drague des nénettes et ils se les partagent.

— Où puis-je la trouver ?

— Elle travaille au *Mutiny Club*, à Coconut Grove.

— Comment s'appelle-t-elle ?

— Margarita Gomez. C'est une Dominicaine. Elle est vachement amoureuse de Miguel, elle ne le balancera pas. Mais elle sait où il vit...

— Superbe ! dit Malko.

— Ne prononcez jamais mon nom, supplia Jackie. Sinon, il me tuera.

— Juré.

— Ecoutez, fit-elle, si vous voulez me joindre, appelez-moi le matin entre dix et onze. Demandez Lupe. Je dirai que c'est une erreur. Et je vous rappellerai. Où vous êtes ?

— *Fontainebleau*. Chambre 1542. Je m'appelle Malko.

Elle nota un numéro sur un bout de papier et le lui tendit.

— OK ! Il faut que je me sauve.

Elle se pencha et effleura ses lèvres, une main posée sur son sexe.

— Si vous me rapportez les couilles de ce salaud de Miguel Cuevas, lui souffla-t-elle à l'oreille, je vous ferai la plus belle pipe de votre vie.

*
* *

Malko accéléra sur le Rickenbacker Causeway. La voiture foncée qui se trouvait dans le parc était derrière lui. Evidemment il n'y avait qu'un chemin pour regagner Miami. Il passa le péage et tourna à gauche dans South Miami Avenue, roulant vers le sud. Très vite, il perdit de vue son suiveur. Qui n'en était peut-être pas un...

Il continua jusqu'à Silver Bluf, longeant la côte. Trois milles plus loin, un panneau annonçait *City of Coconut Grove.*

Un passant lui indiqua le *Mutiny Club*. Une construction de bois en bordure d'une marina. Malko abandonna sa Toyota et pénétra dans le club-restaurant. Architecture futuriste, une superbe maquette de bateau dans le hall et une hôtesse froufroutante qui s'avança vers lui avec un sourire commercial plaqué sur un visage ravissant.

— C'est pour déjeuner ?

— Non, je vais seulement au bar.

— Par ici.

Le bar était décoré comme un paquebot. Tout autour, dans de profonds sièges de cuir, des groupes parlaient bruyamment. Malko commanda un daïquiri. C'était visiblement un endroit « in ». A travers les grandes baies vitrées, on apercevait les bateaux ancrés dans la marina et d'immenses cocotiers se balançant dans le vent.

Il essaya de deviner qui était Margarita Gomez.

Plusieurs des hôtesses étaient brunes et ravissantes. Vêtues de longues robes moulantes très décolletées et fendues, mais avec un maintien réservé. Elles poussaient éhontément à la consommation, enlevant les verres encore à moitié plein, se mêlant aux conversations... Au second daïquiri, Malko se pencha vers le barman :

— Est-ce que Margarita est arrivée ?

L'autre regarda autour de lui.

— Non... Je ne crois pas. Vous avez un message ?...

— Non, non. Il paraît qu'elle est superbe...

— Sûr. Vous ne pouvez pas la louper : elle a une robe rouge comme du sang...

Le restaurant se remplissait pour le déjeuner. Malko attendit encore une demi-heure. Il allait partir quand une silhouette le frôla. Il aperçut une tache rouge et tourna la tête. Juste à temps pour voir un long dos nu terminé par une chute de reins creusée et des fesses cambrées. Les cheveux noirs balayaient le dos au rythme de la marche.

Il venait de faire la connaissance de Margarita Gomez.

L'hôtesse se retourna. Elle aurait pu faire la pige à la plupart des starlettes. Un visage triangulaire, une bouche pleine, de hautes pommettes, de grands yeux étirés, signe de sang indien. Quand elle repassa devant Malko, elle lui adressa un sourire machinal. Son cœur se mit à battre plus vite, mais elle envoya le même sourire à son voisin. Il se demandait ce qu'une fille comme elle faisait au *Mutiny Club*. Un bracelet en diamants et rubis brillait à son poignet gauche, qu'elle n'avait sûrement pas gagné avec ses pourboires. Il se replongea dans son daïquiri.

Jackie la Bahamienne avait-elle dit la vérité ?

Il avançait en terrain miné. Si Margarita avait partie liée avec Miguel Cuevas, il n'était pas question de la prendre de front... Le Cubain s'attendait à une attaque et redoublait sûrement de méfiance. Il paya ses verres et s'en alla, la tête un peu lourde. Une queue de trente personnes attendaient des tables. Au moment, où il poussait la porte, une voix de femme l'appela :

— *Sir !*

Il se retourna, Margarita Gomez lui souriait.

— Vous aviez demandé une table ?

— Non, non, dit Malko, j'étais juste venu boire un verre.

— Ah bon ! Je pensais qu'il y avait une erreur. *Come again.*

En plus, bonne professionnelle.

Dehors, les premières gouttes du troisième orage de la journée commençaient à tomber dans une chaleur moite. Il mit le cap sur le Homicide Squad. Il avait envie de parler de Margarita Gomez au capitaine Diaz.

***

— Jamais entendu parler de cette Margarita fit Raúl Diaz, mais Miami est plein de ce genre de filles. Je vais essayer de me renseigner. C'est bien le type qu'aime Miguel Cuevas. Vous voulez qu'on la mette sous surveillance ?

— Pas encore, dit Malko. Je vais d'abord déterminer son environnement. Si elle apprend qu'il y a une enquête sur elle, c'est foutu. Nous avons peut-être une longueur d'avance.

— Ce serait drôle qu'elle vous conduise à Miguel Cuevas, remarqua le policier. Mais dans cette ville tout est possible. Dans ce cas, vous sautez sur le téléphone.

— Et Jackie la Bahamienne ?

Le visage de Diaz s'éclaira.

— Oh, elle, je la connaissais ! Une bonne petite pute qui a fait son beurre au casino de Newport, aux Bahamas. Ensuite, elle s'est défendue ici, pendant la saison. Sans problème. Elle aussi doit faire bander un type comme Cuevas. Ça la change de ses partenaires habituels. Elle donne plutôt dans le juif new-yorkais au-dessus de quatre-vingts ans...

— J'espère qu'elle ne m'a pas raconté d'histoires, soupira Malko. Si je ne suis pas à mon hôtel demain matin, vous saurez ce qui m'est arrivé.

— OK ! fit le capitaine Diaz avec un large sourire, on regardera tout ce qui flotte sur Biscayne Bay.

Il ouvrit un tiroir et en sortit un 45 automatique, avec deux chargeurs.

— Tenez. On a trouvé ça dans la chambre de Pablo. C'est drôle de l'utiliser.

Malko, pour ne pas le vexer, s'abstint de lui dire qu'il avait déjà son pistolet extra-plat. Il ne fallait pas décourager les bonnes volontés...

— John Rabelais a refusé sa mise en liberté sous caution, continua le policier. Il se sent plus en sécurité derrière les barreaux.

Malko était sur des charbons ardents. Où en était l'opération Swordfish ? S'il retrouvait le Cubain après que ce dernier ait mené à bien son deal avec les castristes, la direction des opérations de la CIA allait être très boudeuse... Tout reposait maintenant sur la pulpeuse Margarita Gomez. Il avait hâte d'être à la fin de la soirée. Il sortit, le colt pesant lourdement à sa ceinture.

CHAPITRE IX

Miguel Cuevas vissa un silencieux sur son Beretta 38, enfonça l'extrémité dans l'oreille droite de Jackie la Bahamienne et appuya sur la détente.

Il y eut un « plouf » assourdi par l'épaisse moquette blanche. La bouche de Jackie s'ouvrit sur un gémissement étranglé, son corps recroquevillé en chien de fusil durant son sommeil se détendit brusquement, agité de quelques mouvements réflexes. Du sang jaillit de son nez et de sa bouche, inondant le drap de satin ivoire.

Le cerveau transpercé, elle cessa presque aussitôt de respirer. Son assassin demeura immobile dans la pénombre, guettant la porte qui donnait sur la chambre voisine. A part le léger ronflement de la climatisation, on n'entendait que le vrombissement des rares voitures empruntant le General Douglas MacArthur Causeway. Miguel Cuevas attendit encore quelques secondes, souleva la tête de sa victime afin de s'assurer qu'elle était bien morte et sortit de la chambre. Dans l'entrée, il dévissa le long silencieux et le remit dans sa poche. Au lieu d'utiliser la fenêtre à guillotine de la cuisine dont Faustino avait découpé un morceau avec habileté, se souvenant de son passé de cambrioleur, le Cubain sortit par la porte qu'il referma doucement.

Faustino attendait vingt mètres plus loin, au volant

de la longue Fleetwood gris clair, le ventre poussant les boutons de sa chemise. Miguel Cuevas se laissa tomber à côté de lui et annonça avec un large sourire :

— Cette salope en a pris une en pleine tronche.

Le gros Cubain lui jeta un regard à la fois admiratif et effrayé. Il fallait s'appeler Miguel Cuevas pour s'introduire dans une maison au cœur du quartier résidentiel de Miami afin d'assouvir une vengeance.

— Et si l'autre s'était réveillé ? demanda-t-il en démarrant.

— Qu'est-ce que tu crois ? fit ironiquement Miguel Cuevas.

Au moment où la Cadillac s'engageait sur le petit pont menant au Causeway, une voiture de police en patrouille l'abordait aussi, venant en sens inverse. Faustino sentit son sang se liquéfier, regarda droit devant lui. Ils tournèrent à droite et le Cubain accéléra aussitôt. La voiture de police disparut dans Palm Island. Miguel Cuevas n'avait pas bronché. Faustino ne se détendit qu'en atteignant Miami. Cette folle expédition décidée dès le moment où Miguel Cuevas avait découvert, en faisant suivre leur adversaire, qu'il était en contact avec elle, l'avait terrifié dès le début. Hélas ! on ne discutait pas avec Miguel Cuevas...

Celui-ci, d'excellente humeur, jouait avec le Beretta qui avait servi à tuer Jackie la Bahamienne.

— J'ai faim, dit-il. Allons à *La Carretera*.

Faustino eut l'impression qu'on lui faisait avaler un cube de glace.

— Miguelito, gémit-il, ce n'est pas prudent.

En une fraction de seconde, Miguel Cuevas s'enflamma. Il saisit le palo enveloppé de papier brillant de toutes les couleurs de l'arc-en-ciel qui ne le quittait jamais et le brandit sous le nez de Faustino.

— Il ne peut rien m'arriver ! Avec ça, je possède

les sept pouvoirs du dieu Shango ! Je parle avec les morts et je sais ce que préparent mes ennemis.

Son humeur avait changé en quelques secondes. Faustino ne répliqua pas. Une idée l'obsédait. C'était une bonne chose d'avoir réduit au silence la Bahamienne. Seulement, ils ignoraient ce qu'elle avait pu dire à l'homme qui les recherchait. Bien sûr, elle ne savait pas où vivait Miguel Cuevas et c'était le principal. Pour la première fois depuis des années, le gros Cubain se sentait mal à l'aise. Il avait toujours eu une confiance immense dans les talents et la chance de Miguel Cuevas. Il connaissait les carences des agences fédérales américaines, même de la DEA. Cependant, il avait l'impression d'avoir affaire à quelque chose de nouveau et de beaucoup plus dangereux.

En garant la Fleetwood devant *La Carretera*, son angoisse ne s'était pas effacée.

— Va voir qui il y a, dit Miguel Cuevas. Je t'attends.

Quand même prudent.

⁂

Ronald Keller avait soif. Il sc leva et traversa la chambre de Jackie, pieds nus. Il avait horreur de dormir avec quelqu'un. Soudain, l'étrange qualité du silence le frappa. Il s'immobilisa, pris d'un horrible soupçon. « Est-ce que cette salope en profite pour s'éclipser la nuit ? » Il s'approcha du lit et devina la silhouette de la dormeuse. Rassuré, il allait repartir vers la cuisine quand une odeur fade frappa ses narines.

Intrigué, il alluma la lampe de chevet.

Il n'eut pas besoin d'y regarder à deux fois. La tache de sang s'étendait tout autour de la tête. Il effleura l'épaule. Le corps était encore légèrement tiède. La mort ne devait pas remonter à plus d'une heure. Son cœur tapait dans sa poitrine. Il gagna le bar, attrapa une bouteille de J and B, s'en versa une rasade sans eau et la but d'un trait. Puis, il resta là, écoutant les battements de son cœur, laissant l'alcool faire son effet. Ronald Keller avait eu une vie dure et agitée, aussi la mort ne l'effrayait pas. Mais une question l'obsédait : qui et pourquoi ?

Au fond, il connaissait peu de choses de sa maîtresse. Ils étaient ensemble depuis deux ans et elle ne parlait guère de son passé. Avec lui, elle était douce, agréable, toujours présente. Pourquoi cette exécution brutale ? Une pensée lui noua la gorge. Celui qui avait tué sa compagne aurait pu l'abattre aussi. Il fila dans sa chambre, prit un PPK (1) et fit le tour de la maison. La vitre cassée dans la cuisine lui apprit comment l'assassin était entré.

Il posa la main sur le téléphone pour appeler la police... puis s'arrêta. Il n'aimait pas ce genre de problèmes. Gagnant sa chambre, il commença à s'habiller. En vingt minutes, il eut préparé une valise. Il ouvrit la porte-fenêtre donnant sur le jardin, épingla sur la barrière du jardin une note pour la Cubaine qui venait faire le ménage tous les jours, disant qu'il s'absentait et s'approcha de l'hydravion. Un petit moteur commandait le treuil permettant de le faire glisser doucement dans le canal. Il le mit en route et l'appareil se mit à descendre lentement. Lorsqu'il fut à l'eau Ronald Keller sauta sur un flotteur, monta dans le cockpit et lança le moteur.

Le temps de procéder à la check-list, il prit position afin de pouvoir décoller, avertit la tour de contrôle de Miami et mit la puissance.

Le petit hydravion s'éleva rapidement au-dessus de

(1) Pistolet automatique.

Miami Beach et mit le cap à l'est. Ronald Keller allait réfléchir à Freeport, aux Bahamas. Cela ne changerait rien pour Jackie de passer quelques jours toute seule. Elle avait l'éternité devant elle. C'était quand même un sacré coup. Derrière lui, les lumières de Miami s'estompaient. Il se cala bien sur son siège et monta vers neuf mille pieds.

***

Miguel Cuevas leva son Beretta vers le plafond de son bureau et tira, visant une mouche. Bien entendu, il la rata, mais vida tout le chargeur le long de sa trajectoire. Enervé, il finit par jeter l'arme sur le canapé. Les murs de son bureau étaient criblés d'impacts. Quand il réfléchissait, le « cocaine cowboy » aimait bien tirer dans les murs.

Il fit pivoter son fauteuil et examina les cinq écrans reliés à des caméras de télévision surveillant les accès de la maison. Des projecteurs de quatre cents watts fixés à des mâts de huit mètres de haut éclairaient le jardin comme en plein jour. Un des six dobermans lâchés chaque soir passa dans le champ. Lui-même avait peur de les approcher. Des fauves. Son souper s'était très bien passé et il avait bu une bouteille et demie de son vin favori. Il se retourna vers un panneau de teck au-dessus de son bureau. Une plaque de cuivre annonçait :

Cocaine Cowboy's Heavy Equipment.

Il y avait deux M 16, un AR 15, une carabine et un Ingram. De quoi résister à un siège. Il montrait cela à ses amis ou aux gens qu'il voulait impressionner. Brusquement, il appela dans l'interphone :

— Faustino !

Il avait besoin de parler. Le gros Cubain arriva, les yeux rouges de fatigue, une cuisse de poulet à la main. Il n'arrêtait pas de manger. Les douilles répandues partout ne le troublèrent pas. Miguel Cuevas l'apostropha :

— Dans onze jours, nous serons riches, Faustino.

Le gros Cubain poussa le Beretta pour s'asseoir.

— Nous pourrions l'être deux jours plus tôt, Miguelito. Le bateau arrivera là-bas mercredi...

Comme pour le convaincre, Faustino posa son poulet, se leva, alla au mur et désigna un point sur la grande carte des Caraïbes. Trois petits îlots au nord de Cuba, les Anguila Cays, des pointes d'épingle sur la carte, à vingt-cinq milles de la côte cubaine. Ils appartenaient aux Bahamas qui ne s'en souciaient guère.

— Voilà, annonça Miguel Cuevas. Cay Sal. Le *Margot* arrivera dans la nuit de mercredi à jeudi. Nous avons communiqué ses fréquences radio aux gens du DGI pour qu'ils puissent les prendre en charge à partir du Nicolas Channel. Les speed boats de nos amis seront là. Dès qu'ils auront chargé la marchandise, ils enverront un message radio à leur gars de Miami. Tu le retrouveras devant la banque et tu prendras l'argent...

Les yeux de Miguel Cuevas brillaient. Machinalement, il prit de la cocaïne dans une tabatière et en renifla une pincée.

— Je vais être l'homme le plus riche de South Miami, dit-il fièrement.

Faustino s'était retourné, l'air malheureux.

— Miguelito, pourquoi attendre deux jours ?

— Parce que, fit le Cubain, buté.

— C'est un risque inutile, insista Faustino.

— J'ai consulté Shango, trancha Miguel Cuevas, c'est le jour le plus faste. Je ne changerai pas d'avis.

Faustino ferma les yeux. Il avait le vertige. Cinquante millions de dollars ! Cela faisait des mois qu'ils travaillaient à ce deal. Et pour une affaire aussi vitale, Miguel Cuevas se fiait entièrement aux avis de son sentero, celui qui l'avait initié à la *senteria*, le vaudou cubain. C'est lui qui avait calculé le jour du rendez-vous à grands renforts de poulets égorgés... Miguel qui savait être si dur, se conduisait comme un enfant peureux avec lui. La maison était bourrée de statues et d'amulettes destinées à le protéger de tout.

C'était la première fois qu'il montait un coup aussi important avec la DGI cubaine. Les Services spéciaux cubains allaient protéger son bateau depuis son départ de Colombie et assurer le transfert. Ils demandaient dix pour cent du profit et l'utilisation du bateau de Miguel Cuevas pour emmener deux cents tonnes d'armes au Nicaragua, avec comme destination finale, le Salvador. A aucun prix, les Cubains ne voulaient être accusés de ravitailler ouvertement les rebelles salvadoriens. En plus, les M 16 étaient des armes récupérées au Vietnam et réexpédiées sur Cuba. En cas, improbable, d'interception, cela jetterait la confusion.

Voyant le regard de Faustino posé sur lui, Miguel Cuevas demanda hargneusement :

— Qu'est-ce qu'il y a ?

— Avec tout ce qui se passe, cela serait prudent de hâter l'opération.

— Jamais ! cria le Cubain. Jamais !

Faustino prit son courage à deux mains.

— Miguelito, fit-il d'une voix presque tendre, ces salauds sont à tes trousses, tu vois bien. A San Juan, ici, et demain, qu'est-ce qu'ils vont trouver ?

Miguel Cuevas prit son palo et le brandit sous le nez de son complice.

— Rien, ils ne trouveront rien. Tu as vu ce qui est

arrivé à ce fumier de Johnny Trump ? Et à Jackie ? C'est toi qui vas me trahir, dis ? C'est toi ?

Effrayé par cette violence, Faustino battit en retraite. Quand il avait pris de la coke, Miguel devenait comme fou.

— OK, OK ! fit-il. On y va, mais il faut faire attention. Tu sais bien que je ne te lâcherai pas.

Il n'avait pas tellement le choix...

Miguel lui jeta un regard fou.

— Viens. On va prier.

Faustino le suivit sans mot dire. Ils gagnèrent le jardin. Par chance, il ne pleuvait pas et l'air était tiède. A quelques pas de la maison se dressait une sorte d'autel avec deux grandes statues de bois de deux mètres de haut : les dieux adorés par Miguel Cuevas. Shango, dieu de la Guerre et Elegua, le protecteur des escrocs. Il les avait achetées à prix d'or après qu'elles aient été bénies par son sentero, l'homme qui l'avait initié et finalement persuadé qu'il était devenu un babalawo, un grand prêtre de la religion senteria. Ce qui était censé lui donner des pouvoirs hors du commun.

A côté, se trouvait un enclos grillagé plein d'animaux divers. Un cheval, des boucs, des porcs, des lapins et des poulets. Il y pénétra et saisit un poulet noir par les pattes pour l'amener devant l'autel et le poser au creux d'une vasque de pierre placée entre les deux statues.

Faustino, qui connaissait le rituel, était déjà en train d'allumer de grands cierges noirs. Pendant ce temps, Miguel Cuevas, tenant le cou du volatile à deux mains, priait silencieusement. Au bout de quelques minutes, il prit le poulet et l'éleva vers le ciel pour une ultime incantation. Puis, le rapprochant de son visage, il planta ses dents dans son cou et le déchiqueta. Faustino détourna la tête. Il avait beau avoir l'habitude, ce genre de cérémonie le mettait mal à l'aise.

Le volatile caquetait désespérément tandis que Miguel Cuevas s'acharnait à le décapiter à coups de dents.

Il y parvint, la tête tomba à terre tandis que le corps, toujours tenu par le Cubain, était agité des soubresauts de l'agonie. Miguel Cuevas leva alors la dépouille vers les étoiles et ouvrant la bouche, but le sang qui s'écoulait du cou.

Lorsqu'il se retourna, le visage barbouillé du sang de l'animal, Faustino eut l'impression de se trouver devant un diable ricanant.

— Tu es rassuré maintenant ? demanda Cuevas. J'ai fait ce qu'il fallait. Shango m'a parlé.

Faustino bredouilla une vague réponse et se précipita dans la cuisine. Pendant qu'il se versait un grand verre de rhum blanc, Miguel Cuevas sella son cheval, le sortit de l'enclos et commença à se promener dans la propriété. Il était insomniaque et passait la plupart de ses nuits à tourner en rond ne s'endormant qu'à l'aube.

A côté de son bureau, il avait aménagé une pièce avec de vieux meubles espagnols du XVe siècle, une table d'opération pour les sacrifices et une statue de santa Barbara, épée au clair. On se serait cru en pleine Inquisition...

Faustino, un peu remonté, décida d'aller se coucher. Sortant de la cuisine, il buta sur un baquet et faillit tomber. Encore une des fantaisies de Miguel Cuevas. A l'intérieur du baquet se trouvait un téléphone posé sur un mélange de sable et de sang de bouc, le tout parsemé de diverses amulettes, de crapauds séchés et de têtes de poulets. D'après le *sentero* de Miguel Cuevas, un téléphone « protégé » de cette façon ne pouvait être écouté...

Faustino n'en était pas absolument persuadé et préférait utiliser les cabines publiques, même sans poulet.

D'un coup d'œil, le gros Cubain vérifia les écrans de contrôle. Tout allait bien. La maison se trouvait dans un quartier résidentiel où les voisins ne s'occupaient pas les uns des autres. Non loin de l'Expressway 826, traversant Miami du nord au sud, qui pouvait se révéler précieuse en cas de fuite précipitée.

∴

Pour la vingtième fois, Malko composa le numéro de Jackie la Bahamienne. Pas de réponse. Intrigué, il décida de se rendre à Palm Island. Le temps de traverser Miami Beach jusqu'au General MacArthur Causeway, il tombait des cordes. Jetant un coup d'œil de l'autre côté du canal, il vit immédiatement que l'hydravion ne se trouvait plus là.

Ce qui expliquait le silence de la maison. Déçu, il fit demi-tour, mettant le cap sur le Homicide Squad. Une réunion était prévue à la DEA, et le capitaine Diaz s'était proposé pour l'y emmener. Pourquoi Jackie ne l'avait-elle pas prévenu de son départ ?

∴

Ricochet Rabbit exhiba ses dents de lapin dans un sourire ravi en voyant Malko.

— C'est bizarre, dit-il, cela fait vingt-quatre heures qu'on n'a pas eu un cadavre à se mettre sous la dent...

Un homme vêtu avec recherche se tenait à côté du responsable local de la DEA, John Fox. Malko en fut surpris. Il l'avait souvent croisé à Langley. C'était le chargé de mission du directeur général, un ami personnel du vice-président Bush, ex-patron de la Company.

Gail Hunter était là également, en civil, avec un sage tailleur qui, sur elle, était provocant. Plus le capitaine Raúl Diaz. Personne n'avait l'air spécialement gai...

Brent Hammock, responsable de la DEA ouvrit le feu :

— Nous vous attendions. Mr Fox est arrivé ce matin de Washington pour faire le point de l'opération Swordfish. Comme vous le savez, ce n'est pas brillant.

— Je m'emploie à le retrouver, dit Malko, mais si la DEA n'a pas réussi pendant des années cela prouve que ce n'est pas facile. Le fait que Cuevas ait tenté de me faire tuer indique que je suis sur la bonne piste.

— Le temps presse, remarqua John Fox. D'après nos informations, cette cargaison d'armes doit parvenir au Nicaragua dans les quinze jours. Or, nous ignorons encore tout de l'opération.

— Margarita Gomez, l'hôtesse du *Mutiny Club* qui est la maîtresse de Miguel Cuevas, devrait nous mener à lui, répéta Malko, mais cela peut prendre quelque temps. Si on utilise une enquête classique, auprès de son employeur ou de ses collègues, elle risque de prendre peur et de couper provisoirement tout lien avec Cuevas. Il faut donc aller sur la pointe des pieds. Même les filatures sont dangereuses. Nous ignorons encore où elle vit.

Le capitaine Diaz intervint.

— Il faudrait peut-être revoir votre informatrice Jackie la Bahamienne. La presser davantage.

— C'est une idée, admit Malko, seulement, elle n'est plus là.

Il relata la disparition de l'hydravion. Heureusement, il avait noté son immatriculation lors de sa première incursion à Palm Island.

— On va essayer de la retrouver, fit Diaz. A propos, je vais être obligé de relâcher John Rabelais. Le DA refuse de l'inculper. Nouvelle tuile.

Ricochet Rabbit émit un flot de paroles embrouillées d'où il ressortait qu'il était prêt à prêter sa « fiancée » Ingrid à Malko pour aller traîner au *Mutiny Club* en attendant mieux. Tout le monde approuva. Malko eut l'impression que Gail Hunter aurait aimé être choisie.

Le responsable de la DEA prit le numéro de l'hydravion et Malko sortit avec le capitaine Diaz.

— J'ai une petite idée que je creuse, annonça ce dernier. Mais je ne vous en parlerai qu'une fois au point.

Ils se lancèrent sur le Freeway 826 longeant Miami Airport. Une fois de plus, le temps se gâtait.

Ils étaient en train de traverser la Miami River quand la radio de la voiture grésilla. C'était le bureau de la DEA. La secrétaire de Brent Hammock annonça :

— L'hydravion de Ronald Keller a décollé ce matin à trois heures trente-cinq à destination de Freeport, Bahamas. Il a déclaré à la tour de contrôle qu'il n'y avait que lui à bord.

Le capitaine Diaz eut un large sourire.

— Vous allez pouvoir voir votre « fiancée », dit-il.

Cinq minutes plus tard, Malko composa le numéro de Jackie la Bahamienne du bureau du policier. La sonnerie retentit dans le vide. Le capitaine Diaz l'observait, soucieux ; leurs regards se croisèrent.

— Je crois qu'on va aller y faire un tour, fit le policier.

Il prit dans son tiroir un colt 45 et le glissa dans sa ceinture.

***

La Seville blanche immatriculée JACKIE était dans le garage. Le capitaine Diaz et Malko pénétrèrent dans le jardin. Ils virent le mot épinglé à la porte. *Nous sommes partis, inutile de venir pour le ménage.* Puis, en faisant le tour, le capitaine Diaz tomba en arrêt devant la vitre découpée de la cuisine. Il émit un petit sifflement.

Au même moment une voiture de police s'arrêta derrière la sienne. Il en sortit un agent en uniforme qui leur demanda ce qui se passait.

Le capitaine Diaz lui montra son insigne et la vitre.

— Il y a eu un cambriolage ici, fit-il. Pouvez-vous vérifier avec le commissariat si quelqu'un a remarqué quelque chose d'anormal au cours des dernières vingt-quatre heures ?

Le policier repartit en courant vers sa voiture. Diaz passa la main dans l'ouverture et souleva la fenêtre. Quelques instants plus tard, ils étaient tous les deux dans la cuisine. Tout semblait normal, aucun désordre. Diaz prit quand même son pistolet à la main. Ils traversèrent le hall, aperçurent une porte entrouverte et la poussèrent. Tout de suite une odeur aigre-douce frappa leurs narines.

Malko trouva le commutateur électrique.

La tache sombre du sang autour de la tête de Jackie la Bahamienne lui faisait comme une auréole. Le capitaine Diaz se pencha sur le cadavre.

— Une balle dans l'oreille, dit-il.

— Comme la fille de San Juan, remarqua Malko.

Ils se regardèrent. Il y avait peu de doutes sur le coupable.

— J'aimerais bien parler à Mr Ronald Keller, dit le policier. C'est bizarre qu'il ait filé juste la nuit dernière. Cette fille n'a pas été tuée depuis longtemps. Je vais prévenir la police de Freeport. J'espère qu'elle sera coopérative.

Malko ne pouvait détacher son regard du visage figé de la jeune métisse. Quelle horreur ! Miguel Cuevas était une bête féroce avec en plus une audace incroyable. Il était venu abattre leur informatrice sous leur nez. Malko avait hâte de savoir ce qui s'était réellement passé.

Cette fois, ils sortirent par la porte. Après le froid de la climatisation, la chaleur tomba sur leurs épaules comme une couverture brûlante et humide. Le patrolman sortit de sa voiture tout excité.

— Capitaine, dit-il, une de nos patrouilles a aperçu la nuit dernière une voiture qui sortait d'ici. Vers une heure trente du matin. Il regarda un papier. Cadillac Fleetwood gris clair, numéro d'immatriculation RRL 992.

— *Holy shit !* fit le capitaine Diaz, trouvez-moi tout de suite le propriétaire de cette voiture.

Malko sentit sa poitrine se dilater de joie. Sur la carte grise, il y aurait l'adresse du propriétaire. Cette fois, ils tenaient peut-être Miguel Cuevas.

CHAPITRE X

La radio grésillait doucement dans la voiture de patrouille. Le capitaine Diaz fumait nerveusement un cigarillo infect. Enfin, une voix annonça :

— Le véhicule RRL 992 appartient à Miguel Velasquez, domicilié 7260 South West 134 Terrace.

— Nous sommes partis, annonça Diaz, en courant vers sa voiture.

Il brancha la sirène, mit en route son gyrophare et fonça comme un obus. Tout en conduisant, il donnait des ordres dans sa radio. L'adresse indiquée était complètement à l'ouest de Miami, bien après Miami Airport. Il leur fallut plus de vingt-cinq minutes. Malko trépignait intérieurement. Ils se perdirent, firent demi-tour et enfin débouchèrent dans une petite voie peu construite : South West Terrace. Malko vérifiait les numéros : 7184, 7210, 7246... Un espace non construit, puis 7288...

Ils firent demi-tour, vérifièrent. Le 7260 était un terrain vague... Trois voitures arrivèrent en même temps, deux de la DEA et une du Homicide Squad. Par radio, on revérifia le numéro. En vain.

— L'enfoiré, gronda le capitaine Diaz. Il nous a encore baisés.

En silence, ils firent demi-tour. Ils n'échangèrent pas un mot jusqu'au parking de la police. Diaz lui dit alors :

— Je crois que ce soir, vous devriez aller faire un tour avec Ingrid au *Mutiny Club*. Au point où nous en sommes. J'ai demandé la mise sur écoute du téléphone de John Rabelais. On fera le point demain matin.

∴

La robe rouge de Margarita Gomez attirait irrésistiblement le regard. Dès qu'un seul homme pénétrait au *Mutiny Club*, il fonçait droit sur elle, négligeant les autres hôtesses. Aussi, elle n'arrêtait pas de virevolter dans tous les sens. Ingrid la suivait des yeux avec envie. Elle soupira :

— Qu'est-ce que j'aimerais être grande comme elle !

Avec son mètre cinquante, elle était quand même faite au moule et l'éclat de ses yeux noirs rachetait beaucoup de choses. On les avait installés près d'une fausse cheminée, face à la marina. Malko se demandait ce que lui apporterait cette soirée. Miguel Cuevas n'était pas fou. Même amoureux de l'hôtesse, il ne se montrerait pas. Ici, il n'était pas à Little Havana.

La soirée s'éternisait après un dîner sans surprise. Heureusement, ce genre d'endroit fermait tôt. Il n'était pas minuit et la salle s'était presque entièrement vidée. Les hôtesses bavardaient entre elles près de la caisse. Malko vit Margarita se diriger vers les vestiaires. Il se hâta de payer et ils reprirent sa voiture. Il parcourut vingt mètres avant de stopper sous un grand banian. Il n'y avait qu'une route rejoignant South Bay Shore Drive. Laissant Ingrid dans le véhicule, il revint sur ses pas et gagna le parking des employés, derrière. Il n'attendit pas longtemps. Margarita Gomez, en jean, monta dans une Fairmont jaune.

Malko regagna sa voiture en courant. La Fairmont le doubla et prit à gauche dans South Bay Shore Drive. Il suivit à bonne distance. Un mille plus loin, ils étaient à Coral Gables. Margarita tourna à droite et stoppa devant un grand building de vingt étages. Malko aperçut une plaque de cuivre : Viscaya North Condominium.

Lorsqu'elle fut entrée, il alla inspecter les boîtes aux lettres. Margarita Gomez avait le 9-F. Malko s'imposa le travail fastidieux de relever tous les noms des autres occupants de l'immeuble et regagna sa voiture. Ingrid semblait assommée par les daïquiris qui constituaient sa diète habituelle.

— Nous allons attendre un peu, proposa-t-il.

Elle s'assoupit, rencognée dans son siège. Malko avait du mal à rester éveillé. Il espérait vaguement que Margarita Gomez ressortirait... ou que Miguel Cuevas viendrait la retrouver... Ingrid s'agita dans son sommeil et sa tête finit par atterrir sur ses genoux. Il ne bougea pas pour ne pas la réveiller. Soudain, la main de la jeune Colombienne agrippa la cuisse de Malko. Sa tête se déplaça, pesant sur son ventre. Cette position insolite finit par ne pas le laisser indifférent. Ingrid devait posséder un petit radar personnel ou avait le sommeil léger car ses doigts se posèrent soudain sur lui, l'enserrant à travers le mince alpaga.

Il demeura immobile, les yeux fixés sur la fenêtre de Margarita Gomez. Cette fois, au mouvement des doigts qui s'étaient mis à le masser, il réalisa qu'Ingrid était réveillée ou somnambule.

Le crissement du zip tiré lentement vers le bas troubla le silence. Ingrid eut à peine à déplacer sa tête pour prendre Malko dans sa bouche. Elle demeura presque immobile, se contentant de faire tourner sa langue autour de lui, de le serrer habilement, jusqu'à ce qu'il explose avec un frisson exquis. Elle se redressa, ensuite, avec un sourire ambigu.

— Ça apprendra à Eddie à clamer partout que je suis une salope, que je ne pense qu'à me faire sauter, fit-elle espièglement.

Malko se dit que Margarita Gomez ne ressortirait pas. Il avait au moins appris son adresse, et découvert un charme caché de la Colombie.

*
* *

Le téléphone sonna dans la chambre du *Fontainebleau*. Malko émergeait de sa douche.

— Mr Linge ?

La voix était courte, affolée. Il reconnut John Rabelais.

— C'est moi, dit Malko.

— Ils sont devant la maison ! cria le pilote dans l'appareil. Ils viennent me flinguer. Il ne fallait pas me relâcher !

Malko sentit un flot d'adrénaline envahir ses artères.

— Barricadez-vous, nous arrivons !

— Non, non, ils vont tuer toute ma famille ! Salaud, c'est à cause de vous !

« Clac ! », il avait raccroché. Malko composa fiévreusement le numéro du capitaine Diaz. Le policier poussa un cri de fureur :

— J'avais dit au shérif de Key Largo de le mettre sous protection ! Je le préviens tout de suite.

— On y va ! Prenez Freeway 197, puis le 27 et ensuite, le 95 vers le sud. Un motard de Dade County vous attendra à l'entrée du 836. Donnez-moi le numéro de votre voiture.

— Il n'y a pas d'hélicoptère ?

— On n'aura pas le temps.

Malko s'habilla en une seconde et se rua au garage. Il bouillait. Vingt minutes plus tard, il aperçut le motard. Encore trois minutes et ils roulaient à tombeau ouvert sur la US 1, s'ouvrant un passage à coups de sirène. Une brutale averse ne ralentit pas leur allure.

Les hommes du capitaine Diaz devaient se trouver loin en avant, étant partis les premiers. La route filait entre deux étendues marécageuses. Ecrasée par une chaleur de bête. Trente kilomètres plus loin, il aperçut des feux clignotant au milieu de la chaussée et plusieurs voitures de police. Il reconnut la Buick rouge de location de Ricochet Rabbit. Il descendit et rejoignit un groupe de policiers parmi lesquels se trouvait le capitaine Diaz en contemplation devant une Mercedes bleue dont on n'apercevait que la partie supérieure, à demi enfoncée dans le marécage.

— John Rabelais est là-dedans ! annonça Diaz. Quand le shérif de Key Largo est arrivé chez lui, il était déjà parti.

— Et Miguel Cuevas ?

— Aucune trace. Il a dû faire demi-tour et passer par le pont à péage, à l'est.

Les glaces de la Mercedes étaient criblées de balles. Elle avait dû être doublée par une voiture qui l'avait mitraillée au passage. On distinguait vaguement la silhouette du conducteur affalé sur son volant.

— Il est vivant ? demanda Malko.

— Il n'en a pas l'air, fit Diaz, mais on ne peut pas aller voir. Il y a des sables mouvants. On a demandé du matériel. D'ailleurs, le voilà.

Une énorme grue roulante approchait, précédée de motards. Le temps de la mettre en batterie, la Mercedes s'était encore un peu plus enfoncée. Enfin, on put glisser des crochets sous la carrosserie et la Mercedes s'arracha lentement au marécage. La grue la déposa délicatement sur la route. Le capitaine Diaz ouvrit la portière.

D'abord, ils crurent que John Rabelais était mort. Son visage était couvert de sang, qui dégoulinait sur son menton et sa chemise. On sortit le corps pour l'allonger sur la route. Un infirmier s'agenouilla et releva la tête.

— Il respire encore.

Solucamphre, perfusion. Il fallait le soigner sur place. On glissa un coussin sous son crâne chauve. Il avait perdu beaucoup de sang, par une déchirure dans l'abdomen grosse comme le poing. Un shot-gun sûrement. L'infirmier prit Diaz à part :

— Il ne va pas vivre longtemps.

— Il peut parler ?

— On va essayer.

A la seconde piqûre, John Rabelais ouvrit des yeux déjà vitreux. Il ne semblait reconnaître personne. Malko se pencha sur lui :

— Où est Cuevas ?

— Je ne sais pas.

De la sueur perlait à son front. Il était gris, les narines pincées, le regard flou. Malko insista :

— Aidez-nous.

L'infirmier fit une nouvelle piqûre. Le ronronnement d'un hélicoptère se fit enfin entendre. John Rabelais ouvrit de nouveau les yeux et murmura :

— Carino, il sait lui. Il...

Il eut un hoquet et mourut au moment où l'hélicoptère se posait un peu plus loin sur la route.

Des files de voitures s'allongeaient des deux côtés de la route. Malko fixait le profil d'oiseau du mort. Si John Rabelais avait parlé tout de suite, il serait encore vivant. La survie du « cocaine cowboy » tenait à trois éléments : une audace fabuleuse, une cruauté sans limites et des tonnes de dollars.

— Carino, cela vous dit quelque chose ? demanda Malko au capitaine Diaz et à Ricochet Rabbit.

Les deux secouèrent la tête.

— Rien ! Ce peut être un nom, un prénom ou même un surnom. Et il y a presque un demi-million de Cubains dans le coin.

— Revenons au bureau, proposa le capitaine Diaz, nous ferons le point.

∴

Malko regarda les murs du bureau de Diaz, disparaissant sous les diplômes les plus flatteurs. Il avait suivi tous les cours possibles de la DEA afin de se familiariser avec les problèmes de drogue. Ils venaient de rentrer, fourbus et dégoûtés. Une fois de plus, Miguel Cuevas s'était moqué d'eux. Ricochet Rabbit pénétra dans le bureau, une liasse de documents à la main.

— Ce sont tous les propriétaires et les locataires de Viscaya North relevés par Malko, annonça-t-il. On les a comparés au fichier de l'ordinateur. Rien !

Le capitaine Diaz et Malko se plongèrent dans la liste. Un nom sauta soudain aux yeux de Malko : Alfonso Carino. Il regarda l'appartement dont il était propriétaire. Le 9-F. Celui de Margarita Gomez, la maîtresse de Miguel Cuevas ! Le capitaine Diaz l'avait vu aussi. Il poussa un rugissement de joie :

— Voilà ! Carino !

Ricochet Rabbit sautillait sur place. Il se frappa le front :

— Je crois qu'il y a un type de ce nom-là qui tient une boutique de *senteria* dans la 9th Avenue, près de Anderson Park. Un infirme.

Ils se regardèrent : tout collait. Miguel Cuevas était notoirement un adepte de la *senteria*. Qu'il utilise un autre *sentero* comme complice n'avait rien d'étonnant.

— Nous avons intérêt à y aller sur la pointe des pieds, conseilla Malko. Sinon, cet Alfonso Carino subira le sort de tous les autres informateurs en puissance. Ils se suicident en avertissant Miguel Cuevas loyalement. Ce ne sont que des sonnettes d'alarme.

Ricochet Rabbit contempla la photo de la belle Mercedes bleue et bredouilla :

— Ça fait une sonnette d'alarme foutrement chère.

∴

La boutique d'Alfonso Carino se trouvait coincée entre un *liquor store* bourré de tequila et une station-service au cœur de Little Havana. Dans ce quartier, toutes les inscriptions étaient en espagnol. Malko avait garé sa voiture un bloc plus loin. Ricochet Rabbit et June assuraient sa protection, à partir de la Buick rouge Budget.

Il n'y avait aucune enseigne. A première vue, on aurait dit un magasin d'articles religieux. Plusieurs grandes statues occupaient la vitrine, mêlées à des objets bizarres, à des racines, des livres, des flacons, tout un bric-à-brac. Malko poussa la porte et entra. Il voulait déclencher le vieux jeu de la « chèvre et du tigre ». Alfonso Carino était probablement le « gourou » de Miguel Cuevas. Donc ce dernier serait mis au courant de sa visite. Il risquait de réagir et de commettre une imprudence, sentant le filet se resserrer sur lui. Malko avait maintenant deux pistes : Alfonso Carino et Margarita Gomez. Une des deux le mènerait à Miguel Cuevas. Le tout était d'y parvenir en temps utile.

Il régnait une odeur indéfinissable dans la boutique. Malko s'immobilisa près d'une grande statue qui aurait pu être celle d'un saint.

Personne.

Un grincement lui fit tourner la tête. Un homme au visage émacié et aux yeux extraordinairement vifs sortit de l'arrière-boutique, actionnant lui-même sa chaise roulante.

— *Señor ?*

Il semblait surpris de voir un étranger chez lui. Malko sourit.

— Je passais devant votre vitrine, j'ai été intrigué. Qu'est-ce que vous vendez ?

Le Cubain le regarda longuement comme pour être sûr qu'il ne se moquait pas de lui. Puis il répliqua d'une voix lente, en anglais avec un très fort accent espagnol :

— Je ne vends rien...

— Comment ! fit Malko. Et tout ceci ?

— Je le donne. Les gens me font des dons, selon leurs moyens. Il s'agit d'objets consacrés de notre culte. Je vois que vous ne le connaissez pas... C'est un mélange de traditions cubaines et de religion catholique.

— De la magie noire ?

L'infirme fronça les sourcils et fit reculer son siège roulant. D'une voix sèche, il corrigea :

— Nc dites pas de bêtises. J'essaie seulement d'aider les gens. Quand quelqu'un veut acheter une maison, par exemple, il m'apporte un peu de terre pour que je verse du sang de poulet dessus, afin de savoir si cela sera une bonne affaire...

— Vous lisez l'avenir, alors ?

— Non. L'avenir appartient aux dieux, dit le Cubain.

Les yeux noirs posés sur Malko brillaient d'un éclat gênant. Il prit une sorte de sceptre multicolore et le montra à l'infirme.

— Qu'est-ce que c'est ?

Alfonso Carino eut un sourire froid.

— Un palo. Celui qui possède ce sceptre ne craint rien de ses ennemis, s'il a suivi la liturgie adéquate. Les Sept Dieux le protégeront.

Il parlait avec une conviction apparente, détachant bien ses mots. Malko se dit qu'il en avait déjà assez fait... D'ailleurs, l'infirme le poussait vers la porte, lentement mais sûrement.

— J'ai du travail, dit-il.

Malko n'insista pas. Le Cubain le suivit longuement du regard avant de disparaître dans son arrière-boutique. Malko fut soulagé de retrouver le bruit de la circulation... Ricochet Rabbit fumait nerveusement au volant de la Buick rouge. Il découvrit ses grandes incisives dans un sourire inquiet.

— J'ai cru qu'il allait vous transformer en poulet... Chaque fois qu'un adepte doit prendre une décision importante, il vient le voir. L'autre égorge un poulet ou un bouc, si c'est vraiment important, et lui dit ce qu'il doit faire.

— Que lui est-il arrivé ?

— Il a pris une balle perdue dans la colonne vertébrale, il y a trois ans, au cours d'une discussion entre dealers. On n'a jamais rien pu prouver, mais il a fait tuer tous ceux qui étaient impliqués dans la bagarre. On en a trouvé un, un épieu planté dans le ventre... et une poupée pleine d'épingles dans sa poche. Un autre « suicidé » d'une décharge de riot-gun dans la bouche, avec la même poupée.

— La *senteria,* c'est vraiment important ?

Ricochet Rabbit eut un rire nerveux. Tirant un porte-cartes de sa poche, il en sortit une amulette en corne qu'il montra à Malko.

— C'est ma mère qui me l'a donnée, fit-il, un peu gêné. Elle m'a fait jurer de ne jamais m'en séparer...

C'était un comble ! Malko pénétrait dans un monde étrange. D'ailleurs, le policier ajouta :

— Il y a des Cubains qui ne dénonceront jamais Miguel Cuevas parce qu'ils pensent qu'il pourrait se venger, même mort.

— Mais vous, vous y croyez ? demanda Malko, suffoqué.

Ricochet Rabbit eut l'air de cracher toutes ses dents de lapin et devint écarlate sous l'œil ironique de June.

— Je ne sais pas, bredouilla-t-il. Il y a des trucs troublants... Bon, le capitaine Diaz veut vous voir. Il y a du nouveau.

∴

Le Homicide Squad grouillait d'animation. Le capitaine Diaz tapotait furieusement les touches d'un ordinateur qui refusait obstinément le moindre renseignement... Il avait beau répéter sa question, la réponse revenait toujours identique.

No concern (1)...

A la fin, il donna un grand coup sur le clavier et leva les yeux sur ses visiteurs.

— Cette saloperie ne marche pas quand il fait trop chaud ! Je vais être obligé de le foutre au frigo...

— Et la bière ? protesta Ricochet Rabbit.

— Y'a qu'à la boire, fit le capitaine Diaz.

Devant cette solution de simplicité, le visage du détective s'éclaira... Diaz prit un air mystérieux.

— Malko, j'ai une surprise pour vous. Regardez.

Malko se retourna et resta bouche bée : Gail Hunter se tenait dans l'embrasure de la porte. Méconnaissable. Elle avait troqué son chemisier kaki pour un haut en soie blanche collant comme un gant et décolleté

(1) Pas concerné.

jusqu'au sternum. Dessous, ses seins bougeaient à peine tant ils étaient fermes. La taille était prise dans une large ceinture de cuir noir, si serrée qu'on avait l'impression de pouvoir en faire le tour avec les deux mains... Une minijupe noire fendue sur les deux côtés s'arrêtait à une bonne main au-dessus du genou. Les jambes étaient moulées dans des collants de résille noire qui se mariaient avec des escarpins aux talons de dix centimètres.

Seule la longue natte tressée dans le dos n'avait pas changé. Gail Hunter demanda à Malko avec un sourire de sa voix basse et douce :

— Je vous plais ?

— *Holy shit !* fit Ricochet Rabbit. Qu'est-ce qui lui est arrivé ?

Le capitaine Diaz eut un sourire ravi, le regard rivé à la poitrine de la Noire.

— J'ai eu un coup de pot ! Je connaissais une Cubaine qui travaille comme hôtesse au *Mutiny Club*. J'ai bu un verre avec elle pour essayer d'en savoir plus sur Margarita Gomez. Elle n'a rien pu m'apprendre mais m'a dit qu'une des filles était malade et qu'ils cherchaient à la remplacer. Alors, j'ai eu l'idée de proposer Gail. Ils l'ont acceptée tout de suite quand ils l'ont vue dans cette tenue. C'est moi qui l'avais habillée.

— Capitaine, protesta la Noire, horriblement gênée.

— Elle commence ce soir, annonça Diaz. Elle va travailler avec Margarita Gomez...

— Superbe, dit Malko, mais votre amie ne risque pas de parler ?

— Non, c'est une amie d'enfance. Elle jurera qu'elle connaît Gail depuis longtemps. On va lui fabriquer une « légende » avec un téléphone bidon et tout ce qui s'ensuit... Ça tiendra quelques jours.

— C'est dangereux, remarqua Malko. Elle ne pourra pas avoir d'arme.

— Je sais, admit le capitaine Diaz, mais je veillerai moi-même sur elle. La DEA est d'accord. Il faut exploiter tout ce que nous avons.

— Vous espérez que Margarita va la draguer pour Miguel Cuevas ? demanda Malko.

— *Right*. Elle va nous mener à lui, comme un poisson pilote.

— Et Alfonso Carino, le *sentero* ?

— Il est sous surveillance. Si Miguel Cuevas se pointe pour le liquider, on le pique !

Le téléphone sonna sur son bureau. Il décrocha et répondit :

— Qu'il monte.

Il raccrocha et dit :

— C'est l'amant de Jackie, je l'ai fait revenir de Freeport dare-dare.

*
* *

Il n'y avait plus personne dans la grande salle à part un détective en train de taper un rapport avec deux doigts et une superbe détective, avec un ciré jaune portant en lettres énormes dans le dos *Police*. Par contre, le bureau du capitaine Diaz était plein de fumée. Ronald Keller, l'amant de Jackie la Bahamienne, ne lâchait son cigare que pour en allumer un autre, racontant sa version de l'assassinat de Jackie la Bahamienne. Ce qu'il avait déclaré concordait parfaitement avec les faits.

— Vous connaissez un certain Miguel Cuevas ? demanda Diaz.

— Non. Pourquoi ? C'est lui qui ?...

— Nous avons toutes les raisons de le croire, fit Malko. C'est un dangereux trafiquant de drogue.

Ronald Keller hocha la tête.

— Jackie n'était pas une mauvaise fille. Si je peux faire quelque chose un jour pour la venger, j'en serais heureux.

***

Malko longeait le couloir feutré du *Fontainebleau*, pour regagner sa chambre. La chaleur lourde de la saison des pluies lui coupait les jambes. Des trombes d'eau s'étaient de nouveau abattues sur Miami et Dade County, noyant la métropole dans un brouillard moite. Gail Hunter était partie au *Mutiny Club* et le vieux Ronald Keller avait regagné Palm Island. Quant à John Rabelais, il reposait dans un des trente-six compartiments de l'ex-camion à hamburgers, en face de la morgue.

Son dernier voyage. Sans cargaison de marijuana.

Un paquet était accroché à la poignée de la chambre de Malko. Un sac en plastique. Il crut d'abord que c'était une publicité. Après l'avoir ouvert, il s'immobilisa, mal à l'aise.

Il avait devant lui une tête de poulet fraîchement coupée. Le sang suintait encore du cou. Deux épingles avaient été enfoncées dans les yeux du volatile.

CHAPITRE XI

La Buick rouge de Ricochet Rabbit était transformée en armurerie. Des gilets pare-balles traînaient sur les sièges arrière et il y avait dans le coffre de quoi soutenir un siège. Grâce à son Motorola, le détective était en liaison constante avec le Homicide Squad et la DEA. Malko, pour ne pas s'endormir, écoutait les messages de la police. Il avait fait part au détective de son étrange trouvaille et le Cubain n'avait pas eu l'air de trouver ça drôle du tout...

— Ce salaud vous a repéré, dit-il, et il essaie de vous intimider. Ça vaut mieux que de vous foutre une décharge de shot-gun, remarquez. Mais je n'aime pas.

Malko non plus n'aimait pas. Onze heures et demie. Ils attendaient Gail Hunter à l'issue de sa première soirée de travail. Une voiture arriva, donna deux coups de phares et se gara derrière la Buick. C'était une petite Datsun blanche d'où émergea Gail Hunter dans sa tenue d'hôtesse.

— Tout est OK ?

— Oui, dit la Noire.

Le détective jeta un regard à Malko et lâcha :

— Je rentre, sinon Ingrid va encore me faire une scène. Cette femme, c'est le Krakatoa. Toujours en éruption... Il jeta un coup d'œil à Malko :

— Ça vous ennuie que Gail vous ramène ?

— Pas du tout, mais...

— C'est sur mon chemin, dit aussitôt Gail Hunter, j'habite North Miami Beach. Montez.

Sa voiture sentait le parfum et était si petite que leurs genoux se frôlaient presque. Assise, sa jupe remontait pratiquement jusqu'au ventre et Malko ne put s'empêcher de laisser son regard errer sur l'ombre entre les jambes. La Noire paraissait très gaie.

— Alors, demanda-t-il, comment ça s'est passé ?

— Très bien, c'est une ambiance curieuse. La clientèle a beaucoup d'argent. Pas mal de types qui draguent comme des fous, surtout quand il y a une nouvelle. (Elle tira un billet froissé de son haut.) Regardez, il y en a un qui m'a mis son téléphone sur un billet de cent dollars. Et sous le nez de sa femme encore ! J'ai l'impression que la plupart des filles couchent avec les meilleurs clients. Cela fait partie du job.

En somme, c'était une grande famille, le *Mutiny Club*...

— Et Margarita Gomez ?

— Je lui ai parlé un peu. J'ai dit que j'avais besoin d'argent, je l'ai complimentée sur sa beauté. J'ai demandé aussi s'il y avait un moyen d'améliorer mon salaire. J'ai vu, à la façon dont elle m'a regardée, que je lui plaisais. Dans le vestiaire, elle m'a frôlée comme un homme. Ça fait un drôle d'effet. On verra...

— Vous avez bien mérité un verre ! dit Malko. Avant de vous lâcher, je vous l'offre au *Gaslight Club* !

*
* *

Les quelques mâles au-dessous de quatre-vingts printemps qui hantaient le *Gaslight*, club privé du *Fontainebleau* avaient, devant les longues jambes de Gail Hunter, failli avaler leur moumoute. Personne n'aurait pu deviner un officier de police dans cette créature de rêve.

— Venez danser, proposa Malko.

C'était un régal. Gail ne semblait pas avoir d'os, tant elle était souple. Ondulant à le frôler, son corps superbe en mouvement d'une façon incroyablement sensuelle. Puis, au slow suivant, elle se colla carrément à Malko, s'enroulant comme une liane noire, ses seins lourds et fermes écrasés contre lui. Seulement, ce qui, chez n'importe quelle Européenne eût été le signal du viol immédiat, n'était probablement à ses yeux que l'expression d'une sympathie de bon aloi. Cette restriction n'empêcha pas Malko de se sentir comme un chimpanzé en rut. Gail s'en aperçut se décolla un peu, continuant à onduler comme pour le provoquer encore plus...

Ils regagnèrent ensuite leur box pour écouter une chanteuse noire à la voix éraillée. Gail Hunter bâilla discrètement. Malko posa une main sur sa cuisse.

— Fatiguée ?

— Non, non, fit-elle, c'est l'émotion, j'avais vraiment peur là-bas de voir surgir Miguel Cuevas.

— Il ne peut pas savoir qui vous êtes...

— Non, bien sûr, mais par moments, je me demande si cet homme n'est pas le diable ! On dirait qu'il est invulnérable, que des forces occultes le protègent.

Et on était à Miami en 1982. Malko la prit par la main.

— Venez faire un tour, vous êtes vraiment fatiguée.

Ils se retrouvèrent dans les jardins du *Fontainebleau*. Miracle, il ne pleuvait plus, la lune était levée — pleine lune — et il faisait une température délicieuse. Malko soudain eut une idée.

— Si on se baignait ?

A cause de la proximité du Gulf Stream, la mer était incroyablement chaude en face de Miami.

— Je n'ai pas de maillot, protesta Gail. Juste un body.

— Moi non plus, dit Malko, mais il fait nuit. Venez.

Elle le suivit en riant. La plage était absolument déserte avec des dizaines de chaises longues abritées par de petits dais. Malko ôta sa chemise et Gail sa mini, puis ses collants. Il réalisa que son haut se continuait formant une sorte de maillot une pièce, échancré sur les hanches, en lastex. Un peu frustré, il acheva de se déshabiller, ne gardant que son slip et courut vers l'eau. Elle le rejoignit et plongea dans l'écume avec un soupir de bien-être.

Ils nagèrent un long moment, jouant avec les vagues, puis Malko la saisit par la taille et l'embrassa. Elle lui rendit son baiser et le laissa caresser sa superbe poitrine à travers le fin tissu du body. C'était le supplice de Tantale... Puis, la Noire sortit de la mer et courut vers une des chaises longues.

— Comment allons-nous nous sécher ? demanda-t-elle.

Au lieu de répondre, Malko la poussa en arrière sur la chaise longue, et s'allongea sur elle.

— Comme cela, dit-il.

Leurs bouches se mélangèrent de nouveau, mais le body limitait fâcheusement les entreprises de Malko. Celui-ci pensa soudain à un moyen agréable de tourner la difficulté. Se laissant glisser le long du corps de la jeune femme, il écarta doucement le lastex bombé par le sexe et sa bouche se perdit dans la fourrure rêche et frisée. D'abord, Gail tenta de refermer les jambes. Puis, progressivement, comme une fleur qui s'ouvre, elle se détendit avec un soupir comblé. Ses doigts appuyèrent sur la nuque de Malko, maintenant sa tête contre elle. Les jambes en équerre, les reins cambrés, elle venait au-devant de sa caresse. Excité par cette muette complicité, Malko concentra ses efforts sur le point le plus sensible de la jeune femme d'un lent mouvement circulaire qui finit par lui arracher des feulements de plus en plus rapprochés. Puis, il la sentit se raidir, se mettre à trembler. Tout à coup, comme les dents de Malko l'effleuraient, elle s'arc-bouta et poussa un cri sauvage, ses ongles enfoncés dans la nuque de Malko.

Celui-ci, incapable de se retenir plus longtemps, interrompit sa caresse et se rua en elle, écartant de nouveau le rempart du body, s'enfonçant de toutes ses forces. Gail rythmait chaque élan d'un grognement de plaisir. Elle glissa elle-même les mains sous ses cuisses pour mieux s'offrir, les jambes à la verticale. Sous ses doigts, Malko sentait les muscles durs de ses fesses. Elle le serra contre lui et se mit à murmurer d'une voix rauque :

— *Come, come !*

Elle gronda à s'en étrangler, comme il se déversait en elle.

Finalement, son body qui semblait un obstacle insurmontable, s'était révélé un ingrédient érotique supplémentaire. Malko se retira d'elle et le tissu élastique reprit sa place. Quelques instants plus tard, Gail Hunter se leva et lissa son body en regardant Malko avec une expression ambiguë.

— J'avais envie de vous, dit-elle, depuis que je vous ai vu au *Holiday Inn*, mais j'avais peur que nos chemins ne se croisent pas. Je n'aime pas me jeter à la tête des gens.

— Avec votre physique, ce sont plutôt les hommes qui se jettent à la vôtre, remarqua Malko.

Elle esquissa un sourire.

— C'est vrai, et cela m'a dégoûtée. Depuis que j'ai

treize ans, j'ai le même corps et les hommes le veulent. Même mon oncle... Il m'attirait un peu trop souvent sur ses genoux. Alors, j'ai pris l'habitude de me satisfaire toute seule. Au fond, j'ai peur des hommes.

C'était extraordinaire d'entendre ces mots dans la bouche d'une fille aussi superbe. Elle se rhabilla en un clin d'œil, comme si elle voulait oublier ce qui s'était passé.

Malko quitta la plage à regret. Une expérience divine de plus ; avant de pénétrer dans le hall, ils s'embrassèrent longuement, amoureusement.

— J'espère que j'arriverai à quelque chose au *Mutiny Club*, dit-elle.

— Faites attention.

— J'ai l'habitude du danger, dit-elle en souriant.

Malko regarda s'éloigner la somptueuse silhouette. Il n'était pas aussi optimiste que la jeune Noire. Miguel, le « cocaine cowboy » était aux abois. Il fallait faire monter la pression tandis que Gail tentait l'infiltration. Une nouvelle visite à Alfonso Carino risquait de le perturber. Surtout si Malko lui rapportait une tête de poulet...

∴

La boutique du *sentero* était fermée. Malko essaya d'entrer. Sans succès. Il interrogea la station-service. On n'avait pas vu l'infirme. Il avait des heures irrégulières. Malko gagna le Homicide Squad. Le capitaine Diaz l'attendait avec l'adresse personnelle de Carino.

— Ce salaud habite 6850 South West 68th Court. Vous voulez aller voir ? Nous surveillons sa maison.

Il fallut presque une heure à Malko pour trouver l'endroit.

Un quartier de petites maisons minables, dans une zone peu construite. Le South West 68th Court était une voie non asphaltée, le long de la Florida East Coast Railway, au sol détrempé par les orages, bordée de pavillons tous semblables avec une véranda à la peinture écaillée.

Le 6850 ne déparait pas. Malko stoppa devant. Alfonso Carino se trouvait sur sa véranda, en train de lire un journal. Il le posa lorsque Malko monta les quelques marches de bois et il lui jeta un regard hostile. A l'intérieur, un jeune garçon faisait le ménage.

— Vous vous souvenez de moi ? demanda Malko.

— Oui, vous êtes venu à ma boutique.

Malko prit dans la poche le sachet en plastique contenant la tête du poulet et la posa sur les genoux de l'infirme.

— Je vous rapporte votre cadeau.

A son immense surprise, Alfonso Carino poussa un cri étranglé et balaya le sac en plastique qui valsa dans un coin de la véranda. Il fit reculer son siège roulant, avec une expression horrifiée : comme si le poulet allait ressusciter.

— Vous êtes fou ! fit-il d'une voix blanche. Vous ne savez pas ce que vous faites.

Il était sincèrement effrayé. Malko le toisa.

— Pourquoi avoir déposé ça devant ma porte ? C'est de la part de votre ami Miguel Cuevas ?

Le *sentero* lui jeta un regard haineux.

— Je ne sais pas ce que vous voulez dire. Je ne connais personne de ce nom. Foutez le camp !

Malko battit en retraite. Inutile de prendre l'infirme de front. Au moment où il traversait le jardin, il entendit une sorte de grognement derrière lui. Il se retourna, sur ses gardes et n'aperçut rien sinon une vieille caisse posée dans l'herbe. La voix du *sentero* cria à nouveau :

— Je vous ai dit de foutre le camp !

Il sembla à Malko qu'il y avait une brusque angoisse mêlée à la fureur dans la voix du Cubain.

Revenant sur ses pas, il s'approcha de la caisse.

— Ne touchez pas à ça ! hurla le *sentero*. Je vous interdis !

Malko n'hésita pas. Prenant la caisse à deux mains, il la souleva. Elle était vide. Il demeura en arrêt. Sortant de terre, comme une sculpture surréaliste, il y avait la tête d'un bouc noir à l'œil injecté de sang, la langue pendante. A la fois risible et horrifiant. L'animal gémissait faiblement. Enterré vivant...

Un flot d'injures en espagnol frappa ses oreilles. Le *sentero* gesticulait en le maudissant.

— Partez ! hurla-t-il. Partez, vous n'avez pas le droit ! Il se tourna vers l'intérieur de la maison et cria à l'adresse de son domestique : Giulio ! Mon shotgun.

Malko posa la caisse, et sortit du jardin. Après tout, aucune loi n'interdisait à un citoyen américain d'enterrer vif un bouc dans son jardin. Il avait peut-être eu un différend avec l'animal. Il était dans sa voiture quand Alfonso Carino avança au bord de la véranda brandissant son arme.

Malko s'éloigna, pensif. C'était sa seconde visite à Alfonso Carino. Ce dernier ne se cachait pas. Il ne semblait craindre ni Miguel Cuevas, ni la police. Un fourgon était garé un peu plus loin. Sans doute les hommes de Diaz. Ce dernier allait sûrement être intéressé par l'histoire du bouc.

*
* *

Le capitaine Diaz semblait soucieux. A peine Malko fut-il dans son bureau qu'il lui tendit une veste à carreaux pare-balles et lui annonça très sérieusement :

— J'ai eu un tuyau. Cuevas a mis un nouveau « contrat » sur vous.

— Qui vous a dit cela ?

Le policier eut un geste évasif.

— Chez les Cubains, tout se sait. C'est pour cela que le débarquement de la baie des Cochons a échoué. Miguel Cuevas a fait appel de nouveau à des *torpedos* (1) colombiens. Ils doivent arriver à Miami aujourd'hui, s'ils ne sont pas déjà là. Vous serez flatté en apprenant que votre peau vaut cinq cent mille dollars.

— Vous les connaissez ?

— Leurs véritables noms seulement, mais ils ont de faux passeports. Ils peuvent entrer dans le pays à Houston ou Los Angeles, et venir ensuite ici. A eux deux, ils ont trente homicides à leur actif et ne se déplacent que pour tuer. Ils ont liquidé toute une famille dans le New Jersey... Cela prouve que Miguel Cuevas a peur de vous...

Malko éprouvait une sensation bizarre. Le Cubain avait l'air on ne peut plus sérieux. Il soupesa la veste qui tenait horriblement chaud.

— Il manque un casque, remarqua-t-il.

Le capitaine Diaz resta de marbre :

— Ne plaisantez pas. C'est sérieux...

Ricochet Rabbit fit son entrée, toujours tiré à quatre épingles, l'œil joyeux. Le capitaine Diaz le mit au courant de la menace qui pesait sur Malko. Ricochet Rabbit montra ses dents de lapin. Encore plus nerveux que d'habitude.

— C'est le *sentero,* conclut Diaz, vous vous êtes approché trop près de Cuevas. Il a vraiment peur. Je

(1) Tueurs.

vous conseille de garder Eddie avec vous, sans interruption. Je n'ai personne d'autre à vous donner. Nous laissons faire Gail Hunter, mais cela prendra quelques jours. En attendant, ne traînez pas trop dans Little Havana.

— On pourrait aller déjeuner au *Fontainebleau*, suggéra le détective. Ingrid nous rejoindra.

— Pourquoi pas ? accepta Malko.

Dans la voiture, Ricochet Rabbit se retournait sans cesse.

— Vous ne connaissez pas ces types ! soupira-t-il. La dernière fois qu'on les a vus à Miami, ils ont poursuivi une fille dans un supermarché parce qu'elle avait couché avec l'amant de leur patronne. Ils l'ont flinguée avec quatre passants et sont repartis...

— Charmant.

Miami Beach était toujours aussi sinistre avec ses hôtels vides et le hall du *Fontainebleau* aussi désert. A peine était-il arrivé que le haut-parleur annonça :

— Mr Linge, téléphone.

Les *house phones* se trouvaient dans un petit couloir, derrière les ascenseurs. Il s'y dirigea. Ensuite, tout se passa très vite. Un homme l'attendait, un téléphone à la main. Il le raccrocha en voyant Malko et sa main descendit vers sa ceinture.

Au même moment, Ricochet Rabbit qui avait suivi Malko, s'accroupit et sa main plongea vers sa chaussette. Il tira sans se redresser. Sa balle de 38 partit de bas en haut, traversa la mâchoire du tueur et ressortit par la nuque, emportant en souvenir un peu de nerf optique et une bonne cuillerée de cerveau. Le Colombien rejeté en arrière s'effondra avec un grognement.

Ricochet Rabbit, méritant bien son surnom, s'était déjà retourné. Lui et Malko aperçurent en même temps un homme qui émergeait de l'escalier roulant menant à la piscine, au milieu du second hall, braquant sur eux un AR 15.

Les trois hommes ouvrirent le feu presque en même temps. Malko le premier, avec son pistolet extra-plat. La balle à haute vitesse initiale traversa la gorge du Colombien, déchirant la trachée-artère et les vertèbres cervicales. La rafale de l'AR 15 balaya l'énorme lustre, déclenchant une pluie de cristal. Puis le tueur tomba sur la moquette rouge, achevé par les projectiles de Ricochet Rabbit. Un policier de la sécurité de *Fontainebleau* accourait en dégainant. Ricochet Rabbit brandit sa carte de police et hurla :

— Homicide Squad !

Il était temps, l'autre allait ouvrir le feu. Les rares clients, figés par la brève fusillade, commençaient à reprendre vie. Malko n'avait pas pensé qu'ils l'attaqueraient au *Fontainebleau*. Ricochet Rabbit fouilla les cadavres, sortit trois pistolets et des rouleaux de billets de cent dollars.

— Il avait payé d'avance, remarqua-t-il.

Ce fut toute l'oraison funèbre des Colombiens.

***

Malko avait mal dormi, son pistolet à portée de la main. Il s'attendait à tout maintenant. La fusillade avait révolutionné le *Fontainebleau*. Heureusement que la saison n'était pas commencée... Il avait passé l'après-midi au Homicide Squad pour les dépositions. Bien entendu, les tueurs n'avaient permis de remonter aucune piste. Ils étaient arrivés la veille d'Atlanta, en provenance de Bogota. Faux papiers, armes intraçables. Nouveaux candidats pour le camion aux hamburgers...

Le téléphone sonna. C'était la voix tout excitée du capitaine Diaz.

— Bonne nouvelle ! annonça-t-il. Hier, notre amie Margarita Gomez a invité Gail à une « party » pour demain soir. Chez un de ses amis de cœur, a-t-elle dit. Un Cubain milliardaire.

Le piège fonctionnait.

L'avenir allait très vite dire au profit de qui. La silhouette somptueuse de Gail Hunter passa devant les yeux de Malko et il eut le cœur serré. Pourvu qu'il ne l'envoie pas au massacre.

CHAPITRE XII

Les derniers clients du *Mutiny Club* venaient de partir. Un peu plus tard que d'habitude, car c'était samedi. Gail Hunter sirotait un daïquiri au *Treetop Bar*, attendant Margarita Gomez en train de se changer. L'alcool atténua un peu son angoisse, faisant fondre la boule qu'elle avait dans la gorge. Elle avait troqué sa tenue d'hôtesse pour une robe très sexy en jersey de soie beige, qui se confondait avec sa peau. Sa carte de la DEA et son arme de service étaient cachées dans sa voiture. Sa seule défense, c'était la protection assurée par le Homicide Squad et la DEA réunis en une vaste force baptisée pour l'occasion « Centrac 26 » (1).

Margarita Gomez fit enfin son apparition, deux bouteilles de Moët et Chandon dans les bras, éblouissante dans une robe bleu électrique fendue partout.

— En forme ? demanda-t-elle chaleureusement à Gail.

— Ça va, dit Gail, achevant son daïquiri. J'espère qu'on va s'amuser...

— Sûr ! approuva la Dominicaine, avec un enthousiasme communicatif. Mon ami est un type superbe, très drôle, bourré comme un canon et, en plus,

(1) Central Tracking Command.

il a plein de relations dans la mode. Ça pourra te servir. On s'amuse toujours bien chez lui. C'est super. Tiens, viens une seconde avant de partir.

Déposant ses bouteilles de champagne, elle entraîna Gail Hunter dans les *ladies rooms*. Là, appuyée à la porte, elle sortit une minaudière pleine de poudre blanche et la mit sous le nez de Gail.

— Sniffes-en un peu. C'est lui qui me l'a donnée. Comme ça on sera *high* toute la soirée. Et si on se fait sauter, ajouta-t-elle avec un gloussement, ce sera encore mieux. Un vrai feu d'artifice.

Gail Hunter dut aspirer un peu de cocaïne. C'était la première fois qu'elle en prenait et cela lui fit l'effet de quelque chose de froid et de piquant.

— Dis donc, demanda-t-elle inquiète, ce n'est pas une partouze ?...

Margarita eut un rire de gorge, le regard posé sur les seins de la Noire.

— Mais non ! Seulement, il y a toujours des types super. Si on a envie de s'en faire un, il y a plein de chambres. C'est une grande maison. Tu es mariée ?

— Non.

— Moi non plus. Tu sais que tu me plais bien...

Avant que Gail ait pu réagir, Margarita l'avait embrassée, glissant une langue habile dans sa bouche tandis que sa main lui effleurait le ventre. Elle s'écarta aussitôt et dit espièglement :

— C'est pour te rassurer au cas où tu n'aimerais pas les hommes.

Gail la suivit, déjà un peu étourdie et plus que jamais sur ses gardes. Elles reprirent les bouteilles et montèrent dans la Fairmont jaune de Margarita. Avant de prendre le volant, la Dominicaine renifla de nouveau de la cocaïne et força la Noire à en faire autant. Gail Hunter commençait à se sentir légère et hypersensible, comme si on avait passé sa peau au papier de verre. Margarita la fixa avec une admiration non feinte.

— Tu sais que tu as l'air d'une sacrée femelle.

Elle posa une main légère sur sa cuisse, remontant un peu plus haut, mais sans insister. A sa grande surprise, Gail n'en éprouva pas de dégoût. Elle se sentait comme ivre. Une pensée la traversa : « Pourvu que le dispositif de protection soit bien en place. » Elle plongeait dans un monde inconnu, fascinant et dangereux.

∴

Une Comet blanche était garée, capot levé, sur le côté de Battersea Road, le conducteur plongé sous le capot. Du coin de l'œil, il vit passer la Fairmont de Margarita Gomez, filant vers l'ouest.

— Centrac 26, ici Alpha 2, dit-il dans son Motorola. Elles viennent de passer.

Il attendit quelques secondes avant de refermer son capot. D'une voie transversale surgit alors la Buick rouge occupée par Malko et Ricochet Rabbit, ce dernier au volant. Elle prit la filature, se tenant à une centaine de mètres. Ricochet Rabbit prit son micro et annonça :

— Centrac 26, ici Alpha 1, nous décollons. Fairmont jaune, plaque 464 JDK. Deux femmes à bord, dont une Caucasienne et une Noire. Direction ouest sur Battersea Road.

— Alpha 1, ici Centrac 26. Nous sommes sur le pont de Coral Gables Waterway, fit la voix du capitaine Diaz. Nous n'avons encore rien vu.

Lui se trouvait en avant du dispositif.

— Centrac 26, ici Alpha 3, nous sommes sur Miller Road, annonça la voix de June Richmond, nous démarrons, direction ouest.

Le silence retomba. Malko vit la Fairmont dans Ingrham Highway et tourner à droite vers le sud. Aussitôt la voix de Raúl Diaz annonça :

— Ici Centrac 26, elles sont derrière moi. Je démarre sur Sunset Drive en direction de l'ouest, prévenez-moi si elles changent de direction.

La Fairmont tourna autour du rond-point de Sunset Drive, après avoir franchi le canal et s'engagea vers l'ouest dans la grande avenue où il y avait peu de circulation. Ricochet Rabbit annonça dans son micro :

— Centrac 26, ici Alpha 1, elles roulent vers l'ouest sur Sunset Drive, nous sommes à la hauteur de la 53th Avenue Sud West. Allure quarante milles.

— Alpha 1, ici Alpha 3, fit June, je roule parallèlement à vous.

— Ici Centrac 26. J'arrive au croisement de Ludlam Road, annonça Raúl Diaz, elles sont toujours derrière moi ?

— Centrac 26, ici Alpha 1. Tout est sous contrôle, affirma Ricochet Rabbit.

Les Motorola marchaient merveilleusement, sur une fréquence choisie au dernier moment, afin d'éviter les indiscrétions. Malheureusement, Sunset Drive était presque désert, coupé de nombreux feux. Il n'y avait plus que deux véhicules entre la Fairmont et la Buick rouge. Celle-ci risquait de se faire repérer. Ricochet Rabbit reprit sa radio :

— Alpha 2, ici Alpha 1, relayez-nous. Sommes en vue de l'objectif.

Il ralentit et tourna dans une rue transversale, laissant la place à la Comet blanche qu'ils virent passer devant eux. Ils attendirent quelques secondes et repartirent dans Sunset Drive désert.

— Cette salope va nous conduire droit chez Miguel, exulta le policier. Nous avons une unité du Dade

County Police Department prête à intervenir. Même s'il faut faire le siège de la baraque, nous l'aurons...

La voix excitée de Alpha 2 éclata dans le micro :

— Alpha 1, ici Alpha 2, je suis derrière l'objectif, il faut que je dégage, il n'y a plus personne. Hauteur 59th Avenue. Prenez le relais. OK ?

— Alpha 2, ici Alpha 1. Nous arrivons, répondit Ricochet Rabbit.

Il accéléra. La Fairmont était à près d'un kilomètre devant. Malko comptait anxieusement les croisements protégés par des « stops ». Un feu passa au rouge juste quand ils le franchissaient... Le suivant était carrément rouge bien avant qu'ils soient dessus. Ricochet Rabbit donna un coup de phares et fonça. Les mâchoires serrées il commençait à s'énerver.

— Centrac 26, ici Alpha 1, nous allons arriver au croisement de Ludlam, annonça-t-il. Nous avons l'objectif en vue.

— OK ! Ici Centrac 26, fit la voix de Diaz, je suis devant à un quart de mile du 826.

— Centrac 26. Ici Alpha 3, je suis à votre hauteur sur Miller Road, annonça June Richmond.

Le dispositif des quatre voitures se déplaçait harmonieusement, encadrant la Fairmont. Soudain, Ricochet Rabbit poussa un juron étouffé. Devant eux, le feu venait de passer au rouge au grand croisement avec Ludlam Road ! La Fairmont jaune s'était sagement arrêtée devant. Eux arrivaient droit dessus : Ricochet Rabbit pouvait difficilement changer de file pour stopper derrière la Fairmont ou griller le feu. Il n'y avait plus qu'à se ranger à côté.

— Elle risque de nous reconnaître, fit le policier. Je grille le feu.

Ricochet Rabbit ralentit, s'arrêta presque, vérifia qu'aucune voiture n'arrivait et traversa le carrefour.

Au passage, Malko aperçut le profil des deux femmes qui bavardaient gaiement.

Trente secondes plus tard, la catastrophe se déclencha. Malko aperçut d'abord dans le rétroviseur le reflet d'un gyrophare, puis le son d'une sirène frappa leurs oreilles. Ils venaient d'être pris en chasse par un motard embusqué sur Ludlam Road. Celui-ci les rejoignit, roula à leur hauteur et leur fit signe de stopper.

— *Shit ! Shit ! Shit !* hurla Ricochet Rabbit.

Il dut obtempérer, sinon l'autre risquait de leur tirer dessus. Il se rangea sur le côté et sortit de la Buick juste au moment où la Fairmont jaune les dépassait. Le motard s'approcha, la main sur la crosse.

— Vous avez brûlé un feu, *Sir*...

— Foutrement oui ! hurla Ricochet Rabbit, en lui mettant sous le nez sa médaille de police.

Derrière eux, la Comet blanche, Alpha 2, venait de s'arrêter au croisement de Ludlam, au feu. Les feux arrière de la Fairmont disparaissaient vers l'ouest. Ricochet Rabbit cria dans son Motorola :

— Alpha 2, ici Alpha 1, nous sommes bloqués, brûlez ce putain de feu et rattrapez l'objectif !

— Je suis désolé, Sergent, fit le motard. Je ne pouvais pas savoir avec ce véhicule banalisé. Je peux vous aider ?

— Oui, fit Ricochet. Essayez de retrouver cette Fairmont jaune, prenez la fréquence 108 et appelez Centrac 26.

— Attention, dit Malko, si Margarita Gomez voit le motard tout de suite, elle va se méfier. Elle sentira qu'il y a quelque chose de louche.

Ricochet Rabbit vociférait dans son Motorola :

— Centrac 26, ici Alpha 1. Nous avons été stoppés par un motard. Faites demi-tour, l'objectif doit venir vers vous.

— OK ! Alpha 1, répondit aussitôt le capitaine Diaz.

La Comet blanche démarra et franchit le carrefour comme une bombe. Ils étaient neutralisés. Malko sentait son cœur battre la chamade. C'était trop stupide.

— Centrac 26, ici Alpha 3, je vais arriver au Freeway 826, annonça la voix de June Richmond.

— Alpha 3, ici Centrac 26. Revenez vers le sud, l'objectif se déplace peut-être vers vous.

Malko et Ricochet Rabbit repartirent à petite allure, laissant le motard pantois et confus. Les croisements se succédaient. Aucune trace de la Fairmont ! Soudain, ils virent une voiture sur l'autre voie qui leur faisait un appel de phares.

Le capitaine Diaz !

Ils s'arrêtèrent tous les deux. Le chef du Homicide Squad avait les traits convulsés de fureur.

— Qu'est-ce qui se passe ? demanda-t-il. J'ai vu passer Alpha 2 roulant vers l'ouest à toute vitesse. Il doit avoir passé la 826. Où est l'objectif ?

— *Shit !* explosa Ricochet Rabbit.

Il cria dans le Motorola :

— Alpha 2, revenez, vous allez trop loin. Alpha 3, rejoignez-nous sur Sunrise Drive, au croisement avec la 76th. Objectif perdu.

Le capitaine Diaz étala une carte sur le capot de la Buick et l'éclaira avec sa lampe de poche.

— Elles n'ont pas dépassé la 826, dit-il, je les aurais vues. Vous étiez derrière. Sauf si elles ont pris le freeway. Plus probablement, elles se trouvent dans le quadrilatère Miller Road Freeway 826-80th Street et Ludlam. C'est un quartier résidentiel et cela correspond au type de maison que Margarita a décrit à Gail.

— Putain, si on avait eu un hélicoptère ! murmura Ricochet.

— Ça fait du bruit, remarqua Malko. N'oubliez

pas que ces gens sont super-méfiants. Au premier signe suspect, Margarita débarquerait Gail.

— Cela aurait peut-être mieux valu, fit sombrement le capitaine Diaz.

Le motard les rejoignit et stoppa. Le capitaine Diaz sauta aussitôt sur lui.

— Rameutez toutes les patrouilles de South Miami. Quadrillez ce quartier. Nous cherchons une Fairmont jaune immatriculée 464 JDK.

June Richmond — Alpha 3 — arriva à son tour. Malko et Raúl Diaz découpèrent la zone en quatre secteurs et ils se mirent en route, la gorge nouée. Le quartier totalement résidentiel ne comportait que de luxueuses villas, la plupart du temps protégées par des haies, des murs ou des grilles bordant des allées calmes. Hélas ! la plupart des garages étaient fermés et peu de voitures couchaient dehors. Malko vérifia une vingtaine allées d'accès. En vain.

Deux heures plus tard, ils se retrouvèrent tous au point de rendez-vous sur Sunrise et Ludlam. Découragés et amers. Le motard n'osait plus regarder Diaz. Il avait été rejoint par deux de ses collègues qui n'avaient rien trouvé non plus.

— La plupart de ces baraques ont des parcs et des garages à l'intérieur, expliqua l'un d'eux. Même avec un hélicoptère vous ne trouverez rien.

C'était aussi l'impression de Malko.

Ils se regardèrent tous. Que pouvaient-ils faire ?

— Elles ont peut-être pris le freeway, suggéra June Richmond.

De toute façon, ils avaient perdu Gail Hunter. Ricochet Rabbit essaya de détendre l'atmosphère en plaisantant :

— Ne nous tracassons pas trop. Je connais ces parties du samedi soir. Le pire qu'elle risque c'est de sniffer un peu de coke, de boire du bon champagne et de se faire sauter. On saura tout à l'aube et il sera encore temps d'intervenir.

Malko essayait d'y croire aussi, mais un sombre pressentiment lui disait que la pulpeuse Gail Hunter était en danger. Il remonta en voiture la rage au cœur. Le capitaine Diaz s'approcha de lui :

— J'ai laissé la consigne au standard de la DEA et chez nous. Allons boire un verre au *Holiday Inn* en attendant qu'elle appelle.

Personne n'avait sommeil. Malko moins que personne. Le poulet aux yeux crevés et le bouc enterré vivant l'obsédaient. Il avait affaire à un fou.

CHAPITRE XIII

Le regard un peu flou de Miguel Cuevas se posa avec insistance sur la chute de reins de Gail Hunter, moulée par le jersey, et elle sentit une coulée glaciale le long de sa colonne vertébrale. Elle lui adressa un sourire mécanique, cherchant à maîtriser sa peur. Depuis que les grandes grilles noires électroniques de la villa du Cubain s'étaient refermées sur elle, la peur ne la quittait pas. Elle avait enregistré l'incident du motard et se demandait si ses amis n'avaient pas perdu sa trace. A cause de l'obscurité, elle n'avait même pas pu voir avec exactitude où elle se trouvait, sachant seulement que le Freeway 826 se trouvait tout près.

— Bois !

Le Cubain lui tendait sa sixième coupe de champagne. La tête lui tournait. Un grand bocal de pharmacien plein de cocaïne était posé sur la table basse, à côté des bouteilles. Elle avait dû en reprendre à deux reprises. L'ambiance était bizarre. En plus de Cuevas, qu'elle avait aussitôt identifié, bien que Margarita l'ait présenté comme Miguel Velasquez, d'un énorme Cubain nommé Faustino, il y avait un troisième Cubain, Jesus, qui n'avait guère ouvert la bouche, se contentant de boire comme un trou. En dehors de Gail et de Margarita, se trouvaient deux autres filles, deux serveuses d'une vulgarité à mourir, Lidie et Carmen, ramassées par Faustino. Elles avaient regardé Gail avec curiosité, puis s'étaient noyées dans le champagne et la cocaïne. Il y avait deux salons, séparés par un bar où les filles s'étaient perchées. La stéréo jouait à tue-tête des salsas et de la musique cubaine.

Miguel Cuevas, Margarita et Gail étaient enfoncés dans un grand canapé, face à un faux feu de bois. Miguel Cuevas parlait peu, d'une voix rocailleuse. Visiblement, en regardant Gail, il salivait. Les meubles Haute Epoque espagnole, les armes qui traînaient partout, les insolites statues grandeur nature, créaient une ambiance pesante. Gail s'était éclipsée un peu plus tôt, soi-disant pour aller aux toilettes, cherchant un téléphone qu'elle n'avait pas trouvé. La musique changea, devenant plus sensuelle. Miguel se leva et lança :

— J'ai envie de danser.

Il tendit la main à Gail et l'arracha de son siège. puis il passa un bras autour de sa taille et la colla contre lui. Margarita observait d'un air ravi, puisant sans cesse dans le bocal de cocaïne. Miguel avait une chemise ouverte jusqu'au ventre, découvrant des pectoraux poilus, et un pantalon de cuir gris très serré avec des bottes. Gail Hunter sentit la chaleur et le poids de son sexe sur sa cuisse, ce qui la troubla. Le Cubain était bel homme et il le savait. Soudain, une main emprisonna un de ses seins, le palpant brutalement.

— Je te plais ?

Miguel Cuevas la fixait de son regard un peu fou. Elle sourit, puis remarqua à voix basse :

— Votre amie ne va peut-être pas aimer...

Il lui jeta un regard bizarre, puis se sépara d'elle, disant à Margarita :

— Va danser avec elle, je veux vous regarder.

Faustino et l'autre Cubain avaient disparu avec les deux autres filles. Gail fut soulagée de voir Margarita la rejoindre. Pendant quelques instants, elle s'amusa sincèrement, puis la maîtresse de Cuevas se rapprocha, la prit par la taille : leurs poitrines se frôlaient. Elle n'avait jamais dansé ainsi avec une femme...

Miguel Cuevas les observait, jouant avec une amulette. Il se leva et les força à prendre encore du champagne. Gail sentait bien qu'il la désirait et se demandait comme elle allait y échapper. Soudain, Margarita lui souffla à l'oreille :

— Viens, je vais te faire visiter la maison...

Traversant le bar, Gail entrevit une scène inattendue. Faustino était affalé sur un canapé, une des filles à genoux devant lui, sa tête montant et descendant. L'autre, allongée sur la moquette, se faisait prendre toute habillée, avec des gloussements de femme saoule, par le second Cubain. Margarita eut un sourire salace.

— Ils ne s'ennuient pas...

Quelle atmosphère ! En haut, elle pourrait peut-être trouver un téléphone... Sa compagne la mena droit au bureau de Miguel, où elle tomba en arrêt devant le râtelier d'armes.

— Qu'est-ce qu'il fait, ton ami ? demanda Gail.

Margarita eut un sourire mystérieux.

— Si nous devenons vraiment copines, je te le dirai. Il gagne beaucoup d'argent et il est très généreux...

A côté du bureau, il y avait une chambre tendue de noir, avec un grand lit bas, des panneaux de laque rouge, une télé avec un magnétoscope Akaï et des monceaux de cassettes. Le regard de Gail fut attiré par une étrange pyramide verdâtre dont une des faces reproduisait vaguement un visage humain. Des coquillages étaient incrustés dans ses parois et la pyramide se terminait par une sorte de mèche. Curieuse, Gail Hunter allongea la main.

— Tiens, c'est marrant, cette bougie !

Margarita Gomez lui saisit le poignet.

— N'y touche pas ! C'est un reliquaire sentero, qui renferme une âme. En haut, ce n'est pas une mèche, mais des poils de bouc. Miguel ne peut pas dormir sans...

Gail Hunter, effrayée, tomba sur le lit et ferma les yeux, tentant de retrouver son calme. La tête lui tournait et cette ambiance étrange lui pesait de plus en plus. Elle eut l'impression de s'endormir, de rêver. Des mains parcouraient son corps, elle en éprouvait des sensations exquises, tant les caresses étaient légères et habiles. Elle ouvrit les yeux. Margarita l'observait en souriant. Une main posée sur la cuisse nue de Gail, l'extrémité des doigts effleurant son ventre. La Noire voulut refermer les jambes, mais Margarita, prestement, atteignit son but. En quelques secondes, Gail en éprouva un tel plaisir qu'elle n'eut plus de force.

— Laisse-toi faire, demanda la voix douce de la Dominicaine.

Ses doigts s'activaient avec une rapidité diabolique. Sa bouche se pencha et Gail retrouva sa langue aiguë. La Noire était perturbée, perdue, ses sensations multipliées par la cocaïne. Soudain, elle sentit un orgasme monter de ses reins, exploser avec une violence inhabituelle. Elle s'entendit crier, n'arrivant pas à croire que c'était elle. Bercée par la voix de Margarita, elle referma les yeux, apaisée, le cœur tapant contre ses côtes, morte de honte. L'alcool et la drogue avaient sapé ses défenses. Lorsqu'elle rouvrit les yeux, Miguel Cuevas était debout à côté d'elle, totalement nu. Gail eut un choc en découvrant les dimensions de son sexe, pendant jusqu'à mi-cuisse. Elle n'avait jamais rien vu de semblable. Elle se raidit instinctivement, mais le Cubain s'approcha de Margarita qui se pencha aussitôt sur lui. En quelques minutes, elle eut donné de la raideur à la gigantesque hampe. Dressée, elle était encore plus impressionnante.

Sans se presser, Miguel Cuevas renversa Margarita sous lui et la lui enfonça de toute sa longueur dans le ventre, faisant comme si Gail n'avait pas existé.

Les ongles de la Dominicaine se crispèrent sur le dos nu de son amant, elle ouvrit la bouche comme si elle étouffait, puis son bassin commença à onduler, au rythme de ses gémissements. Fascinée, Gail ne pouvait détacher les yeux du spectacle. Miguel Cuevas s'enfonçait de plus en plus vite, ouvrant les jambes comme un compas, afin de mieux la pénétrer, puis se laissant retomber de tout son poids.

Cela se termina par un hurlement sauvage de Margarita, clouée au lit par l'explosion du Cubain. Celui-ci roula aussitôt sur le dos et resta les yeux fermés, jouant avec le collier de perles multicolores qui encerclait son cou, son sexe à peine dégonflé. La musique sensuelle continuait à les baigner. Margarita, émergeant de son plaisir, se retourna et colla sa bouche à l'oreille de Gail :

— Tu as vu comme il est bien foutu. Si tu savais ce que cela fait quand on l'a à l'intérieur. Il a envie de toi, tu sais, il me l'a dit.

La gorge de Gail était tellement serrée qu'elle mit un long moment à répondre :

— Non, non, je ne veux pas.

Les doigts de Margarita l'envahirent doucement à nouveau. La Dominicaine, glissant une main sous sa nuque, la força à tourner son visage vers elle et murmura :

— Menteuse...

Gail avala sa salive. Comment nier son état ? Margarita lui caressait la nuque comme on flatte un animal, tirant inexorablement son visage vers le ventre du Cubain qui semblait endormi, tandis que ses doigts continuaient leur sarabande infernale. Des ondes de plaisir partaient de son sexe, paralysant son cerveau. Sans qu'elle se l'avoue, ce membre énorme la troublait.

Elle en sentit la chaleur contre ses lèvres avant même de réaliser que Margarita était parvenue à ses fins. La chair durcie de la hampe força la barrière de sa bouche et une ultime pesée de Margarita sur sa nuque acheva sa soumission. Miguel Cuevas avait ouvert les yeux et la regardait. Sa main remplaça sans un mot celle de Margarita. Comme une automate, Gail se mit à faire ce qu'il attendait d'elle, envahie jusqu'à la gorge par le membre monstrueux, qui semblait augmenter de volume à chaque seconde.

Lorsque Miguel se retira de sa bouche, son soulagement fut de courte durée. La renversant sous lui, il la pénétra d'une longue poussée qui lui donna l'impression d'être ouverte en deux. Gail hurla. Les traits crispés, le Cubain s'acharna, la clouant au lit par de violents coups de reins, un temps qui lui parut infiniment long. Ecartelée, elle oscillait entre la douleur et le plaisir. Soudain, il la quitta, la fit rouler sur le ventre et s'enfonça en elle dans cette nouvelle position. Il ne lui avait même pas retiré sa robe.

Ainsi, il la violait encore plus profondément. Plus doucement aussi. Dans sa tête, Gail commença à éprouver un plaisir violent d'être remplie par ce membre énorme. Elle avait envie de lui crier : « doucement, lentement », mais les mots ne sortaient pas de sa bouche. Elle avait oublié pourquoi elle était là, éprouvant une sensation si forte qu'elle effaçait tout le reste.

La poitrine du Cubain, dégoulinante de sueur, se frottait à son dos. Il s'arrêta, se retira d'elle. Elle en fut presque déçue. Mais, lorsqu'elle comprit ce qu'il voulait, elle poussa un cri et chercha à lui échapper en rampant. Bloquée aussitôt par Margarita qui se mit à lui parler tendrement à l'oreille :

— Laisse-le faire... Tu n'auras pas mal.

— Non, non, c'est impossible, gémit Gail. Il va me...

— Détends-toi, souffla Margarita, lui effleurant le ventre, tu vas voir, c'est fantastique.

Gail ouvrit la bouche pour répondre, mais ce qu'elle allait dire se transforma en hurlement. Puis l'air lui manqua, elle eut l'impression qu'un poids énorme l'écrasait et une douleur fulgurante la traversa. Son corps se couvrit de sueur et elle hurla :

— Arrêtez ! Arrêtez ! Je vous en supplie.

Miguel Cuevas, inexorablement, s'était enfoncé dans les reins de la Noire. Il s'immobilisa et, lentement, Gail reprit son souffle. Les doigts de Margarita l'aidèrent peu à peu à transformer l'atroce déchirement en une sensation curieuse de plénitude. L'image de ce pieu énorme pénétrant dans ses reins passa devant ses yeux et elle eut soudain le sentiment que son corps se dilatait pour le recevoir. Sentant qu'elle se détendait, Miguel plongea encore plus profondément en elle, puis, ses deux mains tenant ses hanches, il se déchaîna jusqu'à ce qu'il explose avec un grognement de fauve.

Gail perdit pratiquement connaissance, tant ce qu'elle avait éprouvé avait été fort. Elle sentit les doigts de Margarita s'approcher de ses narines et dut renifler encore de la cocaïne. Quelques instants plus tard, elle se retourna. Juste à temps pour voir Faustino, immonde et nu comme un ver, entrer dans la chambre. D'abord, elle crut qu'il voulait aussi la violer, mais le gros Cubain resta là, les mains sur les bourrelets de sa taille, et cria à Miguel :

— Miguelito ! Tu sais qui c'est, la pouffiasse que tu viens de te faire ?

Miguel Cuevas se redressa, l'œil vague, mais tendu.

— Qui ?

— Une femme-flic, articula lentement le gros Cubain. Une des petites en bas, qui a un peu tapiné, l'a reconnue.

*
* *

Gail Hunter sentit la chair de poule lui hérisser la peau. Le regard de Miguel Cuevas s'était posé sur elle, glacial, indéchiffrable.

— C'est vrai ? demanda-t-il.

La Noire avait quelques secondes pour choisir. Si elle niait, ils risquaient de la torturer jusqu'à ce qu'elle parle. Dans le cas contraire, elle jouait sa vie, mais elle avait quelques atouts. Elle se redressa sur un coude et annonça, la voix la plus calme possible :

— C'est vrai. Je suis un officier de police. Cette maison est sous surveillance et vous êtes tous en état d'arrestation.

Les yeux de Margarita Gomez s'écarquillèrent. Gail regardait les deux hommes. Le geste de Miguel Cuevas fut si rapide qu'elle ne put l'éviter. A toute volée, le Cubain la frappa au visage, la faisant tomber sur le côté. Puis, d'un bond, il se dressa, toujours nu, et se mit à la rouer de coups, avec ses poings et ses pieds, le visage convulsé de rage. Même Faustino, debout près du lit, se sentait glacé d'horreur. Le « cocaine cowboy » se montrait sur son véritable jour. Gail Hunter se recroquevilla, cherchant à protéger son ventre, sa poitrine et son visage. Essoufflé, Miguel Cuevas s'arrêta, la bouche ouverte, les yeux fous.

Son regard croisa celui de Margarita et sa rage redoubla. A toute volée, il lui envoya son poing dans la figure, lui fendant les deux lèvres. La Dominicaine s'effondra en arrière sans un cri, terrorisée.

Miguel Cuevas attrapa Gail par sa longue natte et releva son visage tuméfié de coups pour le mettre à quelques centimètres du sien.

— Alors, tu es de la police ? Et tu crois que tu me fais peur. Tu vas crever et tes copains ne viendront pas me chercher. Je suis le plus fort. Rien ne peut m'arriver.

Gail Hunter avala sa salive mêlée de sang.

— Si vous me tuez, dit-elle, vous n'aurez jamais de paix. Ils vous chercheront et vous trouveront, où que vous soyez.

— Pauvre conne !

Elle lut dans ses yeux qu'il était sincère et la panique l'envahit. Le temps que le Homicide Squad intervienne, il pouvait la tuer dix fois. Déjà, Miguel avait repris son sang-froid. Il enfila rapidement un pantalon, et se tourna vers Faustino.

— Va voir à la grille s'il y a quelque chose de suspect. Ensuite, tu vérifies dans la rue et autour, chez les voisins. S'ils sont là, on va s'en payer quelques-uns. Et ils n'oseront rien faire tant qu'elle sera avec nous.

Le gros Cubain disparut. Miguel Cuevas se tourna vers Margarita, qui tamponnait ses lèvres ouvertes.

— Raconte, dit-il, tout ce que tu sais sur elle.

La Dominicaine s'exécuta d'une voix tremblante, expliquant à son amant qu'elle avait seulement voulu lui faire plaisir en lui amenant une fille superbe et facile. Il la regarda avec mépris.

— Tu n'as rien compris ! Cette salope de Jackie a balancé ton nom aux flics. Par toi, ils ont essayé de remonter jusqu'à moi. Ils ont dû te suivre...

— Je te jure...

— Tais-toi ! fit brutalement Cuevas, nous sommes

tous dans le même bain. Si on doit sortir d'ici, je t'attacherai sur le capot de la bagnole, pour nous servir de protection...

Il se tourna vers Gail Hunter.

— Alors, c'est moi qu'ils veulent, hein ?

Elle soutint son regard.

— Oui, et ils vont vous avoir. Ils m'ont suivie. En ce moment, ils sont autour de cette maison. Vous ne leur échapperez pas.

Il secoua la tête, demeura silencieux, guettant les bruits de l'extérieur. Enfin, les pas lourds de Faustino se firent entendre dans l'escalier. Le gros Cubain fit irruption, essoufflé.

— Il n'y a personne, Miguel, tout est calme. J'ai regardé partout.

Le Cubain fixa Gail avec un sourire ironique.

— Tu vois. Tu bluffes.

Il se retourna vers Faustino.

— Les deux autres sont en bas ?

— Oui.

— Reste ici avec elle.

Il gagna son bureau, souleva une lame du parquet et sortit d'une cache le Beretta 9 mm équipé d'un gros silencieux qui lui avait servi à tuer Jackie la Bahamienne. Il vérifia le chargeur et descendit. Il régnait heureusement dans le bar une certaine pénombre. Jesus était allongé sur la moquette, chevauché par une des filles, tandis que sa copine observait la scène, une coupe de Moët à la main.

Sans un mot Miguel s'approcha de la première et lui tira à bout portant une balle de 38 dans l'oreille. Elle bascula comme une masse sur le côté avec un cri de terreur. Déjà, la seconde se relevait pour fuir, lâchant son verre. Deux projectiles la rattrapèrent en pleine poitrine et dans le ventre, la pliant en deux. Elle tomba, recroquevillée, essayant d'atteindre le bouton de la porte. Miguel s'approcha et, calmement, l'acheva d'une balle en pleine tête. Alors seulement, il croisa le regard de Jesus, le représentant du DGI cubain, chargé de traiter l'affaire des armes pour les Services cubains. Ce dernier était pétrifié, ne comprenant pas la raison de ce double meurtre.

— Mets ces deux connes dans des sacs de plastique, dit Miguel sans plus d'explications, et tire-toi. Je veux qu'on les retrouve demain dans un coin tranquille. Je viens d'apprendre qu'elles avaient de mauvaises fréquentations.

— OK ! fit le Cubain d'une voix étranglée.

Il n'avait plus qu'une idée : filer hors de cette maison de fous. Tout ce qu'on lui avait dit de Miguel Cuevas était en dessous de la vérité.

∴

Gail Hunter avait récupéré mais continuait à gémir. Les coups lui avaient fait mal, mais ne l'avaient pas vraiment abîmée et elle avait un bon entraînement sportif... Faustino, rhabillé, la regardait avec une haine contenue. Elle venait de réaliser que si elle ne parvenait pas à s'enfuir, elle était perdue. Poussant un gémissement plus accentué, elle se prit le ventre à deux mains et roula sur elle-même à travers le lit, jusqu'à ce qu'elle tombe par terre, à côté de Faustino.

— Le salaud, dit-elle, il m'a tuée, mon ventre, mon ventre...

Margarita lui jeta un regard indifférent.

— Crève, salope, fut le seul commentaire du gros Cubain.

Brutalement, les jambes de Gail se détendirent, le fauchant dans un ciseau mortel. Faustino tomba lourdement avec une exclamation de rage. La Noire était déjà debout. Pas question de prendre ses vêtements. Ni de trouver une arme.

Elle se rua sur une fenêtre dominant le parc, l'enjamba et se laissa tomber dans le vide.

La fraîcheur relative et l'air libre lui firent l'effet d'un élixir de jouvence. Elle regarda autour d'elle : les abords de la maison étaient sombres, mais le reste du parc était éclairé comme en plein jour par la ceinture de projecteurs. Elle démarra dans la direction de l'allée menant à la grille. Elle n'avait pas parcouru vingt mètres qu'une ombre noire surgit de l'obscurité avec un grondement féroce. Un des cinq dobermans de Miguel Cuevas.

Gail se retourna, terrifiée. La mâchoire du chien se referma sur son mollet droit et une douleur atroce lui fit perdre l'équilibre. Elle roula sur elle-même avec un hurlement. Donnant un coup de pied pour se débarrasser de l'animal, elle en vit un second qui bondissait vers sa gorge : tant bien que mal, elle se protégea du poignet et sentit ses os craquer. La souffrance lui fit perdre connaissance. D'autres chiens arrivaient.

L'un d'entre eux la mordit profondément à l'épaule, tirant pour arracher le morceau et elle sombra.

*
* *

D'abord, Gail crut qu'elle était morte. Une immense statue la dominait, une femme brandissant une épée. A côté se trouvait quelque chose qui ressemblait à une table d'opération. Puis la douleur se réveilla dans son corps et elle se souvint. On l'avait ligotée étroitement sur un haut fauteuil de bois, dans une pièce tapissée de boiseries sombres. Miguel Cuevas se tenait en face d'elle, rhabillé, l'air sombre. Une cravache à la main. C'est lui qui avait dû l'arracher aux chiens... Elle se mordit les lèvres pour ne pas crier. Le Cubain eut un sale sourire.

— Ils t'ont bien arrangée, hein ? Sans moi, ils te bouffaient. Mais je suis gentil, je vais te donner quelque chose pour te guérir, que tu ne sentes plus rien...

Il fouilla dans un tiroir, en tira une longue seringue et un bocal rempli d'un liquide translucide.

— Cocaïne liquide, annonça-t-il. Tu vas voir, c'est extra...

Il remplit entièrement la seringue. Gail Hunter le regardait, glacée d'horreur. Elle avait suivi des cours à la DEA et s'y connaissait en drogues. Il allait la tuer avec une « overdose ».

— Je suis officier de police, répéta-t-elle. Faites attention à ce que vous faites.

La seringue était prête. Faustino surgit derrière la jeune femme et lui immobilisa le bras gauche. Miguel Cuevas chercha la veine du coude et enfonça l'aiguille en diagonale. Gail Hunter sentit un liquide se mêler à son sang puis une sensation de chaleur. Quelques secondes plus tard, elle eut l'impression que sa tête se vidait de tous ses soucis, qu'une torpeur délicieuse l'envahissait. Elle réalisa que ses blessures ne la faisaient plus souffrir. C'est dans un état comateux qu'elle vit le Cubain s'approcher et enfoncer la grosse aiguille dans sa veine jugulaire, en dessous du menton. L'effet fut foudroyant. C'était du feu liquide, mais un feu froid qui l'anéantissait peu à peu. Elle avait du mal à garder les yeux ouverts mais ne se sentait pas vraiment mal.

La pièce commença à tourner. Son corps n'avait plus de poids, tout était merveilleux. Miguel Cuevas continuait son ballet infernal avec son aiguille. Il la piqua trois fois encore, injectant chaque fois la pleine seringue. A la cinquième, Gail Hunter ne sentait plus rien. Elle était encore vivante, mais pas pour longtemps. La tête sur la poitrine, elle semblait dormir. Miguel Cuevas rangea soigneusement sa seringue et, avec l'aide de Faustino, détacha la jeune femme. Le gros Cubain n'en menait pas large.

— Tu la mets dans le coffre de la Cadillac, fit Miguel et tu t'en débarrasses.

L'autre lui jeta un coup d'œil inquiet.

— J'espère que ces salauds ne l'ont pas suivie.

Miguel haussa les épaules.

— Et alors ? Ils n'ont pas le droit de fouiller ton coffre. D'ailleurs, Jesus est parti sans problème.

L'autre Cubain avait emporté de la même façon les cadavres des deux filles abattues par Cuevas. Faustino n'avait pas le choix. Il regarda le corps encore tiède. Elle finirait de mourir dans son coffre. Il avait envie de vomir. Personne ne pouvait plus rien pour la Noire. Même si on l'avait transportée dans un hôpital immédiatement elle serait morte. Miguel posa la main sur l'épaule de Faustino. Il avait les yeux rouges de s'être shooté, lui aussi, mais gardait son calme, tapotant sa jambe avec son palo qu'il abandonna seulement pour aider Faustino à descendre Gail Hunter au rez-de-chaussée. Ils enveloppèrent la Noire dans une vieille couverture rose et la jetèrent dans le coffre de la Fleetwood qui se referma avec un claquement sec. Miguel Cuevas sembla brusquement abattu. L'effet de la cocaïne se dissipait. Il fallait qu'il s'occupe de Margarita, maintenant silencieuse dans un coin de la chambre.

— Vas-y, fit-il brutalement.

Faustino se glissa au volant de la limousine. Sa montre indiquait trois heures vingt du matin. A ce moment de la nuit, il y avait peu de circulation. Il traversa le parc, poursuivi par les chiens, arriva dans la zone éclairée par les projecteurs à la façon d'un camp de concentration, et appuya sur le boîtier déclenchant l'ouverture de la grille. Son cœur cognait dans sa poitrine quand le long museau de la Cadillac se pointa dans la 64th Street.

Pas un chat ! Il fit pleurer ses pneus dans un virage brutal et fonça vers la droite, puis tourna à gauche et cent mètres plus loin, rejoignit le Freeway 826. Alors, seulement, il commença à respirer. Essayant de chasser la pensée que la femme dans le coffre n'était pas encore morte. Une pensée folle le traversa. Filer au Homicide Squad, raconter tout, essayer de la sauver et les envoyer tuer Miguel Cuevas.

Il chassa ce fantasme. Il était trop mouillé. Les flics ne le protégeraient pas. Il passerait des années en prison et puis... Il avait une crainte superstitieuse de Miguel Cuevas et de sa senteria... La Cadillac tanguait lentement, filant vers le sud.

∴

Les pieds sur la table, Raúl Diaz regardait le téléphone. Pas rasé, les yeux rouges, une boîte de bière à côté de lui, il était totalement muet.

La pendule du bureau indiquait neuf heures dix.

Contrairement à l'habitude, la grande salle du Homicide Squad était silencieuse. Pas de plaisanteries, pas d'injures. Même les machines semblaient taper plus lentement.

Malko, assis en face du capitaine, regardait lui aussi le téléphone. Il décrocha et composa, pour la centième fois, le numéro personnel de Gail Hunter. La sonnerie retentit dans le vide. C'était idiot, elle aurait appelé, elle. Il raccrocha, échangea un regard avec le policier. Celui-ci soupira.

— *Oh ! shit !*

Tous les standards de police de Dade County

étaient avertis. Une voiture banalisée surveillait également le domicile de Margarita Gomez qui n'avait pas reparu non plus. Fragile espoir auquel se raccrochaient Malko et les policiers. Ricochet Rabbit entra dans le bureau, une minuscule tasse de café cubain à la main. Son menton semblait s'être effacé encore plus.

— Si elles ont fait la bringue, dit-il, elles ont dû dormir tard...

Personne ne répondit. C'était une explication possible. Mais plus le temps passait, plus l'espoir diminuait. Plusieurs voitures du Homicide Squad et de la DEA patrouillaient la zone où la Noire avait disparu. Tous les policiers de Dade County avaient le signalement de leur collègue et de la Fairmont jaune. Le téléphone sonna enfin. Raúl Diaz le saisit avec la rapidité d'un cobra, et brancha le haut-parleur. Une voix métallique annonça :

— La Dade County Police Department signale la découverte sur un tas d'ordures au coin de South West Street 100 et 87th Avenue de deux corps de femmes nues, enveloppées dans du plastique. L'une d'elles a été abattue d'une balle dans l'oreille, l'autre de plusieurs projectiles dans la tête et la poitrine...

— La couleur, hurla Diaz. Caucasiennes, Cubaines, Noires ?

Il y eut un brouhaha indistinct à l'autre bout de la ligne, puis la voix un peu surprise précisa :

— Caucasiennes, *Sir*, toutes les deux.

— Une balle dans l'oreille, dit Malko. C'est la méthode Cuevas. Souvenez-vous de Jackie la Bahamienne.

Raúl Diaz était déjà debout.

— Allons-y, fit-il. On nous joindra dans la voiture.

*
* *

Des barrières jaunes isolaient le tas d'ordures. On avait allongé les deux corps sur une bâche verdâtre et un photographe était en train de faire des clichés des deux cadavres. Raúl Diaz, Malko et Ricochet Rabbit s'approchèrent. Les visages des deux filles, jeunes et vulgaires, assez belles, ne leur disaient rien. Le médecin légiste s'approcha.

— Elles ont été tuées il n'y a pas longtemps... Pas plus de sept ou huit heures. Aucun signe d'identification, aucun papier. Les empreintes inconnues.

Raúl Diaz secoua la tête. Tous les jours, à Miami, on trouvait des corps non identifiables tués pour des raisons qu'on ignorait par des inconnus. Il était fasciné par le trou dans l'oreille d'une des filles.

— Qu'on recherche des traces de drogue, fit-il. Et je veux rapidement la balistique. Comparez avec le projectile trouvé dans la tête de Jackie la Bahamienne. Je veux le résultat dans trois heures. Démerdez-vous.

Ils remontèrent dans sa voiture.

— Je n'aime pas ça, avoua le policier. On dirait qu'on a liquidé ces filles pour supprimer des témoins.

Personne ne dit plus rien jusqu'au Homicide Squad. Malko avait la gorge tellement serrée qu'il était obligé d'avaler sans arrêt sa salive.

Soudain la radio de la voiture se mit à couiner. Diaz prit le micro.

— Capitaine Diaz, j'écoute.

— Capitaine, annonça une voix excitée, Miss Gomez vient de rentrer chez elle. Avec un pansement sur le visage. Seule. Qu'est-ce qu'on fait ?

— Ne bougez pas ! aboya Diaz. Mais ne la lâchez pas d'une semelle. Je vous envoie des gens.

Il remit le micro en place et se tourna vers Malko.

— Je vais demander au DA un mandat pour l'arrêter et l'interroger, annonça-t-il.

— Sous quelle inculpation ?

— Complicité de kidnapping. Si Gail Hunter n'a pas donné signe de vie maintenant, c'est qu'elle est retenue contre son gré.

Aucun d'eux ne voulait penser à l'autre hypothèse... La circulation matinale devenait de moins en moins fluide. Ils étaient englués dans les feux rouges de la US 1. Le visage sombre, Diaz mit sa sirène et son gyrophare en route. Malko pensait à Margarita Gomez. Il commençait à connaître les méthodes de Miguel Cuevas. Si le Cubain avait laissé la Dominicaine reparaître, c'est qu'il était absolument sûr d'elle. On n'en tirerait rien. L'accusation de Diaz ne tiendrait pas devant un jury. Même si elle était la seule à connaître le sort de Gail Hunter.

Ils filaient plus vite maintenant. A l'arrière, Ricochet Rabbit se rongeait la lèvre inférieure. Il avait perdu son éternel sourire.

Ce fut à la hauteur de Biscayne Boulevard que la radio crépita de nouveau.

— Appel au capitaine Diaz, fit une voix anonyme. Ici le Marshall Office (1) de Dade County. Des employés du Mercy Hospital ont repéré un fût de cinquante-cinq gallons flottant dans la baie de Biscayne. Il y a deux jambes humaines qui en sortent, et qui semblent appartenir à une personne de race noire.

— *Oh ! my God !* explosa Raul Diaz.

Le Mercy Hospital se trouvait en bordure de South Bay Shore, juste avant le Musée d'histoire naturelle et le pont menant à Biscayne Key. Comme un fou, Diaz appuya sur l'accélérateur et tenta de se faufiler entre deux camions. Furieux, un des deux conducteurs se rabattit avec un hurlement de klaxon. Diaz jura en espagnol. Ricochet Rabbit se baissa, sa main remonta

(1) Le commissariat.

tenant son colt. Il ouvrit sa glace, tendit le bras et sortit son arme. Instantanément le lourd véhicule fit un écart qui leur permit de passer.

Ricochet Rabbit brandit son revolver devant le chauffeur abasourdi. Ils foncèrent, poursuivis par les hurlements vengeurs du klaxon du camion.

Puis, ce fut la pluie. Violente, soudaine, un vrai rideau qui ralentit leur avance. Le capitaine Diaz grimpait sur les trottoirs, remontait les files, forçait les voitures à s'écarter à coups de sirène. Chaque fois qu'un automobiliste mettait de la mauvaise volonté, Ricochet Rabbit brandissait son arme par la portière. Quand ils pénétrèrent dans la cour de l'hôpital, il y avait déjà une demi-douzaine de voitures de police...

Ils traversèrent l'édifice en courant, émergeant sur une plate-forme donnant sur la mer. Un groupe de policiers entourait quelque chose posé par terre. Raúl Diaz fendit la foule et s'arrêta net. A côté d'un vieux fût d'huile noirâtre se trouvait le corps inerte de Gail Hunter. On avait défait les liens qui l'attachaient et ôté la couverture rose dans laquelle on l'avait enveloppée. Reconnaissant le capitaine Diaz, un sergent en civil vint vers lui :

— *Raúl, I am terribly sorry.*

Raúl Diaz regardait le corps de la détective noire, les poings serrés. Les autres policiers ne disaient pas un mot. Malko avait les larmes aux yeux. C'était à cause de lui. Un des policiers s'approcha en compagnie d'un médecin de l'hôpital.

— On ne connaît pas avec certitude la cause de la mort, mais le docteur a relevé sur les bras et la veine jugulaire des traces de piqûres. On dirait une overdose. Elle a également des traces de morsures.

Diaz se retourna, le visage convulsé de rage.

— *Bullshit !* Elle ne se camait pas !

— Ce n'est pas cela, corrigea le médecin. On l'a

droguée, probablement contre sa volonté. L'autopsie dira avec quoi.

Le capitaine du Homicide Squad hocha la tête, jeta un long regard au cadavre allongé à ses pieds et dit à Malko :

— Venez !

Au moment où ils partaient, ils se heurtèrent à Brent Hammock qui arrivait en courant, l'air affolé.

— On m'a dit que...

— Ce salaud l'a tuée, gronda Diaz. Venez. Il faut qu'on se parle.

Malko comprenait sa rage : c'était à cause de son initiative que Gail était morte. Lourde responsabilité...

∴

C'était ce qu'on appelait un « Oh shit meeting ». En moins gai. Brent Hammock dessinait sur son sous-main, Ricochet Rabbit mâchonnait sa lèvre inférieure, Raúl Diaz avait vieilli de dix ans et Malko avait le cœur soulevé de dégoût.

— Il faut boucler Margarita Gomez, répéta Diaz pour la dixième fois. Et la faire parler.

Brent Hammock secoua la tête.

— Comment ? En lui arrachant les ongles ? Vous savez bien que dans les dix minutes, vous aurez le meilleur avocat de la ville au cul... Et qu'est-ce que vous allez dire au DA ? Qu'elle est complice de meurtre parce qu'elle a emmené une copine dans une surprise-partie ? Elle vous dira qu'elle est partie avant, qu'elle ne sait rien.

— Elle sera obligée de dire où ça se passait.

— Donnera une adresse bidon. Vous pensez que si Miguel Cuevas prend le risque de la lâcher dans la nature, elle est ferrée à glace. Il s'attend à ce que nous lui sautions dessus.

Les yeux de Raúl Diaz jetaient des éclairs. Il frappa du plat de la main sur son bureau, faisant sauter un chargeur de Beretta.

— Alors ce salaud va nous narguer après avoir assassiné Gail ?

— Il n'y a qu'à lui monter une arnaque, proposa Ricochet Rabbit. On attend qu'elle soit sortie de chez elle et on glisse trois livres de coke dans son appartement. Ensuite, il n'y a plus qu'à les découvrir. Là, c'est une accusation de dix ans... Ça pourrait l'amener à faire un deal avec nous...

Malko vit que Raúl Diaz hésitait. Le policier était tellement horrifié par l'assassinat de la détective qu'il était prêt à tout. Mais Brent Hammock intervint fermement :

— Je n'accepte pas. Si nous commençons à employer ce genre de procédés, un jour cela se saura et le DA ne nous croira plus jamais quand on dira avoir découvert une valise de cocaïne chez un trafiquant... Non, il faut trouver autre chose.

— Laissez-moi lui mettre une lampe dans la gueule pendant vingt-quatre heures, insista Diaz. Elle craquera.

— Pas évident, dit Malko. A partir de maintenant, elle va dormir avec un avocat sous son lit... Je pense qu'avant de l'interroger officiellement, il faudrait lui faire une offre. Officieusement. Je peux le faire. Comme, de plus, Miguel Cuevas me hait, cela risque de le pousser à commettre une erreur.

Raúl Diaz eut un sourire amer :

— Ça risque de faire un cadavre de plus, le vôtre...

— Je me demande s'il n'y a pas un lien entre le *Mutiny* et Miguel Cuevas, dit soudain Malko. Pour qu'il y ait casé son amie... Il faudrait vérifier.

Brent Hammock se leva et sortit discrètement au moment où un policier apportait une enveloppe à Raúl Diaz. Le policier l'ouvrit, en parcourut le contenu, puis leva la tête.

— Ce sont les résultats de la balistique pour les deux filles de ce matin, annonça-t-il. Elles ont été tuées avec la même arme que Jackie la Bahamienne... Donc, ce salaud s'est débarrassé des témoins. Elles devaient être avec Gail.

— Il y a peut-être une piste de ce côté, suggéra Malko. Il faut savoir comment elles se sont retrouvées en sa compagnie.

Brent Hammock rentra dans la pièce et se racla la gorge.

— *Gentlemen*, dit-il. Je viens de parler à Langley. Le Deputy Director des opérations avait lui-même sur une autre ligne Mr Bush, le vice-président.

Il marqua un temps de silence avant de continuer :

— Mr Bush insiste pour qu'on ne fasse rien qui puisse compromettre le résultat final de l'opération Swordfish.

Un ange passa, drapé dans la bannière étoilée. C'était rageant de penser que Miguel Cuevas se trouvait à Miami, peut-être à quelques miles d'eux, les narguant jusqu'à tuer une détective et des témoins gênants. Protégé par la terreur qu'il inspirait et sa cruauté sans limites. Il y eut un bruit sec. Le capitaine Diaz venait de casser, de rage, le crayon qu'il avait à la main.

CHAPITRE XIV

— On voit que ce n'est pas la femme de Bush qui s'est fait flinguer, remarqua amèrement Raúl Diaz.

— *Gentlemen*, coupa Brent Hammock, ceci est une affaire menée par la CIA et le vice-président des Etats-Unis. Nous devons en tenir compte. Je comprends la colère du capitaine Diaz. Arrêter Miss Gomez lui ferait plaisir, mais ne mènerait à rien, je le crains. Peu à peu, nous nous rapprochons de Miguel Cuevas. Il va finir par commettre une erreur fatale. Il faut qu'il la fasse très vite.

Une secrétaire entra, apportant un mince dossier qu'elle déposa sur la table de Raúl Diaz. Ce dernier l'ouvrit et leva les yeux :

— Tiens, remarqua-t-il, les deux filles assassinées avaient l'habitude de fréquenter *La Carretera*... Elles y draguaient presque tous les soirs.

Ricochet Rabbit sauta sur ses pieds.

— J'y vais !

— Je viens avec vous, dit Malko.

Ils quittèrent la réunion et gagnèrent la Buick rouge Budget. Ricochet Rabbit se faufila dans la circulation intense en direction de Little Havana.

— Raul est fou furieux ! dit-il. Il avait eu une aventure avec Gail et il se sent responsable de cette histoire. Vous avez vu, les morsures ? Ce salaud de

Cuevas l'a donnée à bouffer à des chiens. Je peux vous dire qu'il n'y a pas un flic à Miami désormais qui n'est pas concerné par Miguel Cuevas.

La Carretera était déserte, à part les garçons et le personnel. Le policier se dirigea droit sur la grosse caissière et lui colla sa plaque de police sous le nez, en montrant toutes ses dents de lapin.

— Sergent Garcia de la DEA, annonça-t-il. J'enquête sur le meurtre d'une détective de chez nous. Alors, vous avez intérêt à ne pas me servir les salades habituelles, sinon, je fais fermer votre bouffe-merde.

Devant ce langage énergique, la caissière parut se ratatiner.

— Qu'est-ce que vous voulez savoir ? bredouilla la grosse femme. Moi, je ne suis pas responsable des gens qui viennent ici.

Il lui mit les deux photos des filles assassinées sous le nez.

— Si vous me dites que vous ne les connaissez pas, je vous fous au trou aussi sec. Quand les avez-vous vues pour la dernière fois ?

La caissière avala difficilement sa salive, et dit dans un souffle :

— Hier soir...

— Avec qui ?

— Elles sont arrivées seules. Un gars au comptoir les a draguées et après plusieurs verres, elles sont reparties avec lui.

— Qui ? firent Malko et Ricochet Rabbit d'une seule voix.

— Je ne sais pas. Un Cubain, pour sûr, un gros type avec du bide. J'ai pas vu sa voiture..., compléta-t-elle, devançant la question du policier.

— Ça leur arrivait souvent de se faire draguer ?

— Sûr, fit-elle d'un air entendu. Elles venaient ici pour ça.

Ce n'était pas Miguel Cuevas... Ricochet Rabbit rengaina ses photos. Ils allaient partir quand Malko demanda :

— Vous connaissez une certaine Margarita Gomez ?

La grosse femme lui jeta un regard ironique.

— Il doit y en avoir quelques centaines de ce nom-là dans le coin.

Malko sortit de sa poche une photo de Margarita Gomez prise dans le dossier et la montra à la caissière. Cette dernière hésita, mais devant le regard menaçant de Ricochet Rabbit, finit par lâcher :

— Ouais, elle a travaillé ici, comme serveuse. Je ne sais pas ce qu'elle est devenue. Avec sa gueule, elle doit faire la pute.

— Quand elle était ici, elle ne voyait pas Miguel Cuevas ? demanda Malko.

La Cubaine lui jeta un regard mort.

— Je ne connais personne de ce nom, *Señor*. Je ne me souviens pas de qui elle voyait. Moi, je fais mes comptes, le soir. J'ai déjà assez de boulot avec les fausses cartes, les chèques bidons et les billets déchirés. Tous des crapules...

— Fallait rester à Cuba, grommela Ricochet Rabbit, avant de partir.

Dans la rue, ils se regardèrent.

— Bizarre, remarqua Malko, tout tourne autour de ce restaurant, comme si Miguel Cuevas y était chez lui. Les deux filles y venaient et Margarita y a travaillé. En plus, il y vient régulièrement. Il faudrait savoir à qui il appartient réellement.

— *No sweat !* (1) fit Ricochet Rabbit. Suivez-moi, on va au Civic Center.

∴

(1) Pas de problème !

L'employé du Registration Office plongea dans ses fiches et ramena une épaisse liasse de documents.

— Voilà, dit-il. Le restaurant appartient à une compagnie qui s'appelle Nova Horticultural Research Corporation. Enregistrée à Dade County.

Il leur tendit la liste des actionnaires. Malko la parcourut. Sur les cinq, trois possédaient des parts minoritaires, totalisant vingt-trois pour cent. Un possédait quinze pour cent et le dernier soixante-deux, achetés pour cinq cent quatre-vingt-cinq mille dollars. Celui-ci n'était pas une personne physique mais une compagnie formée aux Indes néerlandaises, à Curaçao. Richard Daxx Investment...

Le possesseur des quinze pour cent s'appelait Alfonso Carino ! Le sentero lié à Miguel Cuevas.

Ricochet Rabbit avait vu le nom lui aussi. Il jura à mi-voix :

— *Shit*, nous n'avions jamais pensé à vérifier ça. Je croyais que les gens qu'on connaissait étaient les propriétaires. C'est eux qui ont fondé la boîte. Ils ont dû vendre en sous-main.

— Il n'y a pas moyen de savoir qui est Richard Daxx ? demanda Malko à l'employé.

Celui-ci eut un sourire triste.

— Non, *Sir*. A moins d'aller à Curaçao. Et encore, les banques ne sont pas bavardes, là-bas. Ça peut être n'importe qui.

Malko était un peu déçu. Il avait espéré trouver par ce biais l'adresse de Miguel Cuevas. A défaut, il avait acquis la certitude que le « cocaine cowboy » avait partie liée avec le restaurant. Donc, Alfonso Carino, le sentero était bien son complice. Cependant, malgré ces progrès, la cuirasse de Miguel Cuevas était intacte. Tout ce qu'on savait de plus, c'est qu'il possédait une maison vraisemblablement dans South West Miami.

Les deux personnes qui connaissaient sûrement son adresse étaient des tombes : le *sentero* et Margarita Gomez.

Ils reprirent la direction du Homicide Squad.

***

Le capitaine Diaz trônait tristement au milieu de ses diplômes, broyant du noir. Il écouta avec intérêt le récit de Malko, et sursauta en apprenant l'histoire des actions de *La Carretera*.

— Attendez ! fit Diaz, je connais un peu un des propriétaires, Franco Zenon. Jusqu'ici, il est toujours resté muet comme une carpe sur Cuevas, à cause de la trouille qu'il lui inspire. Maintenant, c'est différent, avec Gail. Je vais essayer de lui faire encore plus peur que Cuevas.

Il décrocha son téléphone et enclencha le haut-parleur. Après plusieurs appels, il finit par mettre la main sur celui qu'il cherchait.

— Franco, dit-il, c'est Diaz, j'ai besoin de te parler. Où es-tu ?

— Chez une copine, dit le gars. Pourquoi ?

— A propos de tes associés. C'est important. Une détective de chez nous a été tuée et tu pourrais nous aider.

Il y eut un silence au bout du fil. Malko et Ricochet Rabbit avaient l'oreille tendue. Ils sentirent la réticence de l'interlocuteur de Diaz.

— Je n'aime pas beaucoup parler à des gens comme toi, dit enfin le restaurateur. Je n'aime pas les ennuis. Nous vivons dans une ville de dingues.

— On peut se voir discrètement..., suggéra Diaz.

— Non, non, ce serait pire. Viens au restaurant ce soir vers huit heures, comme si tu passais par hasard boire un verre. Je serai là.

*
* *

Raúl Diaz posa une main sur l'épaule de Malko et annonça à haute voix à Franco Zenon, un Cubain empâté à la moustache style Zapata :

— C'est un ami de l'étranger. Il veut goûter la bonne cuisine cubaine.

Ils s'attablèrent au comptoir de *La Carretera* devant les éternels daïquiris. Malko commanda un Perrier. La boisson « in » aux USA. Le restaurant était bondé en ce dimanche soir. Raúl Diaz se pencha vers Zenon :

— Il paraît que tu as vendu ton affaire ? A une société qui s'appelle Richard Daxx. Qui la représente ?

Le restaurateur baissa les yeux, fixant le plancher avec un intérêt injustifié.

— Je ne sais pas, c'est mon avocat qui s'en occupe...

Il mentait si visiblement que Raúl Diaz posa son talon sur la pointe d'un de ses mocassins et commença à appuyer progressivement. Franco Zenon eut une grimace de douleur. Raúl Diaz lui souffla dans l'oreille :

— Une fille de chez nous a été massacrée. Alors, tu vas m'aider. Il ressemble à quoi ton type ?

Le restaurateur n'eut pas le temps de répondre. Une serveuse noiraude s'approcha et lui glissa :

— Quelqu'un veut vous parler dehors.

Franco Zenon se détacha du comptoir avec un sourire d'excuse et sortit. Trente secondes plus tard, une forte détonation venant de l'extérieur fit trembler les vitres de *La Carretera*. Raúl Diaz se retourna, tirant son arme de sa ceinture. Ricochet Rabbit fonçait déjà vers la porte avec Malko. Le temps qu'ils l'atteignent un autre coup de feu claquait.

Ils aperçurent un homme qui montait dans une Cadillac claire et une silhouette allongée par terre. Ils se précipitèrent. C'était Franco Zenon. Il avait reçu une décharge de chevrotines dans le cou et une autre dans le dos. S'il n'était pas mort, c'était une question de secondes... Son sang ruisselait de partout. Raúl Diaz les rejoignit, arme au poing. La voiture se noyait déjà dans le trafic de la 8th Street. Impossible de tirer dessus sans toucher d'autres véhicules.

Malko se rua vers la Buick rouge et sauta au volant, tandis que Ricochet Rabbit s'installait à côté de lui. La voiture qui avait servi à l'attentat était déjà perdue dans la circulation et la Buick n'avait ni sirène, ni gyrophare. Klaxonnant comme un fou, Malko partit dans la 8th Street vers l'est, doublant toutes les voitures sur la file de gauche.

Jusqu'à un feu, à la hauteur de la 19th Avenue où le conducteur d'une fourgonnette se mit carrément devant eux. Malko pouvait apercevoir trois voitures le séparant de celle qu'ils poursuivaient. Une Cadillac Fleetwood gris clair. Elle démarra, dévoilant la plaque d'immatriculation. C'était le numéro relevé par le policier de Palm Island ! La voiture de Miguel Cuevas. Impossible de voir qui se trouvait au volant.

— *God damn it !* hurla Ricochet Rabbit.

Le fourgon, délibérément, démarra très lentement. Le policier plongea la main dans son holster de cheville et brandit son Cobra. Une détonation sèche et le rétroviseur du fourgon vola en éclats.

Aussitôt, son conducteur fit un violent écart et ils purent enfin passer. Hélas ! la Cadillac grise était déjà loin, au feu suivant, et la circulation toujours intense. Ricochet Rabbit, penché hors de la portière, brandissait son arme pour écarter ceux qui roulaient trop lentement. Il tira un coup en l'air afin d'attirer l'attention d'un semi-remorque.

Ce dernier se rangea avec un coup de klaxon furieux, mais quand ils arrivèrent au feu, la Cadillac avait disparu. Ils doublèrent des dizaines de voitures jusqu'à l'entrée du Freeway 95, puis rebroussèrent chemin. Une fois de plus, Miguel Cuevas avait été le plus fort.

Ils trouvèrent le capitaine Diaz entouré de policiers et de badauds, en face de *La Carretera*.

Un riot-gun à canon scié, à la crosse raccourcie, était abandonné par terre...

— Et voilà ! fit Diaz amèrement. Un de plus qui a dû téléphoner au bon Miguelito pour l'assurer de son indéfectible amitié. L'autre lui a aussitôt renvoyé l'ascenseur.

∴

Miguel Cuevas, les yeux rouges, les mains tremblantes guettait les écrans de télévision. Enfin, il vit la Cadillac avec Faustino au volant franchir la grille. Il la suivit tout le parcours, afin d'être certain que le gros homme était seul. Quand il l'eut vu descendre de voiture, il s'avança, drapé dans une robe de chambre.

— Alors ?

— C'est fait, dit Faustino. Mais ces salauds m'ont poursuivi. J'ai failli y rester.

Il avait les traits creusés. Il fila au bar et se versa un J and B sans eau qu'il avala d'un trait avant de se laisser tomber sur un canapé et de pointer un doigt boudiné vers Miguel.

— Cette fois, dit-il, ça a été de justesse ! Ce putain de flic avec le type blond de Jackie était déjà là, en train de le cuisiner... J'ai dû prendre un sacré risque.

— De toute façon, Franco ne savait pas où je vis..., fit Miguel. Il m'a prévenu par quelqu'un que j'appelle régulièrement.

L'autre le regarda, abasourdi :

— Mais alors, pourquoi tu l'as ?...

Miguel eut un sourire fou.

— Pour que tout le monde sache à Miami que si on l'ouvre sur moi, on est mort... Où est Alfonso ?

Faustino eut un geste évasif signifiant qu'il s'en foutait. Puis il secoua la tête.

— Miguelito, dit-il, tu joues avec le feu. Ils se rapprochent. Tu n'aurais pas dû tuer cette fille ! Maintenant, ils sont déchaînés. Il faut se tirer pour quelque temps, ils vont finir par nous retrouver. Et alors...

Miguel Cuevas le prit par les épaules et le secoua comme un prunier.

— On ne *peut* pas partir ! On ne va pas laisser cinquante millions de dollars sur la table !

Il avait hurlé et Faustino recula, effrayé.

— Et si nous sommes morts ?

Le regard de Miguel Cuevas flamboya.

— On sera vivants. Alfonso fait tout ce qu'il faut pour ça. Il nous a protégés jusqu'ici, non ?

— *Si*, dut admettre de mauvaise grâce son complice.

— Bon, dit Miguel, calmé, j'ai autre chose pour toi. J'ai pris rendez-vous avec le gars qui nous achète la came. Il va te montrer l'argent. Tout est dans trois coffres à la Chase Manhattan Bank. Juste pour être sûr qu'il est bien là. Dans dix jours, nous serons à Cayman Island et on ne reviendra pas ici de si tôt.

Il prit un peu de cocaïne dans le bocal de pharmacien et la sniffa, puis le tendit à Faustino.

— On emmènera Margarita, fit-il, il ne faut pas la laisser derrière nous.

C'était la seule qui trouvait grâce à ses yeux, parce qu'elle ne le contrariait jamais, qu'elle lui amenait des filles et était capable de le caresser pendant des heures lorsque la cocaïne l'empêchait d'avoir une érection. Une fois, Faustino avait vu Miguel tuer une fille qui s'était moquée de lui à ce sujet. Il avait fini par la violer avec une bouteille et elle avait succombé plus tard à une péritonite. Miguel était l'homme le plus dangereux qu'il ait jamais rencontré. Avec son intelligence, sa cruauté et sa chance, c'était un mélange détonant. Parfois, il se demandait ce qu'il cherchait réellement.

***

Encore un « Oh shit meeting ». La pression montait dans la police de Dade County. Le *Miami Herald* faisait sa Une sur le meurtre de Gail Hunter, avec une superbe photo d'elle. Un détective était allé interroger Margarita Gomez. Celle-ci avait déclaré que finalement, Gail Hunter avait changé d'avis et qu'elle l'avait déposée en ville. Elle avait donné comme adresse pour la partie un appartement non occupé. Comme prévu. On la sentait en acier. Ce n'était pas pour rien que Miguel l'avait laissée affronter la police. Il pouvait être sûr d'elle.

Ils tournaient en rond, ce qui rendait Malko fou.

— Je vais faire ce que j'ai dit, annonça-t-il. Attaquer Margarita Gomez. J'en sais assez pour lui faire peur avec ce que nous avons appris à *La Carretera*. C'est elle ou Alfonso Carino. L'infirme ne parlera pas. Il est trop mouillé. A la rigueur, je pourrais peut-être lui faire peur, la décider.

Raúl Diaz n'avait pas l'air d'y croire.

— Faites ce que vous voulez. Mais si l'autre l'a laissée tranquille, c'est qu'il est sûr d'elle. Ricochet Rabbit veillera sur vous. Moi, je ne me reposerai pas tant que je n'aurai pas ce salaud mort devant moi. Ramenez-moi sa tête et je serai le plus heureux des hommes.

Malko prit la direction de Coral Gables. Ricochet

Rabbit avait perdu toute sa joie de vivre et mâchonnait une allumette en se grattant nerveusement.

Ils garèrent la voiture devant le *Mutiny Club* et Malko y pénétra tout seul, laissant le policier en faction. L'animation était toujours aussi intense. Il se mit au bar et attendit, après avoir commandé une vodka sur de la glace pilée. Il se sentait étrangement calme. Pourtant, il allait défier le tigre dans sa tanière.

Dix minutes plus tard, Margarita Gomez apparut. Elle avait encore les lèvres légèrement enflées, mais cela ne se voyait pas trop. Il lui sembla que son regard était moins assuré, que son sourire avait quelque chose de figé. Elle déposa un plateau à une table voisine et passa devant lui. Il l'appela aussitôt :

— Margarita !

Elle se retourna avec un sourire de commande :

— *Yes, Sir ?*

C'était courant que les bons clients l'appellent par son prénom et elle ne les connaissait pas tous. Malko descendit de son tabouret et vint vers elle :

— Je voudrais vous parler.

— Je n'ai pas beaucoup de temps, dit-elle, il y a du travail maintenant. A la fin de la soirée, nous pourrons prendre un verre.

— Maintenant, fit Malko. Je n'en ai pas pour longtemps.

Il la prit par le bras et l'amena en face de la baie vitrée donnant sur le parking. La Buick rouge était bien en vue.

— Margarita, dit-il. Si vous n'acceptez pas de me parler maintenant, dans cinq minutes vous serez dans cette voiture qui est conduite par un policier. Avec une inculpation de complicité de meurtre sur la personne d'une détective du Homicide Squad, Gail Hunter, que vous avez emmenée à une partie avant-hier soir.

— Vous êtes fou, dit-elle, je ne comprends rien à ce que vous dites... On m'a déjà interrogée. J'ai dit ce qu'il en était.

Malko resserra sa pression sur son bras.

— Je sais beaucoup de choses sur vous, dit-il, depuis le temps où vous étiez serveuse à *La Carretera*... Là où Miguel Cuevas vous a remarquée. Alors, vous feriez mieux de collaborer...

Il sentit les muscles de la Dominicaine trembler contre lui. Après quelques instants de silence, elle demanda à voix basse :

— Que voulez-vous savoir ?

CHAPITRE XV

— Une seule chose, dit Malko. Où se trouve Miguel Cuevas ?

Margarita Gomez lui fit face. On ne pouvait rien lire dans ses yeux noirs. Ses lèvres étaient enflées, crevassées et tout le bas de son visage déformé par un œdème. Un épais maquillage dissimulait des hématomes.

— Qui est Miguel Cuevas ?

Malko la forçait à pivoter de façon à pouvoir plonger le regard de ses yeux dorés dans les siens. Autour d'eux, le brouhaha du *Mutiny Club* continuait, des gens bavardaient, sans se douter du drame qui se déroulait.

— L'homme qui a assassiné Gail Hunter, scanda Malko. Votre amant, quel que soit le nom sous lequel vous le connaissez. Un des plus grands trafiquants de cocaïne de ce pays. Je vous le répète : il vous reste une dernière chance de vous en sortir. Si vous nous aidez à l'arrêter, la police ne vous inquiétera pas pour le meurtre de Gail Hunter. Sinon, vous passerez vos meilleures années dans une cellule. Nous savons que vous l'avez emmenée chez Miguel Cuevas. Il y avait également deux autres filles qui ont été assassinées par lui, comme Jackie la Bahamienne. Les tests balistiques l'ont prouvé.

Margarita Gomez demeurait silencieuse comme si elle n'entendait pas Malko. Des larmes perlèrent à ses yeux, et elle leva un regard affolé sur lui.

— Vous ne comprenez pas ! murmura-t-elle. Je l'aime et il me fait peur. Vous ne l'attraperez jamais. Il a un sixième sens comme les animaux et puis, il est protégé par de la magie noire...

— Voyons, fit Malko, nous sommes au XXe siècle, à Miami, pas dans les Karpates chez le comte Dracula. Si vous me donnez maintenant l'adresse de Miguel Cuevas, dans une heure sa maison sera cernée par cinquante policiers et il ne sortira pas avec un balai volant...

— Laissez-moi réfléchir, demanda la jeune femme, maintenant je dois travailler. Je ne me sauverai pas. Je vous revois tout à l'heure. Vous savez, c'est un dilemme épouvantable pour moi.

— Bien, accepta Malko, j'attends ici. Je ne repartirai pas sans vous.

Elle s'éloigna sans répondre. Malko revint au bar, recommanda une vodka. Il avait quand même avancé. Pour la première fois, quelqu'un reconnaissait avoir un lien avec Miguel Cuevas. Si elle se décidait, Margarita Gomez pouvait le conduire au Cubain. Il la regarda évoluer, souriante, en apparence détendue ; puis elle disparut vers les cuisines.

Dans la Buick garée devant le *Mutiny Club*, Ricochet Rabbit fumait nerveusement. Malko, à mesure que les minutes passaient, sentait son optimisme s'effriter. Avec un bon avocat, Margarita Gomez sortirait de prison. Il n'y avait aucun témoin direct. Miguel Cuevas avait assez d'argent pour payer n'importe quelle caution. Il y avait une chance sur dix que son bluff marche. Il alla téléphoner au Homicide Squad. Le capitaine Diaz était absent, mais June Richmond lui répondit. Inquiète, elle proposa spontanément de venir en renfort, lui communiquant aussi les résultats de l'autopsie. Gail Hunter était bien morte d'une absorption massive par intraveineuse de cocaïne liquide.

En cinq piqûres différentes. Les morsures qu'elle portait au corps n'étaient pas mortelles. Elles avaient été causées par des chiens.

Margarita Gomez continuait à évoluer dans la salle. Le temps passait lentement. Malko se donna encore dix minutes. Une demi-heure s'était déjà écoulée.

C'est elle qui vint vers lui, le visage grave.

— J'ai pris ma décision, dit-elle. Je vous accompagne. Je vais me changer. Pouvez-vous m'attendre dans la voiture pour que les gens ici ne se doutent de rien. Je ne serai pas longue...

Elle disparut aussitôt dans les vestiaires, laissant Malko déconcerté et déçu. Margarita refusait la transaction et acceptait d'être arrêtée. Comme le capitaine Diaz l'avait prévu.

Malko paya et sortit, rejoignant Ricochet Rabbit qu'il mit au courant.

— On ne sait pas, fit le policier. Peut-être qu'elle s'effondrera...

Ils attendirent, surveillant l'entrée du restaurant. Margarita Gomez en émergea quelques instants plus tard, se dirigeant vers le parking. Malko crut d'abord qu'elle allait chercher quelque chose dans sa voiture. Puis elle se mit brusquement à courir, à une vitesse incroyable, en direction de la marina où étaient ancrés des dizaines de voiliers et de cabin-cruisers. Margarita semblait voler au-dessus du sol. Malko se lança à sa poursuite, et, tout en courant, sortit son pistolet et hurla :

— Margarita ! Arrêtez ou je tire !

Elle ne se retourna même pas, ne ralentit pas. Au contraire, elle s'engagea sur l'appontement de bois où venaient s'ancrer les bateaux de plaisance. Ricochet Rabbit, distancé, n'était d'aucun secours.

Malko redoubla d'efforts. Margarita Gomez courait maintenant sur l'appontement désert. Sûrement pour rejoindre un bateau.

Effectivement, au bout du quai, elle s'élança dans le vide, comme si elle se jetait à la mer.

A son tour, Malko avait atteint les planches de l'appontement. Le ronflement sourd d'un puissant moteur frappa ses oreilles. Il ne vit l'engin qu'à la dernière seconde, tant il était bas sur l'eau. Un Magnum de vingt-six pieds, bleu nuit, long et fin, avec une interminable étrave. Margarita était debout derrière le volant.

Malko leva son pistolet et hurla :

— Margarita ! Remontez !

Au même moment, les planches de l'appontement grincèrent derrière lui. Quelqu'un dissimulé dans un des bateaux à l'ancre venait de sauter dessus. Malko n'eut pas le temps de se retourner. Le double canon d'un shot-gun heurta son dos et une voix râpeuse ordonna :

— Montez vite ! Sinon, je vous tue.

Margarita était en train de se glisser aux commandes du Magnum. Elle se retourna et cria :

— Tue-le, Faustino.

Sa voix haineuse fit froid dans le dos à Malko. Ricochet Rabbit était encore à cent mètres. Il arriverait pour trouver son cadavre. La vision du restaurateur assassiné passa devant ses yeux. Il jeta son pistolet dans le Magnum et d'un bond sauta sur la plage arrière. Le gros homme l'imita aussitôt et le cueillit au vol d'un coup de crosse sur la tempe qui l'assomma net. Il perdit connaissance au moment où le Magnum démarrait dans un hurlement de compresseur, faisant valser les petits voiliers à l'ancre.

∴

Le ronflement des moteurs retentissait douloureusement dans les tympans de Malko. Il voulut bouger, mais réalisa aussitôt qu'il avait les mains liées derrière le dos et les chevilles entravées. Il ouvrit les yeux. On l'avait allongé sur les coussins de plastique blanc des sièges arrière. Le gros homme qui l'avait assommé était aux commandes. Margarita Gomez à côté de lui, les cheveux au vent, le dos tourné à l'avant, braquait le shot-gun sur Malko. Le bruit était assourdissant et le Magnum devait filer à plus de cent kilomètres à l'heure, sur une mer d'huile. Malko essaya de savoir où ils allaient. D'après le soleil, sur leur gauche, c'était vers le nord. La vue lui était cachée par le plat-bord. De temps à autre, une vague l'éclaboussait. Il était fou de rage.

D'abord, il s'était fait avoir par Margarita Gomez et, ensuite, Miguel Cuevas avait retourné la situation une fois de plus. S'il n'avait pas tué Malko tout de suite, c'est qu'il voulait un otage.

Margarita Gomez se rapprocha de lui, avec un vilain sourire, l'arme braquée sur sa tête, et cria, pour dominer le bruit :

— Vous vouliez rencontrer Miguel ? Vous allez le voir...

Le Magnum fendait l'Atlantique à une vitesse affolante, dans une gerbe d'écume, dressé sur ses hélices, tout l'avant hors de l'eau. Malko se demanda ce que pouvaient faire ses amis. Un bateau aussi plat et aussi rapide échappait aux radars et aux patrouilleurs.

D'après l'absence de vagues, ils ne devaient pas se trouver loin de la côte de Floride, au nord de Miami.

Malko essaya de ne pas penser à ce qui l'attendait.

Une heure plus tard environ, l'étrave retomba progressivement dans l'eau et le ronflement des moteurs diminua. Margarita prit une grande bâche sur le cockpit et la jeta sur Malko. Peu à peu, le Magnum avait réduit sa vitesse à quelques nœuds. Ses moteurs murmuraient. Ils se trouvaient dans un port. Il y eut un choc sourd contre la coque, des bruits de pas, le Magnum tangua et le silence se fit. Malko entendait tous les bruits d'un appontage. Puis, la bâche qui le dissimulait fut arrachée. Il aperçut d'abord une forêt de mâts oscillant dans le vent, puis la silhouette d'un homme souriant, avec un collier de barbe, des lunettes noires, un blouson élégant, debout à côté de lui.

— Alors, Mr DEA, dit-il en anglais, d'une voix rocailleuse, Margarita a dit que vous me cherchiez. Vous m'avez trouvé ! Il éclata de rire. Vous êtes content ?

Faustino redressa Malko sur la banquette, puis le fit basculer sur ses épaules et se hissa sur l'appontement. Au passage, ce dernier aperçut une plage déserte, un hangar en bois et le coffre d'une Cadillac grand ouvert, dans lequel on le jeta. Le coffre se referma et il se retrouva dans le noir.

Des appontements comme celui-ci, il y en avait des centaines en Floride.

Le véhicule démarra presque aussitôt, cahota quelques minutes avant de prendre de la vitesse. Il y eut encore quelques ralentissements, puis la vitesse se stabilisa. Ils étaient sur un freeway. Une chose était certaine, Miguel Cuevas voulait Malko vivant. Pour le moment.

*
* *

— Bienvenue chez moi, Mr DEA, dit Miguel Cuevas d'une voix ironique.

Malko l'examina. Il avait des yeux de myope, à l'expression un peu floue, striés de rouge, une allure athlétique. Un beau Sud-Américain. Sa chemise brodée était ouverte jusqu'au ventre, découvrant la poitrine avec une grosse chaîne d'or, où pendaient différentes breloques.

Le regard de Malko se porta sur la pièce. Des boiseries sombres, une immense statue de deux mètres de haut, représentant une femme brandissant une épée. En face de lui, se trouvait une table longue et étroite, en acier. La chaise sur laquelle on l'avait attaché était massive, Haute Epoque espagnole. Faustino, le gros Cubain, l'avait ficelé avec de la corde à piano, comme un saucisson. Lorsqu'on l'avait extrait du coffre de la voiture, il avait eu le temps d'apercevoir un superbe parc tropical. Il se trouvait sans aucun doute dans la retraite secrète de Miguel Cuevas, là où avait été assassinée Gail Hunter.

Le Cubain l'observait avec un sourire malin.

— Mr Cuevas, dit Malko, toute la Floride est à vos trousses. Ils finiront par vous trouver.

Miguel Cuevas éclata d'un rire joyeux.

— Cela fait sept ans qu'ils me cherchent, fit-il. Dans quelques jours, je serai loin de la Floride, en sûreté. Avec beaucoup d'argent.

— Vous avez fait un accord avec les Services cubains, dit Malko. Ce sont des gens dangereux. Vous n'avez pas seulement la DEA à vos trousses, mais la CIA. Ils vous auront.

Miguel fronça les sourcils.

— La CIA ? Vous êtes de la CIA ? C'est drôle, mais je m'en fous.

Il se rapprocha, posa la pointe de sa botte sur la chaise et ajouta :

— Tout à l'heure, je vais téléphoner à vos amis de cesser les recherches, et dire que je vous garde vivant tant que je reste en Floride. Que je vous relâcherai ensuite...

Malko écoutait, impassible ; c'était bien ce qu'il avait pensé. Miguel Cuevas se pencha et lui dit d'une voix confidentielle :

— Ça va les calmer, mais ce n'est pas vrai. Lorsque vous êtes allé voir mon ami Alfonso Carino, vous avez découvert dans son jardin un bouc enterré vivant, n'est-ce pas ? Eh bien ! il est mort depuis... Vous allez donc mourir aussi, comme le bouc. Alfonso a communiqué avec Shango, qui nous protège. Il pense qu'il appréciera cette offrande. Les dieux aiment que l'on manifeste sa piété. Faustino va creuser le trou où nous vous installerons après la cérémonie.

Il avait vraiment un regard de fou... Le gros Cubain, qui était entré dans la pièce et écoutait silencieusement, entreprit de détacher Malko de sa chaise et le chargea sur son épaule laissant ses poignets et ses chevilles entravés. Ils traversèrent un bout de parc pour arriver à un petit bâtiment qui ressemblait à un poulailler et où régnait une odeur effroyable. Le gros Cubain jeta Malko sur le sol, à côté d'un bouc, qui se leva précipitamment, et de plusieurs poulets noirs, puis s'en alla après avoir verrouillé la porte.

Malko demeura dans le noir, reprenant ses esprits. C'était dingue ! Un sacrifice humain en plein Miami, en 1982. Il était sûr que Miguel Cuevas avait parlé sérieusement et que son *sentero* lui avait bien conseillé de tuer Malko de cette façon horrible. Il se souvenait du regard de haine de Carino lorsqu'il avait découvert le bouc en train d'agoniser. Maintenant, il tenait sa vengeance.

∴

— Vous êtes tous de foutus incapables !

La voix du capitaine Diaz faisait trembler les vitres du bureau. Ricochet Rabbit baissait la hête. Raúl Diaz était déchaîné, violet de rage. Dans un coin du bureau, Brent Hammock se faisait tout petit... Deux autres membres de la DEA assistaient à la réunion, et le télex relié avec Langley n'arrêtait pas de crépiter. Cette fois, c'était la méga-crise. Prévenu, le vice-président des Etats-Unis avait demandé à toutes les agences fédérales fe faire l'impossible pour retrouver Malko. Une *Task force* avait été réunie, comportant la DEA, le Homicide Squad, le FBI, le Marshall de Dade County et la Metro-Police de Miami, afin de recouper toutes les informations. Pour l'instant, le résultat était maigre...

La fouille de l'appartement de Margarita Gomez n'avait rien donné, pas plus que l'interrogatoire de ses collègues. Aucune trace du bateau qui avait enlevé Malko.

Miguel Cuevas avait toujours une longueur d'avance et risquait de la conserver jusqu'au bout.

Tout de suite après le kidnapping de Malko, les efforts frénétiques de Ricochet Rabbit pour obtenir immédiatement un hélicoptère s'étaient heurtés à la pesanteur administrative. Ensuite, c'était trop tard. Des bateaux de ce genre, il y en avait des centaines et on ne savait même pas son nom.

— Toujours aucune trace du bateau ? demanda Raúl Diaz.

— *No Sir*, dit Ricochet Rabbit, mais on a les empreintes sur la crosse du shot-gun du gars qui a tué Franco Zenon. C'est un *hit-man* colombien déjà recherché pour une douzaine de meurtres, à New York, Los Angeles et en Colombie...

— Ça lui en fera un de plus, fit amèrement le policier.

— *Sir*, proposa June Richmond, il nous reste le sentero. Lui sait sûrement où se trouve cette ordure.

— Allez l'interroger, concéda le policier. Moi, je

vous parie une tonne de cocaïne contre un café que nous n'en tirerons pas un mot. Sauf si on le fait bouillir vivant.

June Richmond et Ricochet Rabbit se regardèrent. Il leur avait semblé distinguer une arrière-pensée dans les paroles de Raúl Diaz.

*
* *

Malko somnolait quand la porte du poulailler s'ouvrit et le faisceau d'une torche l'éblouit. Son cœur se mit à battre plus vite. Est-ce que ?... La nuit était tombée depuis longtemps déjà.

L'homme qui avait ouvert la porte était le gros Cubain Faustino, soufflant comme un phoque. Il se pencha, et avec un couteau, trancha les liens de ses chevilles de la main gauche, braquant sur Malko un revolver.

— Le patron veut te voir.

Ils traversèrent la cuisine et montèrent l'escalier. Cette fois, Malko atterrit dans une chambre tendue de noir. Un magnétoscope Akaï était en train de cracher un film porno. De nouveau, Faustino le ficela à la lourde chaise espagnole.

Miguel Cuevas fit son apparition, drapé dans une robe de chambre de soie jaune.

Le Cubain avait les yeux très rouges, paraissait nerveux. Malko vit que ses mains tremblaient. Il avait perdu toute son assurance, mais semblait encore plus dangereux ainsi. Il interpella Malko :

— Tu t'ennuyais là-bas ? J'ai voulu te donner un peu de distraction.

Il y eut un glissement sur le sol et Margarita Gomez entra. Uniquement vêtue d'un long paréo qui s'arrêtait à la taille, exhibant fièrement une poitrine superbe. Son regard se posa sur Malko et elle dit d'une voix douce :

— Je suis heureuse que vous creviez bientôt. C'est ce qui arrive à tous ceux qui causent des problèmes à Miguelito. Il est le plus fort.

Elle s'approcha de Cuevas et s'enroula tendrement autour de lui, puis l'embrassa. Elle se frottait ostensiblement, puis sa main s'introduisit sous la robe de chambre et Malko devina facilement ce qu'elle était en train de faire. Pourquoi le Cubain l'avait-il convié à cette exhibition ? Pour se rassurer, pour montrer à quel point elle lui était dévouée ? Doucement, Margarita avait entraîné son amant sur le grand lit. Malko entendit distinctement la jeune femme dire :

— Je veux que tu me baises devant lui.

Au fond, c'était ce qu'il attendait. Elle savait à merveille le prendre en devançant ses désirs. Malko regardait le plafond. Il perçut des bruits humides, une respiration haletante, puis un cri bref. Il abaissa son regard.

La jeune Dominicaine était allongée sur le lit, de profil par rapport à lui, les pieds reposant sur le sol, Miguel Cuevas, penché sur elle, la pilonnant comme s'il voulait creuser un puits. A l'ampleur de ses mouvements, on devinait les dimensions étonnantes de son sexe.

Margarita se mit à pousser des jappements de plus en plus précipités, jusqu'à un hurlement final impressionnant.

Beaucoup plus tard, Miguel Cuevas lui envoya un coup de pied pour la forcer à ouvrir les yeux. Abrutie de cocaïne et de plaisir, Margarita somnolait, les jambes ouvertes...

— Tu as vu comme je l'ai bien fait jouir, dit fièrement le Cubain.

— A mon avis, elle simulait, répliqua suavement

Malko, ne pouvant s'empêcher de s'offrir cette petite joie...

La botte du Cubain le frappa douloureusement sur le tibia. Il poussa un cri de douleur. Margarita se dressa comme un fauve et fonça sur lui, les ongles en avant.

— Salaud ! Je vais t'arracher les yeux.

Malko banda ses muscles, impuissant. Une griffe s'enfonça près de son œil droit, tandis que le pouce pesait douloureusement sur sa cornée. Margarita essayait bel et bien de l'énucléer ! Il ferma les yeux de toutes ses forces, hurla. Il y eut une mêlée confuse, puis, finalement, Miguel Cuevas arracha la jeune femme déchaînée. Malko sentait la brûlure des coups d'ongle tout autour de son œil. Si elle avait été seule, elle l'aurait fait. Elle crachait comme une chatte en furie. Miguel Cuevas appela :

— Faustino !

Le gros Cubain surgit aussitôt.

— Ramène-le ! ordonna Cuevas.

Pendant qu'ils descendaient l'escalier, Malko essaya de parlementer.

— Il est fou ! Il va vous entraîner à la mort. Collaborez avec moi. Je représente la Central Intelligence Agency. Ils ne vous lâcheront jamais...

L'autre continua de son pas lourd. Sans rien dire. Et Malko se retrouva dans son poulailler.

Des aboiements furieux lui firent battre le cœur, mais ce n'était qu'une fausse alerte. Un animal égaré. Il resta dans le noir, les yeux ouverts. Que faisait le capitaine Diaz et les gens de la DEA ?

***

Ricochet Rabbit et June Richmond se retrouvèrent dans leur voiture, ivres de rage. Alfonso Carino, le *sentero* devait s'attendre à leur visite. Ils l'avaient trouvé en compagnie d'un des plus retors avocats cubains de la ville. Ce dernier s'était opposé aussitôt à ce qu'il réponde à leurs questions.

— Il faut aller chez le DA, suggéra June Richmond.

Ricochet Rabbit se mordait la lèvre.

— Il ne va jamais délivrer une inculpation, dit-il. Il n'y a rien de concret. Nous n'avons que de vagues présomptions...

En silence, ils gagnèrent le *Holiday Inn*. La chaleur du *VIP Lounge* leur fit du bien. Ils prirent leur table habituelle, indifférents au brouhaha et se mirent à éponger des daïquiris, perdus chacun dans ses pensées. Ingrid les rejoignit peu après, et ils la mirent au courant. Elle flamboyait de rage.

— Eddie, fit-elle, tu vas me prêter ton flingue.

— Pour quoi faire ?

— Je vais m'occuper moi-même de ce *sentero*. Si on ne fait rien, Gail ne sera pas vengée et notre copain va y rester. L'autre ordure nous enverra une carte postale du Brésil.

Ricochet Rabbit la regarda, un peu surpris :

— Qu'est-ce que tu veux faire ?

Ingrid le lui expliqua. Ricochet Rabbit regarda les tables pleines de policiers, le pianiste pédé en train de tapoter son clavier, et l'écran muet de la télé. Il y avait quelque chose de pourri à Miami. Il se souvint soudain de ce qu'il avait cru percevoir dans la voix de Diaz.

Il posa un billet de vingt dollars sur la table et se leva :

— On y va.

CHAPITRE XVI

Les rails du Florida East Coast Railroad luisaient sous la lune, avec un éclat sinistre. Aucune lumière ne filtrait des maisons de bois bordant le côté gauche de la 69th Street. Les rares réverbères éclairaient le cloaque qui servait de chaussée, avec d'énormes mares dues aux averses de la journée. La chaleur moite était encore plus pesante, sans un souffle de vent. Ricochet Rabbit, June et Ingrid s'arrêtèrent en vue du pavillon de Alfonso Carino. Des insectes bourdonnaient autour d'un réverbère. Une lueur jaunâtre éclairait les fenêtres du pavillon. La surveillance des Homicide Squad avait été levée, apparemment.

— Il est peut-être armé, murmura Ingrid.

C'était plus que probable. S'ils se glissaient en catimini, l'infirme risquait de tirer sur eux, avant même qu'ils puissent l'approcher.

— Allons-y ouvertement, proposa Ricochet Rabbit.

Il poussa la barrière du jardin et y pénétra, suivi des deux femmes. Le cœur battant. Il était en train de risquer sa carrière et même sa liberté. Les vieilles marches de bois conduisant à la véranda grinçaient horriblement, doublées par un plan incliné destiné à la chaise roulante de l'infirme. Ricochet Rabbit frappa plusieurs coups secs à la porte et attendit.

Quelques instants plus tard, un projecteur dissimulé s'alluma, éclairant violemment la véranda. Une nuée d'insectes se précipita. Alfonso Carino était un homme prudent. Une voix résonna de l'autre côté du battant :

— Foutez le camp, je suis armé !

Ça, c'était de l'hospitalité.

— Police, annonça Ricochet Rabbit. DEA.

Silence, puis une fenêtre s'ouvrit brutalement, sans que la pièce ne s'éclaire. Le policier devina vaguement le visage du sentero dans l'ombre. Ce dernier dut le reconnaître car il grommela :

— Qu'est-ce que vous voulez ?

— Vous parler, dit Ricochet Rabbit. C'est urgent.

Clac ! La fenêtre s'était refermée. Ils attendirent, le cœur battant. Si l'infirme se ruait sur son téléphone, c'était mal parti. La porte s'ouvrit soudain sur la chaise roulante. Alfonso Carino leur faisait face, un shot-gun à canon scié sur les genoux, l'œil mauvais. Son regard balaya les trois visiteurs avec une inquiétude haineuse.

— Vous avez un mandat du DA ?

Il était fichtrement sûr de lui.

Ricochet Rabbit s'approcha de lui, les mains bien en vue, tandis que June, sans en avoir l'air, se déplaçait de façon à se retrouver derrière le siège roulant.

— Non, je n'ai pas de mandat, avoua le policier. J'ai pensé que ce n'était pas utile.

L'infirme n'eut pas le temps de répondre. June Richmond avait plongé et lui avait arraché le shot-gun. Alfonso Carino poussa un hurlement de rage, et fit pivoter à toute vitesse son fauteuil pour retourner à l'intérieur. Ricochet Rabbit le bloqua.

— Alfonso, fit-il en espagnol, tu vas nous dire où se trouve ton ami Miguel Cuevas. Sans DA et sans avocat.

Le *sentero* s'étrangla de rage.

— Foutez le camp ! glapit-il. Je suis chez moi ici. Je vais appeler la police et mon avocat. Vous allez vous retrouver au trou, petit salaud, je vous ferai condamner. Je...

Il s'arrêta net, Ingrid venait de lui enfoncer dans la bouche une serviette empruntée à l'*Holiday Inn*. L'infirme se débattit, mais déjà Ricochet Rabbit lui passait les menottes. Le *sentero* émettait des grognements étouffés, menaçants, complètement impuissant.

— Allons-y, dit June Richmond. C'est dangereux de rester ici.

— On ne fouille pas ? demanda Ingrid.

Ricochet Rabbit poussait déjà la voiture de l'infirme.

— Non, ce serait trop long.

A. partir de cette seconde, il avait basculé dans l'illégalité. Ingrid colla sur la bouche de l'infirme un large sparadrap noir pour tenir la serviette. En silence, ils poussèrent le *sentero* jusqu'à un fourgon garé un peu plus loin, à côté de la Buick rouge. Loué quelques heures plus tôt chez Budget leur fournisseur habituel. On y trouvait de tout, du minibus à la Mercedes. A l'arrière, un plan incliné permettait de hisser facilement la chaise roulante à l'intérieur. Les portes se refermèrent, Ingrid demeurant près de l'infirme. Ricochet Rabbit prit le volant, June à côté de lui. Ils longèrent la 69th Street jusqu'à Bird Drive, puis tournèrent à droite pour gagner le Freeway 826.

Ils le remontèrent vers le nord pendant une vingtaine de minutes, longeant Miami International Airport jusqu'au croisement avec le 834. Ils prirent la rampe de sortie, repassèrent sous le Freeway 826 pour gagner un autre accès vers le sud et stoppèrent au début de la rampe qui rejoignait le freeway avec une assez forte dénivellation. L'endroit était absolument désert, cette zone ne comportant que des terrains vagues et des entrepôts. Par contre, en contrebas, sur le 826, la circulation était intense en direction du sud. Surtout d'énormes camions.

Ricochet Rabbit gara le fourgon et descendit. Ingrid avait déjà ouvert la porte et rabattit le plan incliné. Elle tendit au policier une barrière en bois de deux mètres de long, équipé d'un feu clignotant automatique. Ricochet Rabbit alla la placer cinquante mètres plus loin, en travers de la chaussée, de façon à interdire l'accès de la rampe. La barrière jaune portait comme inscription : *Miami police. Detour.*

Ils ne risquaient pas d'être dérangés.

Ingrid arracha le sparadrap et ôta son bâillon à l'infirme. Aussitôt celui-ci se mit à vociférer :

— *Pigs !* Ordures ! C'est un kidnapping. Relâchez-moi tout de suite. Mon avocat...

Ils le laissèrent s'égosiller un bon moment. Le fracas du freeway emportait ses injures et ses menaces. Finalement Ricochet Rabbit hurla dans son oreille :

— Tu vois, ce n'est pas la peine de crier. Personne ne va t'entendre. On t'a kidnappé, mais c'est pour te rendre un service...

— Salauds ! recommença le sentero. Je...

— Ecoute, fit Ricochet. Tous ceux, sans exception, qui savaient où se trouvait Miguel Cuevas sont morts. Parce qu'il les a tués. Alors, bientôt ça va être ton tour... Sauf si tu nous dis où il se cache...

Alfonso Carino lui jeta un regard de mépris.

— Imbécile ! Moi, il ne peut pas me tuer.

— Pourquoi ?

Le ronflement de la circulation rendait la conversation difficile. Ils étaient tous obligés de hurler.

— Parce que sans moi, Miguel est perdu, annonça fièrement le sentero. Il ne fait rien d'important sans me demander mon avis. Je suis son intermédiaire auprès des dieux. C'est moi qui lui ai confectionné le palo qui le protège contre tout.

Ricochet Rabbit secoua la tête, abasourdi. Ce que disait l'infirme signifiait qu'il était au courant de tous les crimes de Miguel Cuevas.

— Tu as fini de nous raconter tes sornettes ? Tu veux parler oui ou non ?

Le *sentero* secoua lentement la tête.

— Vous allez me relâcher ! dit-il. Vous regretterez toute votre vie de m'avoir kidnappé. Il y a des lois dans ce pays...

— *No kidding !* (1), fit Ricochet Rabbit.

Sans rien ajouter, il prit les poignées de la chaise roulante de l'infirme et la fit pivoter, de façon à la placer face au plan incliné du fourgon, lui-même donnant sur la rampe menant au freeway. Le policier se pencha à l'oreille du *sentero* :

— Je vais te dire ce qui va t'arriver. Un regrettable accident... Je vais te donner un peu de vitesse et tu vas descendre cette pente de plus en plus vite. Quand tu vas déboucher sur le freeway, tu auras une bonne petite vitesse. Les camions qui passent en bas, roulent vite. Ça m'étonnerait qu'ils aient le temps de freiner. Ils vont te réduire en bouillie...

Alfonso Carino jeta au policier un regard incrédule.

— Vous n'allez pas faire ça ? fit-il d'une voix étranglée. *Shit !* Vous n'êtes pas des assassins.

— Ce soir si, dit froidement June Richmond. Tu te souviens de notre copine Gail Hunter. Cinq piqûres de cocaïne pour la faire crever tranquillement. Ça fait des bleus à l'âme, tu sais. Même à une âme de flic.

Ricochet Rabbit hurla dans l'oreille de l'infirme :

(1) Sans blague !

— Alors, je compte jusqu'à cinq. Quand je t'aurai lâché, personne ne pourra plus te rattraper.

Il commença à compter :

— Un... deux... trois... quatre... cinq.

Lâchant les poignées, il donna une légère poussée au fauteuil qui commença à glisser vers le plan incliné. Alfonso Carino poussa un hurlement :

— Stop ! Stop !

Ricochet Rabbit attendit que les roues avant de la chaise roulante soient engagées sur la pente pour saisir les poignées et s'arc-bouter dessus. Il avait réellement beaucoup de mal à le retenir.

— Dépêche-toi ! cria-t-il. C'est lourd.

L'infirme regarda les camions qui passaient cinquante mètres plus bas. Il demeura silencieux quelques secondes puis cria brusquement :

— 7411 South West 64th Street !

— C'est sûr ? Qu'est-ce que c'est ?

— Une grande maison. Il y a une grille et des murs.

— Quelle protection ?

— Electronique pour la grille. Des projecteurs et des caméras de télévision.

— Bien, bien, fit Ricochet Rabbit.

Il avait assez l'habitude des interrogatoires pour savoir que l'infirme disait la vérité. Il demeura immobile quelques secondes, puis ramena la chaise roulante d'Alfonso Carino un peu en arrière, et d'une violente poussée l'expédia vers le plan incliné.

Le fauteuil roulant de l'infirme disparut dans l'obscurité de la rampe. Son hurlement se perdit dans le grondement de la circulation. Ricochet Rabbit suivit des yeux la chaise roulante qui dévalait vers les camions. Les cris du *sentero* étaient couverts par le fracas de la circulation sur le freeway. Soudain le son strident du klaxon d'un camion domina le tumulte ambiant, suivi aussitôt de coups de freins violents et d'un terrifiant fracas de tôles froissées.

Un concert de klaxons suivit aussitôt. Un gigantesque embouteillage était en train de se former sur le freeway, conséquence de « l'accident ». Ingrid regarda Ricochet Rabbit, très pâle.

— Ça a été plus fort que moi, dit le policier. J'ai pensé à Gail. Il s'en serait tiré trop facilement...

— Je comprends, dit-elle.

Elle reverrait longtemps l'infirme dévaler vers la mort. En contrebas, l'embouteillage grandissait. Il était temps de partir. Ingrid et Ricochet Rabbit sautèrent à terre, remontèrent le plan incliné et rejoignirent June Richmond.

Avant même que le policier ouvre la bouche, elle lui dit :

— Eddie, tu as fait ce qu'il fallait faire. Il a donné l'adresse ?

— Oui. 7411 South West 64th Street.

Ricochet Rabbit se mit au volant. Au passage, ils s'arrêtèrent pour récupérer la barrière de police. Une sirène se rapprochait en bas, sur le freeway.

Une pensée désagréable traversa le cerveau de Ricochet Rabbit. Et si le *sentero* n'avait pas été tué sur le coup ?

C'était le destin. Ils sauraient très vite.

— Qu'est-ce qu'on dit aux autres ? demanda June Richmond.

— Qu'on a eu un tuyau par un « informant ». En tournant dans Little Havana. Le capitaine Diaz va être fou de joie.

La Highway Patrol se demanderait comment Alfonso Carino était arrivé jusqu'au Freeway 826, mais à Miami, on ne se posait pas longtemps ce genre de questions. Il n'y avait plus qu'à rapporter le fourgon chez Budget.

*
* *

Miguel Cuevas tournait en rond en attendant l'heure du sacrifice. Grand insomniaque, il ne s'endormait jamais avant l'aube. De temps à autre, il plongeait la main dans la jarre à cocaïne et prenait une pincée de poudre qui l'euphorisait pour une demi-heure. Il aurait voulu parler à Alfonso Carino, mais c'était trop dangereux de l'appeler chez lui. Il se rassura en se persuadant que le sacrifice humain conseillé par le *sentero* allait définitivement mettre les dieux de son côté.

Margarita dormait sur le grand lit, là où il l'avait laissée. Pour se changer les idées, il descendit, prit son kart de golf et partit faire le tour de sa propriété, un M 16 sur le genou. A tout hasard. La nuit était paisible. Les chiens s'approchèrent, puis se fondirent dans l'obscurité.

Lorsqu'il revint, Faustino avait étendu le prisonnier sur la dalle de pierre où l'on sacrifiait d'habitude les boucs. Il avait aussi allumé une guirlande de bougies noires autour des deux statues de Shango et Elegua.

Miguel Cuevas remonta passer la robe de chambre en soie noire qu'il mettait pour ce genre de cérémonie. Il prit ensuite la hache, en vérifia le tranchant et ressortit, levant les yeux vers le ciel. Beaucoup de nuages, mais la lune apparaissait par moments. Pour que le sacrifice prenne toute sa valeur, il fallait qu'elle brille au moment où la hache trancherait le cou de la victime expiatoire. Ce qui ne prenait pas longtemps.

Faustino l'attendait, le visage creusé de fatigue, un poulet noir à la main.

Miguel Cuevas le prit et posa la hache à côté de l'autel. Son regard croisa celui de son prisonnier. Il se sentait paisible maintenant. Supprimer des vies ne l'avait jamais troublé.

— Votre mort va servir à me protéger, annonça-t-il d'une voix inhabituellement grave.

Malko ne répondit pas, partagé entre l'incrédulité et l'horreur. Il ne se trouvait pas au cœur de l'Afrique, mais à Miami en plein XXe siècle. Ce n'était pas possible, il rêvait. Avec des gestes lents, Miguel Cuevas saisit le poulet noir et l'éleva vers le ciel. Puis il commença à lui arracher les plumes du cou. Le volatile se mit à caqueter bruyamment. Les plumes volaient et se perdaient dans la pénombre. Faustino avait disparu.

Bientôt la peau apparut. Miguel Cuevas se recueillit quelques instants, puis d'un geste brusque, porta le cou du poulet à sa bouche et entreprit de le déchiqueter à coups de dents.

Le volatile se débattit désespérément, avec des cris horribles qui cessèrent très vite. En quelques minutes, Miguel Cuevas eut séparé la tête du corps. Levant alors ce dernier vers le ciel, il fit dégouliner le sang du volatile sur son visage, en une douche macabre. C'était un spectacle hallucinant. Les pattes du poulet battirent l'air un certain temps, puis cessèrent de bouger. Miguel Cuevas cueillit les dernières gouttes de sang. Il se mit alors à déchirer le poulet en quatre morceaux, avec ses mains. Au fur et à mesure, il les jeta aux quatre points cardinaux en murmurant une incantation au dieu Shango.

Il demeura ensuite un long moment, recueilli, son visage maculé de sang éclairé par les cierges noirs. D'un pas d'automate, il se dirigea vers la hache et la prit. De gros nuages cachaient la lune, défilant à toute vitesse vers l'ouest. Il s'approcha de Malko et se plaça de façon à pouvoir lui trancher la tête d'un seul coup, le visage levé vers le ciel, attendant que la lune brille de tout son éclat. Ailleurs. A ce moment, Malko perdit tout espoir. Ce n'était plus un bluff macabre.

— Vous êtes fou, dit-il d'une voix qu'il essayait de contrôler.

Miguel Cuevas ne répondit pas. Les deux mains crispées sur le manche de la hache, il guettait les nuages, le sang du poulet commençait à sécher sur son visage, lui donnant l'air d'un Indien peint pour la guerre. Le silence était absolu. Retranché dans la cuisine, Faustino refusait d'assister à ce genre de cérémonie.

Il traînait encore sur la lune des filaments de nuages et Miguel Cuevas commençait à s'impatienter. Enfin, le disque jaune apparut dans toute sa pureté, brillant d'un éclat étonnant pour la saison.

Miguel Cuevas poussa un profond soupir. Shango avait finalement entendu sa prière. Il leva la hache en un geste solennel, assurant son équilibre. La tête devait être tranchée en une seule fois.

Il allait l'abattre lorsqu'une explosion le fit sursauter. Une des cinq caméras surveillant les murs de la propriété venait d'éclater sous le choc d'un projectile. Trois secondes plus tard, le projecteur de quatre cents watts monté sur le mât de huit mètres se volatilisait à son tour, sous un impact invisible.

CHAPITRE XVII

Le gros Faustino jaillit de la cuisine, les traits déformés par la peur, son shot-gun au poing. Miguel Cuevas, après une fraction de seconde d'hésitation, posa sa hache et cria, hors de lui :

— Qu'est-ce qui se passe ?

La lune était de nouveau cachée par les nuages. Le cœur de Miguel Cuevas cognait comme un moteur emballé. Deux autres détonations déchirèrent le silence et deux projecteurs de plus volèrent en éclats. Les dobermans se mirent à aboyer comme des fous, se précipitant vers le mur d'enceinte. Faustino scrutait l'obscurité, paralysé de terreur. Ce qu'il avait toujours redouté arrivait...

Miguel Cuevas se rua vers la maison. Trente secondes plus tard, il redescendait avec un M 16 équipé d'une lunette, chargeur engagé. Sans viser, l'arme à la hanche, il lâcha une longue rafale dans la direction d'où étaient partis les coups de feu qui avaient détruit les projecteurs et les caméras. Les détonations déclenchèrent de nouveau les aboiements des chiens sans attirer de riposte. Quelques secondes plus tard, une voix caverneuse déformée par un mégaphone qui devait se trouver dans la 64th Street éclata :

— Ici le Marshall de Dade County ! Cette maison est cernée. Miguel Cuevas, rendez-vous sans résister, vous n'avez aucune chance. Sortez les mains en l'air en suivant le projecteur...

Aussitôt, un puissant projecteur, certainement hissé sur une échelle de pompiers, étant donné sa hauteur, s'alluma, éclairant une partie de l'allée. Miguel Cuevas remit un chargeur dans son M 16 et tira une nouvelle rafale. Le tremblement de l'arme dans ses mains et le fracas des détonations lui firent du bien. Le projecteur touché s'éteignit, mais presque aussitôt, la dernière caméra de télévision vola en éclats. Le Cubain se retourna vers Malko, avec un rictus haineux.

— Alors, ils viennent vous chercher, hein ? Ils vont être déçus... Faustino, tu vas le mettre dans le coffre de la voiture. Moi, je vais leur parler, à ces ordures.

Il se dirigea vers la maison, mais se retourna brutalement et cria :

— Faustino, c'est toi qui leur as dit ?

Les traits gélatineux du gros Cubain se décomposèrent. Le M 16 était braqué sur lui.

— Tu es fou, Miguel..., protesta-t-il d'une voix blanche.

— Alors, c'est cette salope ! explosa Miguel Cuevas.

La rage lui brouillait le cerveau. Il se rua à l'intérieur de la maison. Faustino resta dans le jardin, scrutant l'obscurité. Le projecteur détruit, les seules lueurs venaient des cierges noirs brûlant devant l'autel de Shango. Prêtant l'oreille, il entendit des voix, des appels, des bruits de moteurs. Dans deux heures, il ferait jour, et ce serait l'assaut. S'approchant de Malko ligoté, il le souleva et le prit sur son épaule.

— Vous avez encore une chance, dit Malko, détachez-moi et j'en tiendrai compte.

Faustino ouvrit le coffre et le posa délicatement à l'intérieur, puis essuya son front couvert de sueur.

— Je ne peux pas, fit-il misérablement. Il me tuerait tout de suite.

— Prenez le volant, insista Malko. Nous sortirons tous les deux.

Faustino secoua la tête.

— Non, j'ai peur.

Le couvercle du coffre se referma sur Malko et il se retrouva dans le noir. Pourvu que la police ne crible pas de balles la voiture...

***

Miguel Cuevas entra en coup de vent dans sa chambre. Margarita était déjà rhabillée, les traits creusés, de grands cernes sous les yeux. Elle venait de renifler une bonne dose de cocaïne et attendait que l'effet s'en fasse sentir.

— Qu'est-ce qui se passe ? demanda-t-elle d'une voix tremblante.

— Tu demandes ce qui se passe, salope ! hurla le Cubain. Tu leur as donné l'adresse !

La Dominicaine vit dans ses yeux une lueur qu'elle connaissait bien. Il allait la tuer. L'estomac contracté, elle réussit à dire d'une voix blanche :

— Si tu crois ça, Miguel, tue-moi.

Elle chercha son regard et s'y accrocha. C'était la première fois que Miguel recevait ainsi en plein visage le regard assuré de quelqu'un qu'il s'apprêtait à tuer. Son doigt resta paralysé sur la détente du M 16. Son instinct lui dit soudain qu'elle ne mentait pas. Mais alors qui ?

— Bon ! fit-il, j'appelle Alfonso, il va me le dire.

Il n'y avait plus de précautions à prendre. Elle le suivit dans son bureau. Tranquillement, tandis qu'il composait le numéro du *sentero*, Margarita décrocha du mur un second M 16 avec une lunette et prit dans un tiroir des chargeurs dont elle emplit une musette. Elle sortit d'un placard deux vestes pare-balles.

Comme si elle préparait sa valise pour le week-end.

Miguel Cuevas essayait toujours de joindre le *sentero*. Ce dernier possédait une ligne « secrète », à un autre nom, pour communiquer avec Cuevas. Pas de réponse. De plus en plus nerveux, il se trompa, réveilla quelqu'un qu'il injuria, refit le numéro, leva vers Margarita un visage décomposé, hagard.

— Merde ! Il n'est pas là, je ne comprends pas.

A tout hasard, il essaya la boutique sans plus de succès. Puis de nouveau, le domicile d'Alfonso Carino. C'était impensable que l'infirme ne soit pas chez lui au milieu de la nuit... Son regard croisa celui de Margarita qui lâcha doucement :

— C'est lui qui t'a vendu, Miguelito...

Elle n'avait jamais aimé le *sentero*. Les traits de Miguel Cuevas se défirent comme ceux d'un enfant qui se prépare à pleurer.

— Ce n'est pas possible, pas possible, pas Alfonso ! J'ai besoin de lui. Je lui dois tout.

— Il est arrivé quelque chose, avança Margarita. Peut-être a-t-il eu un accident. Peut-être l'ont-ils arrêté et torturé...

— Il n'aurait pas parlé, s'entêta le Cubain, c'est mon meilleur ami, mon garde ! Depuis quinze ans...

Margarita s'approcha de son amant et noua ses bras autour de son cou, lui apportant toute la chaleur de son corps, poussant un peu son ventre contre le sien.

— Nous allons nous en tirer, Miguelito. Tous les deux. N'aie pas peur. On peut se passer d'Alfonso. Même s'il t'a trahi. Tu ne l'as pas tué, le type de la CIA ? Cela fait un bon otage. Ensuite, nous prenons le bateau et tout se passera bien.

Miguel se détacha, gêné. La trahison possible du sentero l'obsédait. Tout son monde s'écroulait. Quelques coups de feu éclatèrent à l'extérieur et un des dobermans se mit à hurler à la mort. Faustino devait se défendre. Il poussa Margarita hors du bureau.

— Je veux rester seul pour leur parler. Descends et surveille le jardin. Qu'ils ne viennent pas trop près de la maison.

Dès qu'elle fut sortie, il se rua sur son bocal à cocaïne et en aspira de quoi se liquéfier le cerveau. Puis, les mains posées à plat sur la table, il laissa la drogue faire son effet. Peu à peu, ses tremblements se calmèrent et ses idées se clarifièrent. Son respect superstitieux envers Alfonso Carino se changeait en une rage aveugle. Il le dépècerait, lui arracherait les yeux, broyerait ses os un à un. Une ultime fois, il essaya son numéro sans plus de succès. Alors seulement, il se décida à appeler le standard de la police de Dade County :

— Ici, Miguel Cuevas, annonça-t-il, le plus grand « cocaine cowboy » de Miami ! Vous allez me passer les *pigs* qui se trouvent devant chez moi, à la 64th Street. J'ai quelque chose d'important à leur dire...

On devait s'attendre à son appel, car on le fit à peine patienter et quelques secondes plus tard, une voix annonça :

— Ici, Brent Hammock de la DEA. Vous êtes cerné, Miguel, rendez-vous.

— Ta gueule, répliqua le Cubain. Ecoute-moi. J'ai un de vos copains avec moi, ici. Un type de la CIA. Il est vivant. On va sortir avec lui, dans la Fleetwood. Ce n'est pas moi qui conduirai. Je serai quelque part à l'intérieur avec lui, le canon de mon flingue dans son oreille. Si un seul coup de feu est tiré contre nous, je lui fais sauter la tête. Je pars dans une demi-heure.

Il raccrocha. Il lui fallait encore vingt-quatre heures de liberté. Le temps de récupérer les cinquante millions de dollars de son deal. Ensuite, avec sa douzaine de faux passeports et une telle masse d'argent, il pouvait voir venir... Le tout était de procéder à l'échange drogue-armes. Il se demanda s'il emmènerait Faustino et décida que oui. Le Cubain s'était toujours montré utile. L'image d'Alfonso Carino, le *sentero*, l'obsédait. Il se vengerait. Il alla à un coffre et l'ouvrit, y prit deux grands sacs en papier marron bourrés de billets de cent dollars, puis tira de sous son bureau une valise bleue. Elle contenait cinquante-cinq livres de cocaïne. Environ 1,8 million de dollars. Cela l'angoissait de quitter cette maison où il s'était toujours senti en sécurité. Soulevant une lame du plancher, il récupéra son Beretta et le silencieux. Il glissa l'arme dans sa botte après avoir vérifié le chargeur. Puis, il s'habilla et enfila sa veste pare-balles.

Il se sentait prêt à affronter la police de Dade County.

***

La 64th Street était illuminée par tous les gyrophares bleus des voitures de police qui la bloquaient sur un demi-mile. Deux ambulances étaient arrivées ainsi qu'une unité complète du SWAT avec des grenades à gaz, éclairantes, aveuglantes, assourdissantes, des fusils équipés de lunettes infrarouges et un équipement super-sophistiqué. Des policiers s'étaient installés chez tous les voisins, avec des jumelles et des radios. On avait évacué les deux maisons les plus proches. Un des policiers avait déjà été légèrement blessé par une des balles tirées par le « cocaine cowboy ». Le dispositif s'était mis en place en une heure, avec bien entendu, la mise sur écoute de la ligne téléphonique de Miguel Cuevas.

Le *Miami Herald* avait déjà dépêché une voiture ainsi que la TV locale. Ce serait le show de la journée. Prévenu par les policiers, un camion-restaurant venait d'arriver. Les flics qui n'étaient pas de garde se précipitèrent pour obtenir du café chaud.

Brent Hammock et le capitaine Diaz se tenaient dans une voiture de la DEA garée près de la grille noire. Maintenant que les projecteurs avaient été neutralisés on n'y voyait goutte et de la 64th Street, on ne distinguait même pas la maison du Cubain. Les deux hommes se consultèrent du regard après la communication de Miguel Cuevas.

— Ce type ne bluffe pas, fit Brent Hammock. Il faut récupérer l'otage.

— Et laisser filer Cuevas ?

— Pour le moment. Il n'ira pas loin. Quand l'hélicoptère arrive-t-il ?

— Incessamment.

— Avec ça, nous ne le perdrons pas. Donnez des ordres qu'on le laisse passer. Mettez en place un dispositif de filature avec toutes les voitures dont nous pouvons disposer. Des motards aussi. Il faut l'affoler, le forcer à abandonner sa voiture et l'otage.

— Que Dieu vous entende ! soupira le capitaine Diaz. Ce type est tellement fou qu'il est capable de passer au travers.

— *Sir* !

Un policier arrivait en courant.

— La grille s'ouvre, Capitaine !

Le chef du Homicide Squad bondit hors de la voiture. Les projecteurs de la police se rallumèrent, pour éclairer l'allée s'enfonçant dans le parc, derrière la lourde grille en train de s'écarter. La silhouette d'un doberman passa dans le pinceau de lumière et disparut.

— Que personne ne tire ! ordonna le capitaine Diaz dans un mégaphone. La Cadillac va sortir. D'autres équipes vont s'occuper de la filature. Dès qu'il est parti nous investissons la maison.

La grille était totalement ouverte. Tous les regards des policiers scrutaient l'allée bordée de cocotiers.

Soudain, deux phares blancs trouèrent la pénombre. Le véhicule avançait très lentement. Raúl Diaz avala difficilement sa salive, la gorge nouée. Il allait enfin se trouver en face de Miguel Cuevas !

La longue Fleetwood apparut. On ne distinguait rien à travers le pare-brise noir. Le silence était absolu, à part les grésillements des Motorola. Instinctivement, Raúl Diaz posa la main sur la crosse de son pistolet. Il pensa à Malko et ses doigts demeurèrent crispés sur l'ébonite.

Le capot de la Fleetwood franchit la grille. Brusquement, la voiture accéléra en virant à gauche. En une fraction de seconde, Raúl Diaz et Brent Hammock aperçurent le profil d'un gros homme au volant. Une femme se trouvait à côté de lui, braquant un fusil d'assaut par la glace baissée. Pas de trace de Miguel Cuevas. Dans un hurlement de moteur, la Cadillac fonça vers le bout de la 64th Street entre deux haies de policiers impuissants. Elle tourna en faisant hurler ses pneus et disparut en direction du freeway. Raúl Diaz sauta dans sa voiture. L'hélicoptère n'était toujours pas là ! Il brancha la radio et entendit le brouhaha des conversations des policiers échangeant leurs informations. Une équipe venait de prendre en chasse la Cadillac sur le Freeway 826.

— Il roule vers le nord, annonça une voix anonyme. Très vite en faisant des queues de poisson à tout le monde.

— Ne tentez rien, tant que nous n'avons pas récupéré l'otage ! avertit Raúl Diaz.

Il était sûr que Miguel Cuevas avait une idée, qu'il allait encore leur jouer un tour. Il reprit son micro, appela le QG de la DEA et glapit :

— Où est ce bon Dieu d'hélicoptère ?

— En panne ! finit par reconnaître le responsable. Un boulon du rotor prêt à foutre le camp. Ce sera réparé dans deux heures. Où faudra-t-il aller ?

— Vous le foutre au cul ! gueula Raúl Diaz, hors de lui.

Il venait enfin de déboucher sur le Freeway 826. Il brancha son gyrophare, et sa sirène, puis écrasa son accélérateur. Le jour commençait à se lever. D'après la radio, le fugitif se dirigeait toujours vers le nord avec son otage. Où diable pouvait-il aller ?

***

Miguel Cuevas regardait le ciel défiler, la tête sur les genoux de Margarita Gomez qui l'avait rejoint à l'arrière. La jeune femme avait rentré son M 16 pour ne pas affoler les automobilistes qu'ils doublaient mais il était toujours à portée de sa main. Au volant, Faustino maintenait le compteur entre soixante-dix et quatre-vingt miles (1).

— Ils sont derrière ? demanda-t-il.

— Toujours, fit Margarita.

Machinalement, elle caressait les cheveux frisés de son amant qui n'avait pas retrouvé son calme. La défection ou la disparition d'Alfonso Carino continuait à le bouleverser. Le tangage lent de la lourde Cadillac n'arrivait pas à l'apaiser. Margarita se pencha tendrement sur lui :

— Miguelito, détends-toi, on va y arriver !

— Je voudrais liquider ce salaud qui est dans le coffre, dit-il sombrement.

— On n'aura pas le temps, contra la jeune femme. Ça va être très juste, tu sais. Tu le feras plus tard...

Les deux sacs de papier pleins de dollars avaient été

(1) Cent quarante à cent cinquante kilomètres/heure.

enfournés dans un sac en cuir souple, avec le palo du Cubain et la valise bleue était posée à côté de Faustino. Sur le plan financier, il n'y avait rien à craindre. Margarita Gomez se retourna. Une demi-douzaine de voitures de police suivaient à bonne distance, tous leurs feux clignotant. Elle en ressentait une étrange excitation...

— Ouvre la radio, Faustino, demanda-t-elle.

Ils durent écouter de la musique et de la pub avant de tomber sur un bulletin d'informations, relatant l'assaut de la villa du « cocaine cowboy » et sa fuite. Puis, le speaker enchaîna sur les nouvelles de Metro-Miami :

— Etrange accident cette nuit sur le Freeway 826. Un camion livrant du Pepsi-Cola a écrasé un infirme qui s'engageait sur le freeway dans sa chaise roulante. L'accident s'est produit vers deux heures du matin, à la hauteur de la rampe 24. La police ne comprend pas comment cet infirme a pu commettre une telle imprudence. Il a été tué sur le coup et identifié comme Alfonso Carino, domicilié à...

Miguel Cuevas se dressa en hurlant comme un fou :

— Il est mort ! Ils l'ont assassiné, ces salauds !

Ivre de colère, il saisit le M 16 et appuya sur l'ouverture électrique de la glace. Margarita tenta en vain de l'arrêter. L'arme pointée vers l'arrière, le Cubain appuya sur la détente, arrosant le lointain convoi de voitures de police. Le bruit des détonations était assourdissant dans la voiture, l'âcre fumée de la cordite fit tousser Margarita. Les douilles brûlantes jaillissaient partout.

La file des voitures de police se disloqua brusquement pour éviter les rafales, tandis que les autres conducteurs affolés stoppaient carrément, créant un embouteillage monstre. Un gros camion, freinant à mort se mit en travers de la chaussée, la bouchant presque entièrement. Miguel Cuevas éclata d'un rire fou.

— Tu as vu !

Faustino accéléra. C'était bon de ne plus sentir ces flics à leurs trousses. Sa chemise était collée au dossier du siège par une sueur malsaine de terreur.

Hélas ! trois miles plus loin, deux voitures de police, sirènes hurlantes, jaillirent d'une rampe à contresens et reprirent leur poursuite. Ils approchaient de Fort Lauderdale. Faustino commença à surveiller les sorties. Margarita avait repris son M 16. Dix minutes plus tard, Faustino braqua brutalement, pour sortir du Freeway 826, coupant la route à un camion. Il n'espérait pas semer les voitures de police, mais seulement prendre un peu d'avance. En bas de la rampe, il emprunta une route étroite conduisant à la mer, traversant un quartier élégant de villas. La Cadillac fonçait à quatre-vingts miles, klaxonnant sans arrêt. Un panneau défila, indiquant : *Bahia Mar, 2 miles*.

Miguel Cuevas se redressa et prit son M 16, y mettant un nouveau chargeur. Margarita récupéra le sien. Les villas s'espaçaient, on voyait la mer. Une grande marina formait une anse, pleine de bateaux. Comme souvent en Floride, un canal suivait la route, menant à une lagune intérieure. Faustino se retourna : les policiers étaient à cinq cents mètres.

La Cadillac arrivait sur le quai. L'appontement se trouvait à vingt mètres devant eux. Miguel Cuevas se pencha vers l'avant.

— OK. Stop !

Faustino écrasa le frein. Trois secondes plus tard, les pneus fumant encore, ils jaillirent de la Fleetwood.

— Allez-y ! cria Miguel Cuevas.

Son regard se posa sur le coffre de la Fleetwood recelant son otage, l'homme de la CIA. Celui-ci allait avoir une mauvaise surprise.

Faustino empoigna la grosse valise bleue et le sac

en cuir. Miguel Cuevas bondit au volant, passa en « D », braqua vers le canal et redescendit. La lourde Cadillac avança et quelques instants plus tard, piqua du nez dans l'eau. Miguel Cuevas courait déjà vers l'appontement. Il se retourna. Une voiture de police s'arrêta dans un hurlement de pneus martyrisés. Le Cubain lâcha une rafale dans sa direction, puis courut vingt mètres. Le ronflement des deux moteurs de trois cent cinquante chevaux de son Magnum, le *Island Fling*, le rassura. Margarita, M 16 à la hanche, l'attendait, penchée au-dessus du bouillonnement des échappements. Le Cubain sauta à bord et Faustino poussa en avant les deux manettes de gaz. Le *Island Fling* sembla décoller de l'eau, l'étrave complètement sortie, impressionnante, laissant un sillage blanc. Les policiers couraient sur l'appontement, tirant avec tout ce qu'ils avaient. Quelques projectiles perforèrent la coque du Magnum sans réel dommage. Aplati sur les coussins, Miguel Cuevas regardait le ciel. Même mort, son sentero le protégeait encore.

∴

Raul Diaz, les yeux hors de la tête, acheva de vider le chargeur de son colt, sans espoir, sur le Magnum qui s'éloignait à toute vitesse.

— *Shit ! Shit ! Shit !*

Les voitures de police arrivaient une à une, vomissant des policiers dans toutes les tenues. Soudain, Ricochet Rabbit jeta un regard affolé à son chef.

— *My God !* Ils étaient seulement trois à embarquer sur ce truc. Où est Malko ?

Tous les regards se portèrent sur l'endroit où la Cadillac s'était engloutie dans le canal. Mort ou vivant, l'otage se trouvait dedans.

CHAPITRE XVIII

Raúl Diaz et Ricochet Rabbit se précipitèrent en même temps vers le canal. Diaz avait jadis suivi l'entraînement des nageurs de combat. Prenant son souffle, il plongea et repéra la portière avant de la Fleetwood. Pas question de l'ouvrir à cause de la pression de l'eau, mais la glace était ouverte. Il se faufila à l'intérieur de la voiture. Vide. Il ne restait que le coffre. Sur toutes les Cadillac, il s'ouvrait, soit électriquement de l'intérieur de la boîte à gants, soit avec la clef de portière. A cause de l'eau, l'ouverture électrique était hors de question. Si Miguel Cuevas avait emporté la clef, le temps de forcer le coffre, Malko serait noyé dix fois.

L'air s'épuisait dans les poumons du policier. Des mouches lumineuses passaient devant ses yeux. Il se retourna, revint vers l'avant, tâtonna autour du volant et, enfin, ses doigts trouvèrent les clefs de contact. Le temps de les arracher, il se jeta hors de la voiture, la poitrine en feu. Il donna un coup de pied à la portière et remonta à la surface, le temps d'emplir ses poumons d'air, il replongea, se dirigeant vers le coffre de la Fleetwood. Près de trois minutes s'étaient déjà écoulées depuis que la voiture avait plongé dans le canal. Si le coffre n'était pas étanche et n'avait pas retenu d'air, Malko était noyé. On n'avait jamais pratiquement ranimé quelqu'un qui ait les poumons pleins d'eau.

Encore quelques secondes pour enfoncer la clef dans la serrure et tourner. Des bulles d'air s'en échappaient. Un peu d'espoir. Raúl Diaz eut du mal à soulever le coffre, le poids de l'eau s'y opposant. Il y parvint enfin, aperçut un corps immobile. Bandant ses forces, il l'arracha du coffre et se propulsa vers la surface avec lui. Plusieurs policiers attendaient avec des gaffes. Ils ramenèrent Raúl Diaz et le corps inerte de Malko, qu'on étendit aussitôt au bord du canal. L'un d'eux trancha les liens, un autre se pencha sur la poitrine.

— Le cœur ne bat plus, annonça-t-il.

Ricochet Rabbit se précipita et commença à appuyer de toutes ses forces, régulièrement, sur la cage thoracique de Malko. Un autre policier s'agenouilla pour un bouche-à-bouche, destiné à relancer les poumons.

Les secondes s'écoulaient, interminables. Tous savaient que si le cerveau n'était pas irrigué pendant plus d'une minute, il y aurait des lésions irréversibles.

Enfin, la poitrine se souleva légèrement.

— Il respire ! cria Ricochet Rabbit, redoublant d'efforts.

Le cœur recommençait à balbutier, pompant le sang. Malko eut un spasme, un réflexe qui lui fit vomir un peu d'eau, puis une sorte de sifflement. Le bouche-à-bouche l'avait sauvé. Il se mit à cracher et à tousser. Une ambulance venait d'arriver, appelée par radio. On l'y enfourna, mais il ne reprit vraiment connaissance que dix minutes plus tard. Raúl Diaz était penché sur lui.

— Où est Cuevas ? demanda aussitôt Malko faiblement.

— Il a filé, il avait un bateau. Mais nous connaissons son nom, le *Island Fling* et son signalement. Les hélicoptères vont le retrouver.

Malko était trop faible pour discuter. Sa tête bourdonnait et ses poumons le brûlaient.

— Cette fois, dit-il, j'ai cru que ça y était. Sans vous...

Par bribes, il raconta au policier ce qui s'était passé, depuis sa disparition. Y compris les préparatifs du sacrifice humain et le rôle d'Alfonso Carino. Le capitaine Diaz ouvrait des yeux comme des soucoupes.

— Ce type est cinglé..., dit-il. C'est lui qui a dû liquider Carino, ajouta-t-il sans conviction.

Il mit au courant Malko de la mort du *sentero*.

— Comment avez-vous trouvé la maison de Cuevas ? demanda Malko.

— Un tuyau. Coup de fil anonyme. C'est Ricochet Rabbit qui l'a eu, expliqua le capitaine Diaz.

— Dès qu'on m'aura remis sur pied, dit Malko, je viens avec vous. Je ne veux pas rester à l'hôpital. Nous devons retrouver Cuevas. Je sais que son deal avec les castristes est imminent. S'il nous file entre les doigts maintenant, ce serait trop bête.

***

Le *Island Fling* entra doucement dans le « Yacht Basin » de Bal Bay au nord de Miami Beach, où Miguel Cuevas possédait un anneau. Margarita Gomez inspecta le quai. Personne. Ils n'avaient pas vu d'hélicoptère depuis leur fuite de Fort Lauderdale. Elle sauta la première à terre et courut jusqu'à une Ford parquée là en permanence. Dans le coffre, il y avait deux shot-guns, trois pistolets avec leurs munitions et cent mille dollars en liquide, plus deux faux passeports en blanc. Miguel Cuevas avait toujours été un homme prudent. Elle amena le véhicule près du Magnum et Faustino y transporta la valise contenant les cinquante-cinq livres de cocaïne et les armes.

Cinq minutes plus tard, ils roulaient vers Miami Beach. Miguel Cuevas était sombre, malgré son succès. Il serrait dans sa main droite son palo, comme pour se raccrocher à sa foi.

— Où va-t-on ? demanda Faustino.

— Acheter une voiture, dit Miguel Cuevas.

Margarita Gomez le regarda, pensant qu'il avait perdu la raison. Le Cubain eut un sourire plein d'orgueil.

— Tu ne penses pas que Miguel Cuevas, le roi des « cocaine cowboys » va rouler dans ce tas de boue ! Tu t'arrêtes au premier « Cadillac Dealer ».

Vingt minutes plus tard, ils en avaient trouvé un dans Abbott Avenue. Miguel entra avec Margarita et se dirigea droit vers une Fleetwood vert pâle, décapotable, affichée vingt-deux mille sept cent soixante-quinze dollars. Le vendeur se précipita :

— Vous voulez essayer une voiture ?

Miguel Cuevas le toisa avec un sourire méprisant.

— Je veux acheter celle-ci. Où y a-t-il un endroit où on puisse compter l'argent ? Je paie cash.

— Tout de suite ? fit l'autre, médusé.

— Tout de suite. Ça vous gêne ?

— Non... Non, fit le vendeur.

A Miami, il se passait de drôles de choses. Assis dans le bureau, Miguel Cuevas commença à compter les billets de cent dollars, mettant la voiture au nom de Margarita Gomez qui l'en récompensa par un baiser si lascif que le vendeur se demanda s'ils n'allaient pas faire l'amour sur son bureau. Une demi-heure plus tard, ils repartaient au volant de la Fleetwood, suivis de Faustino dans la Ford. Direction une des planques de secours du Cubain, à Coral Gables, loin de Little Havana. Il posa la main sur la cuisse de Margarita.

— Demain, nous serons riches, *querida.*

Personne n'irait chercher le *Island Fling* dans son port. Il y avait des milliers de bateaux en Floride du Sud.

*
* *

Malko avait encore des quintes de toux fréquentes. Seule, sa Seiko-quartz de plongée n'avait pas souffert de son immersion dans le canal. Une foule de journalistes et quelques badauds stationnaient devant la grille du 7411 64th Street South West. La voiture de Raúl Diaz pénétra dans le parc et s'arrêta près de la maison où des policiers étaient en train de tout fouiller. Un d'eux s'avança et annonça :

— On a trouvé vingt-deux armes différentes, plein de munitions, une jarre à moitié pleine de cocaïne, plus des trucs bizarres. Il y a un réfrigérateur avec des têtes de poulets et des grandes statues, comme des saints.

Ils montèrent dans le bureau aux boiseries constellées de coups de feu. La plaque de cuivre *Cocaine Cowboy's Heavy Equipment* et une photo de Miguel entre Margarita Gomez et Frank Sinatra étaient toujours là...

Malko cherchait autre chose. Des cartes, des indications pour le deal drogue-armes. Rien. Miguel Cuevas avait tout emporté et allait tranquillement terminer son opération au nez et à la barbe de la DEA et de la CIA... Ils redescendirent. Partout, il y avait des meubles coûteux, un magnétoscope Akaï pratiquement dans chaque pièce, avec des piles de cassettes...

Des aboiements retentirent dans le jardin. Malko vit

le visage de Raúl Diaz changer. Le policier sortit en toute hâte, et il le suivit. Un autre gardait un enclos où se trouvaient cinq dobermans aboyant comme des fous. Raúl Diaz regarda longuement le policier et finit par lui dire :

— Ça va, je vais m'en occuper.

L'autre s'éloigna. Dès qu'il fut hors de vue, Raúl Diaz tira son colt de sa ceinture. Il s'approcha du premier chien et, sans un mot, lui tira une balle dans la tête, la faisant exploser. Calmement, il fit subir le même traitement aux quatre autres. Lorsque le dernier fut à terre, il se retourna vers Malko :

— Vous vous souvenez des blessures de Gail ? Il fallait aussi que ceux-là payent.

Malko était obsédé par l'évasion de Miguel Cuevas.

— On a perquisitionné chez Alfonso Carino ? demanda-t-il.

— Non, je ne crois pas.

— Allons-y.

***

Ricochet Rabbit regarda la maison de bois au milieu du jardin en friche. Cela lui faisait un drôle d'effet de se retrouver là. Le capitaine Diaz fronça les sourcils :

— Tiens, c'est curieux, la lumière est allumée.

Ils franchirent la grille du jardin, grimpèrent les marches de bois du perron. La porte d'entrée était ouverte. Prudent, Raúl Diaz sortit son colt et y glissa un chargeur neuf, puis les trois hommes pénétrèrent dans la maison. C'était un infect capharnaüm avec des statues dans tous les coins, une cage avec plusieurs pigeons blancs dans un coin de l'entrée, une énorme casserole noire en fer sur un trépied.

Dans une autre pièce, se trouvait une sorte d'autel,

avec des cierges noirs, des statuettes de cire et une grande Santa Barbara, avec son épée. Malko se pencha et son cœur se mit à battre plus vite. Il y avait une carte des Caraïbes, pleine de signes cabalistiques. Une pincée de poudre d'or avait été renversée à un endroit précis de la carte et on y avait planté une fine aiguille peinte aux sept couleurs de l'arc-en-ciel.

Malko écarta la poudre d'or et vit dessous l'emplacement d'un petit îlot, à vingt-cinq milles environs de la côte cubaine. Cay Sal, appartenant aux Bahamas. Il faisait partie des Anguila Cays, trois petits îlots à l'ouest de la ville cubaine de Nerritas et au nord de Nicholas Channel.

— Regardez, dit-il à Diaz, voilà le lieu du rendez-vous.

Il examina les signes bizarres qui y étaient : des cercles coupés en segments. Soudain il comprit : c'était la représentation des quartiers de la lune. Un rond brillant était dessiné à côté du tas de poudre d'or : le rendez-vous devait avoir lieu le jour de la pleine lune !

— Fantastique ! exulta-t-il. Nous avons le lieu et la date du rendez-vous où Miguel Cuevas doit échanger sa cocaïne contre des armcs ! Il faut savoir quand est la pleine lune.

— Ce ne doit pas être très difficile, remarqua le policier.

Malko nota l'endroit et plia la carte. Enfin, il avait une piste. Ironie du sort, c'était celui en qui Miguel Cuevas avait le plus confiance qui allait le trahir une seconde fois.

*
* *

— La pleine lune, c'est demain, annonça Brent Hammock.

La carte trouvée par Malko était maintenant épinglée au mur du bureau du patron de la DEA.

— Qu'allez-vous faire ? demanda Malko.

— J'ai demandé une photo de reconnaissance au Coast Guard, annonça Brent Hammock. Si cela ne vous suffit pas, il y a les satellites. Mais nous sommes en zone cubaine. J'aurai les résultats dans quelques heures.

— Et ensuite ?

— Je transmets tout à Washington. C'est à eux de donner les ordres.

***

Malko était en train de prendre un café cubain au Homicide Squad, quand le capitaine Diaz l'appela dans son bureau. Il avait Brent Hammock en ligne. Malko était repassé à son hôtel et avait pris un peu de repos. Toujours aucune trace de Miguel Cuevas, ni du Magnum.

— J'ai de bonnes nouvelles, annonça Brent Hammock, triomphalement. Un avion des Coast Guards a repéré une animation particulière près de Cay Sal que vous nous avez signalé. Entre autres un bateau que nous soupçonnons depuis longtemps de trafic de drogue, le *Margot*, a été repéré, faisant route vers cet îlot. D'après sa vitesse, il devrait y arriver d'ici vingt-quatre heures. On me tient informé de sa position, heure par heure.

Tout se recoupait.

— C'est fantastique, dit Malko.

Brent Hammock eut une grimace ennuyée.

— Nous allons nous heurter à un sacré problème. Cay Sal se situe très près des côtes cubaines. C'est délicat d'intervenir dans cette zone. Il va falloir tordre le bras de quelques responsables à Washington.

Malko eut l'impression de recevoir une douche glacée. C'était un comble. Etre parvenu là où il en était, avoir risqué sa vie, pour se voir bloqué par des considérations de ce genre. Il préféra penser que Brent Hammock faisait de la sinistrose.

— Vous pouvez parier que Miguel Cuevas est déjà en route pour Cay Sal, conclut amèrement le directeur de la DEA. Nous ne sommes pas près de mettre la main dessus.

— Qui sait ? dit Malko.

Le « cocaine cowboy » était tellement sûr de lui qu'il avait pu rester en Floride, ne serait-ce que par défi.

— Comment se passe ce genre de trafic ? demanda Malko.

— D'après ce que nous savons, expliqua l'Américain, le *Margot* va amener une cargaison importante de cocaïne. Elle sera transbordée sur des speedboats, qui l'achemineront sur des points déserts de la côte de Floride. Ensuite, le *Margot* repartira avec une cargaison d'armes. Tout se passera en quelques heures. Ce que nous ignorons, c'est si Miguel Cuevas distribue lui-même, ou revend à un gros dealer. Dans ce cas, il sera payé dès que la drogue partira. C'est la règle. Allez vous reposer, je vous tiendrai au courant.

***

Malko sortait de sa chambre au *Fontainebleau* quand Brent Hammock l'appela. Le directeur de la DEA semblait bouleversé :

— Pouvez-vous venir immédiatement ? demanda-t-il. Je ne peux pas vous parler par téléphone.

Malko était déjà dans l'ascenseur. Le ton de la voix de l'Américain laissait présager une catastrophe. Il traversa Miami, sous des trombes d'eau, pour changer... Sous la pluie, les buildings de la DEA semblaient encore plus tristes. Quant à Brent Hammock, il était décomposé. Il fit entrer Malko dans son bureau, sans un mot, referma la porte, puis lui fit face :

— J'ai eu Washington, annonça-t-il. On m'a donné l'ordre de ne pas bouger...

— *Unmöglich !* explosa Malko, reprenant sa langue maternelle.

— Vous avez bien compris, martela Brent Hammock. Ils ne veulent pas que nous intervenions. Il faut attendre que les bateaux rapides aient chargé la coke et tenter de les intercepter dans nos eaux territoriales. Autrement dit, attraper des mouche à main nue. Quant au *Margot* chargé d'armes, ils vont le suivre et signaler sa position à la Colombie, au Honduras et au Salvador.

— Ils sont devenus fous ! explosa Malko. Je vais appeler Langley tout de suite.

— Pas la peine. La DEA est en contact avec vos gens. Il y a un problème. Pour intervenir sur cet îlot, il faut des hélicoptères ou des avions. Or, nous, DEA, nous n'avons pas d'avions de combat. La CIA n'en a pas non plus, et le FBI, encore moins. Ils ont demandé au Pentagone s'ils pouvaient nous prêter quelques Bell 109 Cobra (1) pour détruire cette racaille. Ils ont dit non. Nous ne sommes en guerre ni avec Cuba, ni avec les Bahamas... Il faudrait une autorisation du Président en personne, et il ne la donnera pas. Si un appareil américain était abattu dans les eaux cubaines, ce serait un incident diplomatique majeur.

— Et les Coast Guards ?

— Pareil. Leur boulot, c'est de surveiller, pas de flinguer. Là, nous avons affaire à une opération de

(1) Hélicoptère d'assaut.

guerre à cent milles des côtes américaines et à vingt-cinq milles d'un pays hostile, qui peut réagir. Personne ne veut se mouiller.

— Je vais téléphoner au directeur des opérations, dit Malko, c'est aberrant...

— C'est vrai, reconnut tristement Brent Hammock. Tout ce que vous avez fait risque de n'avoir servi à rien. Si je pilotais et que je possède un avion, j'irais moi-même, quitte à me faire descendre...

Malko le regarda. Un éclair passa dans ses yeux dorés. Il venait de penser à quelque chose.

— Si j'avais l'avion et le pilote, demanda-t-il, pouvez-vous me trouver les armes offensives capables de couler le *Margot* ?

L'Américain le fixa, abasourdi.

— Je n'en sais rien. Il faudrait s'adresser à l'Air Force. Ils ont une grande base à Homestead, mais ils ne vont pas lâcher ça comme ça. C'est trop grave... Il leur faudra un ordre de Washington. Il vaudrait mieux passer par votre agence.

Ivre de rage, Malko était déjà au téléphone, en train de composer le numéro de la CIA. Lorsqu'il eut le standard de Langley en ligne, il demanda le directeur des opérations. Celui-ci ne sembla pas surpris de l'entendre.

— Je suis au courant, dit-il, avant que Malko ne puisse parler. J'ai pesé de tout mon poids pour obtenir le feu vert pour l'opération Swordfish, mais je me suis heurté à un mur. A la Maison Blanche, ils ont tous le complexe de la baie des Cochons... Ils préfèrent prendre le risque que cette énorme quantité de drogue arrive chez nous, plutôt que d'avoir un incident avec Cuba.

— Ecoutez, dit Malko, à la Company, nous avons des moyens. Surtout dans votre division. Il ne s'agit pas de déclencher une guerre atomique. Un simple hélicoptère d'assaut fera l'affaire, avec quelques missiles. Le jeu en vaut la chandelle...

— Nous ne pouvons plus faire cela, Malko, avoua tristement le directeur des opérations.

Malko sentit qu'il allait raccrocher. Il lui restait une ultime chance à tenter.

— J'ai une proposition, dit-il. Trouvez-moi des armes défensives capables de couler le *Margot*. Je pourrais éventuellement me charger du reste.

Il y eut un long silence au bout du fil. Malko sentait que le directeur des opérations ne voulait pas poser trop de questions. Il finit par dire :

— Peut-être si je donne ma caution personnelle. Mais il ne faut en aucun cas que la Company soit concernée. Vous avez une idée en tête ?

— Oui, dit Malko. Occupez-vous des armes. Je vous rappelle.

Il raccrocha et sortit du bureau de Brent Hammock comme un maelström. Il ne voyait qu'une seule possibilité de rattraper cette histoire de fou. Il ne pouvait pas laisser tomber. Brûlant un feu rouge, il prit la direction de l'est, vers le Freeway 836.

Souhaitant ne pas se tromper sur les hommes.

CHAPITRE XIX

Ronald Keller ouvrit la porte lui-même et posa le regard étonné de ses yeux bleus sur Malko. Son visage était ridé comme un vieux parchemin, mais il se dégageait une force tranquille de son corps d'athlète vieillissant, découvert par un short bleu. Des taches de rousseur marbraient le crâne chauve et les épaules. Il avait un verre et une bouteille de Perrier à la main.

— *What a surprise !* dit-il. Je m'ennuyais. Entrez.

Malko le suivit jusque dans le jardin bordant le canal. L'hydravion était toujours là. Ronald Keller était seul.

— Lorsque vous m'aurez écouté, dit Malko, je crois que vous ne vous ennuierez plus. Je voudrais vous poser trois questions. D'abord vous avez bien été pilote de guerre ?

— Oui, dans le Pacifique. J'étais sur l'*Enterprise*, pilote de Corsair...

— Deuxième question, dit Malko, vous aimeriez venger votre amie Jackie ?

— Bien sûr.

— Troisième question, continua Malko. Seriez-vous prêt à risquer votre vie pour cela ?

Ronald Keller plongea son regard dans les yeux dorés de Malko, puis un mince sourire éclaira son visage ridé.

— A mon âge, j'aime encore la vie, mais si c'est quelque chose de vraiment *amusant*, je crois que je prendrais le risque. Où voulez-vous en venir ?

— Considérez-vous comme amusant de faire sauter un bateau plein de cocaïne dans un endroit où personne d'autre que nous n'osera aller pour des raisons diplomatiques, avec une chance de vous faire abattre ?

Le sourire du vieil homme s'élargit. Il but une gorgée d'eau pétillante.

— Très ! dit-il.

Malko l'observa quelques instants en silence, puis décida de lui dire toute la vérité.

— Bien entendu, conclut-il. S'il y a un pépin, personne ne vous couvrira.

— Je m'en doute, dit Ronald Keller. Si cela doit se faire, nous ne disposons pas de beaucoup de temps. Il faut plusieurs heures pour équiper de missiles un avion comme le mien, même en bricolant. Je n'ai pas fait ce genre de boulot depuis exactement trente-sept ans, mais je ne pilote pas mal. Je crois que je pourrai y arriver. A mon tour j'ai une question à vous poser. Vous viendriez avec moi ?

— Bien sûr, dit Malko.

Ronald Keller lui tendit la main.

— Alors, je suis d'accord. Mon hydravion est prêt à partir. Le plein est fait. Le reste vous appartient. Je ne bouge pas d'ici.

Malko était déjà debout. Le cœur en fête.

*
**

La voix du directeur des opérations de la CIA était étouffée comme s'il craignait qu'on l'entende.

— Je vous ai trouvé quelque chose, annonça-t-il. Des missiles suédois Bantam. Théoriquement, antitanks, mais on peut les monter sur des avions légers. L'Air Force a fait des essais dans ce sens. Ils en ont quelques-uns à Homestead et seraient prêts à en monter une paire sur l'appareil que vous leur amènerez.

— C'est gros ?

— Non. Huit cent cinquante millimètres de long, une vingtaine de kilos. Une charge perforante de un kilo neuf. Guidé par fil. Portée maximum deux mille mètres. Avec une probabilité de succès entre quatre-vingt-quinze et quatre-vingt-dix-huit pour cent. Les Suisses et les Suédois les montent sur des avions légers d'observation. Ça n'arrachera pas les ailes en partant.

— Formidable ! dit Malko. Est-ce qu'un Bantam peut couler un bateau comme le *Margot* ?

— Sans aucun doute, avec un coup au but. Mais vous n'aurez aucune défense s'ils ont ne serait-ce qu'une mitrailleuse et vous devez avoir de bonnes conditions météo. Si vous vous faites piquer, vous risquez de passer le restant de vos jours dans une prison cubaine... Vous et le pilote.

— C'est notre problème. Comment puis-je récupérer ce matériel ?

— Allez à la base de Homestead. Demandez le major Davidson. Il est au courant. Vous êtes Mr. Swordfish. Vous vous mettrez d'accord avec lui pour amener l'appareil dont vous disposez. Il vous dira si c'est possible.

Malko jeta un coup d'œil à sa Seiko-quartz à double affichage. Onze heures et demie. Il avait toute la journée pour préparer l'hydravion de Ronald Keller. Leur objectif se trouvait seulement à une heure de vol de Homestead.

∴

Miguel Cuevas se leva et alla regarder le ciel. L'aube pointait à peine. Faustino était parti la veille, via Mexico, pour rejoindre Cuba et Cay Sal, où il avait rendez-vous avec le représentant des acheteurs de la cocaïne.

Le temps était superbe, à peine nuageux. Il sentit une excitation fabuleuse l'envahir, en se disant que dans quelques heures, il aurait cinquante millions de dollars. Le temps de gagner le *Island Fling* avec Margarita et ensuite, la mer était à lui. Il revint vers le lit où la jeune femme dormait, allongée sur le ventre. La vue de sa superbe croupe le troubla, et il sentit une violente excitation le gagner. Précédé de sa hampe monstrueuse, il s'approcha du lit et s'allongea sur sa maîtresse, cherchant sa voie. Il sentit les muqueuses s'écarter difficilement, puis Margarita, réveillée, poussa un roucoulement de plaisir et se cambra pour qu'il puisse mieux la pénétrer. Elle ne se lasserait jamais de cet énorme membre qui semblait lui entrer jusqu'au milieu du corps, la distendant, l'emplissant comme personne ne l'avait jamais remplie.

— *Fuck me*, murmura-t-elle. *Fuck your female.*

Miguel Cuevas ne s'en privait pas, les deux mains accrochées à ses hanches.

∴

Le petit hydravion volait à cent pieds au-dessus de la mer des Caraïbes. Depuis vingt minutes, on ne voyait plus la ligne des côtes de Floride et on devinait seulement la côte cubaine. Ronald Keller, une carte fixée sur ses genoux, surveillait sa route : ils avaient décollé de Homestead une heure plus tôt et observé un silence radio absolu. Les derniers rapports des

Coast Guards indiquant que le *Margot* était arrivé à Cay Sal et qu'il y avait été rejoint par quatre speed boats extrêmement puissants.

Malko regarda le poste de tir en face de lui, relié aux deux berceaux des Bantam fixés sous l'appareil : un écran de visualisation destiné à suivre le missile et un levier de commande en direction et en hauteur. Le tout alimenté par des batteries supplémentaires. Un faisceau de câbles reliait le berceau au poste de tir.

Le major Davidson n'avait posé aucune question. En quatre heures, le petit hydravion avait été équipé et Malko instruit du maniement du Bantam, très simple d'ailleurs. Avant de partir, il avait joint Washington. Le directeur des opérations lui avait avoué que toute leur action serait suivie par un E 2-C (1) parti de la base de Patrick dont le radar ne les lâcherait pas. Mais en cas de pépin, aucune intervention n'était envisageable dans les eaux cubaines.

Devant eux, la côte cubaine se précisait avec les taches claires des plages. De gros cumulus formaient un plafond blanchâtre. Le vieil homme, impassible à ses commandes, consultait sans cesse sa carte. Il se tourna vers Malko avec un large sourire :

— Ça me rajeunit !

On avait collé des larges bandes de scotch sur l'immatriculation de l'appareil. Ni Malko, ni Ronald Keller ne portait de papiers d'identité. S'il y avait un pépin, il faudrait blâmer les concurrents de Miguel Cuevas, la CIA ne serait pas inquiétée. Qui pourrait croire que la CIA utiliserait un petit bimoteur amphibie bricolé. Evidemment les Bantam ne se trouvaient pas dans le commerce. Mais on avait bien dé-

(1) Avion d'observation radar.

couvert chez un trafiquant de Miami une caisse de RPG5 (1) soviétiques...

— Je crois que nous y sommes, annonça le pilote. Devant, à trente degrés.

Malko se pencha et aperçut dans la brume matinale trois points : les Cays bahamiens. La côte cubaine occupait maintenant tout l'horizon. Bien que volant très bas, Malko se demanda si les radars cubains les avaient repérés. Comme s'il avait deviné sa pensée, Ronald Keller descendit encore, à cent pieds.

Les Cays grandissaient. Malko vissa à ses yeux une paire de jumelles et son cœur fit un bond dans sa poitrine. La plus grosse des îles était parfaitement visible. A quelques centaines de mètres se trouvait ancré un petit caboteur. D'après la description, c'était le *Margot*.

L'îlot était minuscule, moins d'un kilomètre de long. Juste du sable et quelques cocotiers sur fond de corail. Trois bateaux étaient amarrés le long de la plage. Sûrement le relais pour la dernière étape du voyage. Les jumelles s'arrêtèrent ensuite sur une silhouette grise, un peu à l'écart et Malko sentit sa gorge se serrer : c'était un petit navire de guerre cubain ! Lui posséderait certainement un armement dangereux...

— Il ne va pas falloir moisir ici, dit le pilote qui l'avait aperçu aussi.

— Il est encore temps de faire demi-tour, dit Malko, ce n'était pas prévu...

Ronald Keller secoua la tête.

— C'est moins dangereux que la flak (2) japonaise. On y va, accrochez-vous.

Il effectua une manœuvre de façon à arriver le

(1) Roquettes anti-char.
(2) DCA.

soleil dans le dos. Le petit hydravion était si proche de l'eau que Malko eut l'impression qu'il allait la heurter du bout de l'aile... Malko ouvrit le circuit électrique du poste de tir. Ils étaient à moins de trois kilomètres de leur cible. Aucun signe de vie nulle part. Leur meilleur atout c'était la surprise. L'hydravion ne représentait qu'un point minuscule sur la mer... Les trafiquants et les Cubains pouvaient croire à un touriste ou une erreur de navigation. Soudain, une voix espagnole éclata dans le haut-parleur. On les avait repérés :

— *Atención ! Atención ! Usted estás dentro la zona...* (1)

Le *Margot* était devant par le travers. Malko vit le pont désert. Puis un homme qui surgissait d'une écoutille et faisait de grands gestes à l'hydravion fonçant sur lui.

Il y eut un choc léger.

Depuis vingt-cinq secondes, Malko avait activé le Bantam suspendu sous l'aile gauche. Le missile venait de quitter son container, et filait devant l'hydravion à quatre-vingt-cinq mètres-seconde.

Une demi-seconde plus tard, quatre traînées apparurent dans son sillage, permettant de suivre sa trajectoire. De la main gauche, Malko manœuvra le levier de commande permettant de corriger la course du missile filo-guidé. Celui-ci modifia légèrement sa trajectoire, fonçant sur le *Margot*.

Dix secondes, douze secondes, quinze secondes.

Le Bantam heurta le *Margot* par l'arrière avec une violente explosion qui secoua le petit hydravion comme il passait au-dessus du bateau. Malko fut collé à son siège par le virage brutal. Du coin de l'œil, il aperçut une colonne de fumée noire qui montait de

(1) Attention ! Attention ! Vous êtes dans la zone...

l'objectif. Déjà, Ronald Keller revenait vers le *Margot*. Cette fois, Malko attendit de se trouver à mille mètres pour lancer son second Bantam. Une petite correction sur la gauche. Les quatre traceurs filaient inexorablement vers le centre du navire. Le missile s'enfonça dans son flanc, à la hauteur de la cheminée et une seconde colonne de fumée noire monta vers le ciel. Toute l'opération s'était déroulée en moins de cinq minutes ! Le patrouilleur cubain, surpris, n'avait pas réagi.

Cay Sal défila sous eux tandis que l'hydravion virait pour reprendre la route du nord. Malko se retourna et la joie dilata sa poitrine : la poupe du *Margot* était déjà sous l'eau et d'énormes volutes de fumée noire s'élevaient du bateau en train de couler. Hélas ! ils n'auraient pas le temps d'assister au naufrage.

Du côté cubain, ce devait être le branle-bas de combat. La radio captait des voix espagnoles. Si un Mig cubain surgissait, il ne ferait qu'une bouchée d'eux. Ronald Keller tourna un visage radieux vers Malko.

— C'était rudement facile. Si on avait eu des engins pareils en 1942...

Vingt minutes s'écoulèrent dans un silence tendu. Soudain, deux points argentés surgirent sur leur gauche puis coupèrent leur route en battant des ailes : deux F 15 de l'US Air Force.

Les deux F 15 repassèrent au-dessus d'eux dans un hurlement de réacteurs effectuant un tonneau lent, en signe de victoire. A côté, le petit hydravion semblait se traîner... Un quart d'heure plus tard, ce fut le tour d'un Learjet des Coast Guards qui les rejoignit et se mit à voler de conserve avec eux. Ronald Keller se tourna vers Malko :

— On va vider une sacrée bouteille de Dom Pérignon.

Lui était ravi. Malko un peu moins. Il restait à

trouver Miguel Cuevas et à avoir la certitude absolue que la drogue avait bien été détruite. C'était une autre paire de manches.

***

La longue Cadillac vert pâle vira sec dans Flagler Street, en plein centre de Miami. Décapotée, elle avait grande allure et l'homme qui la conduisait avec ses lunettes noires, la brune superbe qui se trouvait à côté de lui et son sourire étincelant faisaient envie à bien des passants. La circulation dans Flagler était horriblement lente. Cela leur prit vingt minutes pour arriver à la Lincoln Bank, au croisement avec la 54th Avenue.

— Ils sont là ! exulta Miguel Cuevas.

Une longue limousine noire aux vitres teintées était garée devant la banque, sous l'œil bovin d'un policier à cheval. Miguel Cuevas donna un coup de phares et ceux de la limousine répondirent aussitôt. Il se tourna vers Margarita Gomez :

— Tu prends le volant et tu recapotes. Gare-toi dans la 54th. Garde le M 16 à côté de toi.

Quand il s'agissait de sommes pareilles, il valait mieux être prudent. Il descendit, tenant son palo dans la main gauche, et se dirigea vers la limousine. Il ouvrit la portière arrière et se glissa à l'intérieur.

Un seul homme se trouvait là, séparé de l'avant par une glace. Un gros brun, aux lourdes bajoues, des yeux dissimulés dans des replis de graisse, plusieurs bagues au doigt, la chemise ouverte sur un poitrail velu.

Il fumait un cigare qui avait empuanti la limousine. Son regard froid se posa sur le Cubain et il n'esquissa pas le moindre sourire.

— *Hi, Michael !*

Il ne l'appelait jamais par son nom cubain.

— *Hi, Joe.*

Miguel Cuevas tendit la main, que l'autre serra mollement. Etonné d'un accueil aussi froid. Quand on réussissait une belle affaire, dans la Mafia, c'étaient des embrassades à n'en plus finir. Joe ne lui laissa pas le temps de se poser de questions.

— Michael, dit-il, nous avons un problème.

Le Cubain se raidit. Qu'est-ce que c'était que cette entourloupe ?

Machinalement sa main glissa sur sa botte, cherchant son Beretta. Il ne quittait pas des yeux la nuque du chauffeur. Joe lui jeta un regard curieux.

— Tu n'es pas au courant ? Un avion est venu attaquer ce matin Cay Sal. Il a envoyé au fond de la mer le *Margot* et toute ta came, et tué un de nos types. Il n'y a plus de deal, Michael. Parce qu'il n'y a plus de marchandise. Et j'ai l'impression que tu es dans la merde.

Miguel Cuevas sentait son cerveau bouillir. Il s'attendait à des problèmes, mais pas à ça ! Il n'avait aucune liaison avec Cay Sal et Faustino ne reviendrait que le lendemain matin. C'était classique : l'autre prenait la came et ne payait pas. Pour cinquante millions de dollars, ça valait le coup...

— C'est un foutu mensonge, fit-il d'une voix blanche, tout va bien et je suis venu chercher mon blé.

Joe secoua lentement la tête.

— Ecoute, Michael, ne fais pas l'enfant. Je te crois. Il y a eu une merde et ce n'est pas de ta faute. Mais je ne vais pas te payer de la marchandise que je n'ai pas. On rattrapera ça sur une prochaine affaire, mais tu ferais mieux de trouver qui t'a vendu... Avant de recommencer.

Miguel Cuevas regarda le gros homme. La rage obscurcissait sa vue. Ses mains commencèrent à trembler. Il s'entendit parler sans même contrôler ce qu'il disait :

— *Motherfucker !* dit-il. Tu vas sortir de cette voiture et venir dans la banque avec moi... Me donner l'argent que tu me dois.

Joe secoua la cendre de son cigare et dit lentement :

— Michael, je ne te dois rien.

Pendant quelques secondes les deux hommes se défièrent du regard. Puis, la main de Miguel Cuevas plongea vers sa botte et ressortit avec le Beretta. Les prunelles de Joe s'agrandirent, mais il ne bougea pas. On ne tuait pas Joe Gorski comme un vulgaire voyou. Miguel Cuevas savait qui il était et surtout qui il représentait...

— Michael, dit-il, ne déconne pas. Ce n'est pas une arnaque.

Comme un coup de poing, le Cubain enfonça le canon du Beretta dans le flanc du gros homme, à la hauteur du foie et pressa la détente trois fois. Ce fut si rapide que le chauffeur eut à peine le temps de se retourner. Il vit les yeux fous de Miguel Cuevas, braquant son pistolet sur lui.

— Fous le camp, fit le Cubain, et dis à ses copains qu'on ne double pas Miguel Cuevas !

Il sortit de la limousine et claqua la portière. A cause de la circulation, personne n'avait rien entendu. Le chauffeur démarra aussitôt. Miguel regagna la Cadillac d'un pas rapide et s'y laissa tomber. Margarita, l'estomac retourné devant son expression, demanda :

— Qu'est-ce qui se passe ?

— Filons, dit Miguel.

Elle se jeta aussitôt dans le trafic et gagna le Freeway 95. Ce n'est que beaucoup plus loin qu'il consentit à lui expliquer ce qui était arrivé. Elle tenta de lui remonter le moral.

— Même si c'est vrai, fit-elle, tu feras d'autres affaires. Tu as de l'argent et je t'aime.

Miguel Cuevas ne répondit pas. Il pensait à Alfonso Carino. Depuis que le sentero était mort, les choses tournaient mal. Pour la première fois, il se sentait moins sûr de lui. Avant tout, il fallait savoir ce qui s'était réellement produit à Cay Sal. Il était tenté de prendre son bateau et d'aller voir, mais c'était se jeter dans la gueule du loup. Il valait mieux attendre.

∴

Malko était en train de traverser le hall du *Fontainebleau* lorsque le standard l'appela. Il gagna les cabines. Une voix inconnue demanda :

— Mr Linge ?

— Oui.

— Miguel Cuevas dînera ce soir au *Neon's Leon* avec son amie Margarita.

« Clac ! ». On avait raccroché. Qui pouvait lui donner ce tuyau ?

Grâce aux Coast Guards, il avait eu confirmation de la destruction de la drogue. Diluée dans l'eau de mer, la cocaïne ne valait pas grand-chose... Pour sa part, la mission était réussie mais Miguel Cuevas restait en liberté. L'appel pouvait être un piège du Cubain désireux de se venger, ou au contraire, la dénonciation de quelqu'un qui voulait se venger de lui...

Il prit la direction du Homicide Squad. Quand il entendit l'information, Raúl Diaz n'hésita pas.

— Il faut y aller, dit-il, même s'il nous attend avec une mitrailleuse. Je veux la peau de ce salaud, comme il a eu celle de Gail. Je préviens la DEA.

CHAPITRE XX

Margarita Gomez regardait son amant en train de s'habiller après qu'ils aient fait l'amour. La baie de Biscayne luisait sous le soleil couchant, un véritable lac. Ils avaient coupé la climatisation et une brise tiède balayait l'appartement, une des nombreuses planques du Cubain. Brusquement, elle eut envie de paix, de calme, de sécurité. Encore nue elle s'approcha de Miguel Cuevas et noua ses bras autour de sa nuque.

— Miguelito, partons tout de suite à Cayman Island. J'ai peur.

Il la repoussa gentiment.

— Ne sois pas idiote. J'ai besoin de cet argent.

Il avait rendez-vous avec un dealer au *Neon's Leon* pour les cinquante-cinq livres de cocaïne de la valise bleue contre un million huit cent mille dollars. De quoi reprendre un bon départ. Faustino n'était pas revenu, retenu par les Cubains de Castro. Ceux-ci étaient furieux, pensant que Miguel les avait doublés. Après tout, ils n'avaient pas vérifié que la cocaïne se trouvait réellement à bord du *Margot*... Une attaque avait bien eu lieu, mais le Cubain n'arrivait pas à comprendre par qui. La DEA n'agissait pas de cette façon. Un avion bricolé, sans marque d'identification. Ce ne pouvait être qu'un concurrent. Des Boliviens, peut-être, ou des Colombiens. Il le saurait un jour et le leur ferait payer. Mais pour l'instant, il fallait récupérer de l'argent et se terrer. En deux jours, il avait beaucoup perdu. Heureusement qu'il lui restait Margarita.

— Prends le M 16 et mets-le dans la voiture, dit-il. Tu garderas le shot-gun dans un sac en plastique avec toi.

— Mais, Miguelito...

— Tais-toi. On va bien bouffer et ensuite on se tire.

Ils descendirent au garage souterrain un peu plus tard et prirent la Cadillac toute neuve. Cela allait mieux. La valise de cocaïne une fois dans le coffre, il s'installa au volant. *Neon's Leon* se trouvait dans le quartier où il habitait jadis, et il y était connu comme le loup blanc, mais il voulait croire en son étoile. Son *sentero* lui avait toujours dit qu'il fallait forcer la chance.

— *Vamos*, fit-il. J'ai faim et j'ai envie de boire du bon vin.

∴

Miguel Cuevas vida la dernière goutte de Mouton Rothschild 1957 dans le verre de Margarita Gomez et dit en riant :

— Tu te marieras cette année !

Il leva le bras pour en commander une autre et son regard, cherchant un garçon, glissa jusqu'à l'entrée des cuisines où il accrocha la silhouette d'un homme qui se dissimulait dans l'ombre. Pas un cuisinier, ni un garçon. La silhouette disparut aussitôt. Miguel reposa la bouteille. Le sang avait quitté son visage. Voilà pourquoi son acheteur était en retard ! Il avait trop vécu dans la clandestinité pour ne pas posséder un sixième sens. Il posa sa main sur celle de Margarita.

— Viens, vite.

Elle avait encore la bouche pleine. Elle aussi pâlit, mais ne posa aucune question. Miguel se leva, prit son palo et de l'autre main arracha du sac en plastique le shot-gun Beretta automatique à neuf coups, puis il poussa Margarita vers l'entrée des cuisines. Au moment où il y parvenait, la porte du restaurant s'ouvrit sur deux hommes qu'il identifia aussitôt comme des policiers. Personne n'avait encore rien remarqué. Le premier, il écarta la feuille épaisse de caoutchouc qui servait de porte, et pénétra dans l'office. En dehors des garçons, il y avait trois hommes : deux civils et un policier de Dade County, revolver au poing.

Il n'eut pas le temps de s'en servir. Le terrible shotgun explosa trois fois et les trois hommes furent transformés en bouillie sanglante, le visage arraché ou éventrés. Miguel Cuevas n'avait pas hésité une fraction de seconde.

Traînant Margarita, il traversa la cuisine en courant, émergea dans le parking, repéra sa Cadillac. Plusieurs silhouettes rôdaient autour. De sa hanche, il tira de nouveau. Les deux plus proches s'effondrèrent et les autres disparurent.

— Vas-y ! cria-t-il à Margarita.

Elle courut jusqu'à la voiture. Des projecteurs s'allumèrent, il y eut des cris. Miguel tira de nouveau. La jeune femme avait réussi à se glisser derrière le volant. Elle effectua une brutale marche arrière et Miguel se jeta dans la Cadillac prenant sa place.

— Recharge ! cria-t-il.

Elle s'exécuta le plus vite possible, tandis qu'il démarrait. Deux véhicules en chicane barraient l'entrée. Il les repoussa, écrasant ses ailes au passage. La glace arrière volèrent en éclats, mais il se retrouva dans l'avenue. Plusieurs voitures démarrèrent derrière lui.

Au même moment, la silhouette d'un policier se dressa devant lui. Une rafale claqua et brusquement la Cadillac se mit à flotter : au moins un pneu avait été crevé. Plus question de reprendre son bateau... La meute gagnait du terrain. Il tourna brutalement à gauche, puis encore à gauche, revenant vers le restaurant. Il fallait prendre une autre voiture dans le parking. Margarita Gomez avait fini de recharger le shot-gun. Elle se pencha par la portière et tira sur les poursuivants. Une des voitures de police fit un écart et alla s'écraser contre une autre en stationnement.

— Bravo ! hurla Miguel.

Il prit son palo et le brandit comme un fou. Il allait encore s'en sortir.

***

Malko était entré dans le restaurant juste au moment où Miguel Cuevas en sortait. Il fit demi-tour aussitôt et manqua de se faire écraser par la Cadillac. Il n'eut que le temps de monter en voltige dans la voiture de Raúl Diaz.

Ce dernier lui tendit sans un mot le 357 Magnum de Gail Hunter, une arme lourde et puissante au canon bleuté, qui changeait Malko de son extra-plat.

Ils talonnaient la grosse Cadillac quand une lueur éblouissante en jaillit. Leur pare-brise devint aussitôt opaque. Raúl Diaz poussa un juron et fit un brusque écart. Malko s'accrocha et leur voiture s'écrasa quelques instants plus tard. Malko sortit, revolver au poing, pour voir la Cadillac retourner vers le restaurant. Comme un fou, il courut en direction du parking, coupant à travers le bloc. Il y arriva en même temps que la Cadillac qui s'immobilisa avec un violent coup de frein. Plusieurs policiers de la DEA étaient restés en planque. La portière droite de la Cadillac s'ouvrit et Margarita en jaillit serrant contre elle un shot-gun.

Dès qu'elle eut le pied par terre, elle commença à tirer, reculant vers le centre du parking. Il y eut des cris, plusieurs détonations, un policier eut la tête pratiquement arrachée. D'autres ripostèrent et la jeune femme se plia en deux. Tombée à genoux, elle continua à tirer, vidant son magasin, semant la mort. Puis sa tête retomba en avant et elle s'immobilisa, criblée de balles.

De la Cadillac, Miguel Cuevas avait suivi la scène. Il comprit qu'il était désormais seul. La route était libre. Même avec des pneus crevés, il pouvait rouler assez loin pour s'emparer d'une autre voiture et rejoindre South Dixie Highway. Il démarra brutalement, écrasant un policier qui voulait s'opposer, et tourna à gauche, passant devant Malko. Ce dernier aperçut son profil et cria :

— Miguel ! Arrêtez ! Stop !

Le Cubain accéléra.

A deux mains, Malko prit le 357 qui avait appartenu à Gail Hunter et visa la lunette arrière. Il tira deux fois au jugé. Aussitôt, la Cadillac se mit à zigzaguer puis termina sa course contre une borne d'incendie. Malko courut pour la rejoindre. Derrière lui, c'était un brouhaha infernal. Il arriva le premier près de la voiture accidentée et ouvrit la portière.

Miguel Cuevas était effondré contre son volant, une bonne partie de sa cervelle étalée sur le pare-brise avec des morceaux de son crâne et des lambeaux de son visage. Les deux projectiles tirés par Malko l'avaient frappé à la nuque. Le M 16 gisait en travers de la banquette et la main droite du « cocaine cowboy » était crispée sur son palo aux sept couleurs de l'arc-en-ciel. « L'arme » qui devait le protéger de ses ennemis. Un Beretta était encore enfoncé dans sa botte droite.

Malko se redressa, terriblement las. Les policiers accouraient, entourant la voiture. Raúl Diaz les rejoignit, une épaule et le visage ensanglantés, il regarda longuement le cadavre, puis Malko et le gros 357.

— Nous sommes quittes, dit-il. Bravo, vous avez fait un sacré job !

Malko sourit, absent. Le visage de Gail Hunter passa devant ses yeux. Certes, il avait anéanti la cargaison de drogue, éliminé Miguel Cuevas, mais personne ne s'était encore évadé d'un cimetière.

L'EXECUTEUR

Parce que sa mère, son père et sa sœur ont été victimes de la Mafia, l'Exécuteur, poussé par une haine qui jamais ne s'éteindra, lui déclare une guerre implacable. Sa vengeance est simple et féroce. Tuer, tuer, tuer... Mais la puissante organisation riposte sans merci.

Titres déjà parus :

N° 1 : GUERRE À LA MAFIA
N° 2 : MASSACRE À BEVERLY HILLS
N° 3 : LE MASQUE DE COMBAT
N° 4 : TYPHON SUR MIAMI
N° 5 : OPÉRATION RIVIERA
N° 6 : ASSAUT SUR SOHO
N° 7 : CAUCHEMAR À NEW YORK
N° 8 : CARNAGE À CHICAGO
N° 9 : VIOLENCE À VEGAS
N° 10 : CHÂTIMENT AUX CARAÏBES
N° 11 : FUSILLADE À SAN FRANCISCO
N° 12 : LE BLITZ DE BOSTON
N° 13 : LA PRISE DE WASHINGTON
N° 14 : LE SIÈGE DE SAN DIEGO
N° 15 : PANIQUE À PHILADELPHIE
N° 16 : LE TOCSIN SICILIEN
N° 17 : LE SANG APPELLE LE SANG
N° 18 : TEMPÊTE AU TEXAS
N° 19 : DÉBÂCLE À DÉTROIT
N° 20 : LE NIVELLEMENT DE NEW ORLÉANS
N° 21 : SURVIE À SEATTLE
N° 22 : L'ENFER HAWAIIEN
N° 23 : LE SAC DE SAINT LOUIS
N° 24 : LE COMPLOT CANADIEN
N° 25 : LE COMMANDO DU COLORADO
N° 26 : LE CAPO D'ACAPULCO
N° 27 : L'ATTAQUE D'ATLANTA
N° 28 : LE RETOUR AUX SOURCES
N° 29 : MÉPRISE À MANHATTAN
N° 30 : CONTACT À CLEVELAND
N° 31 : EMBUSCADE EN ARIZONA
N° 32 : HIT-PARADE À NASHVILLE
N° 33 : LUNDI LINCEULS
N° 34 : MARDI MASSACRE
N° 35 : MERCREDI DES CENDRES
N° 36 : JEUDI JUSTICE
N° 37 : VENDREDI VENGEANCE
N° 38 : SAMEDI MAUDIT
N° 39 : TRAQUENARD EN TURQUIE

IMPRIMÉ EN FRANCE PAR BRODARD ET TAUPIN
7, bd Romain-Rolland - Montrouge.
Usine de La Flèche, le 10 janvier 1983.
6249-5 - N° d'Éditeur 11002, janvier 1983.